—————— 阅读之前 没有真相

午 夜 文 库

劳伦斯·布洛克
雅贼系列

劳伦斯·布洛克 Lawrence Block (1938—)

享誉世界的美国侦探小说大师,当代硬汉派侦探小说最杰出的代表。他的小说不仅在美国备受推崇,还跨越大西洋,征服了自诩为侦探小说故乡的欧洲。

侦探小说界最重要的两个奖项,爱伦·坡奖的终身成就奖和钻石匕首奖均肯定了劳伦斯·布洛克的大师地位。此外,他还曾三获爱伦·坡奖,两获马耳他之鹰奖,四获夏姆斯奖(后两个奖项都是重要的硬汉派侦探小说奖项)。

劳伦斯·布洛克的作品,主要包括四个系列:

马修·斯卡德系列:以一名戒酒无执照的私人侦探为主角;

雅贼系列:以一名中年小偷兼二手书店老板伯尼·罗登巴尔为主角;

伊凡·谭纳系列:以一名朝鲜战争期间遭炮击从此睡不着觉的侦探为主角;

奇波·哈里森系列:以一名肥胖、不离开办公室、自我陶醉的私人侦探为主角。

此外,布洛克还著有杀手约翰·保罗·凯勒系列。

劳伦斯·布洛克生于纽约布法罗,现居纽约,已婚,育有二女。

劳伦斯·布洛克作品年表

1966 《睡不着觉的密探》
1976 《父之罪》《在死亡之中》
1977 《谋杀与创造之时》《别无选择的贼》
1978 《衣柜里的贼》
1979 《喜欢引用吉卜林的贼》获尼禄·沃尔夫奖
1980 《研究斯宾诺莎的贼》
1981 《黑暗之刺》
1982 《八百万种死法》
1983 《像蒙德里安一样作画的贼》
     《八百万种死法》获夏姆斯奖
1986 《酒店关门之后》
1987 《酒店关门之后》获马耳他之鹰奖
1989 《刀锋之先》
1990 《到坟场的车票》
     《刀锋之先》获夏姆斯奖
1991 《屠宰场之舞》
1992 《行过死荫之地》
     《到坟场的车票》获马耳他之鹰奖
     《屠宰场之舞》获夏姆斯奖、爱伦·坡奖
1993 《恶魔预知死亡》
1994 《一长串的死者》
     《交易泰德·威廉姆斯的贼》
1995 《自以为是鲍嘉的贼》
     《一长串的死者》获爱伦·坡奖
1997 《向邪恶追索》《图书馆里的贼》
1998 《每个人都死了》《杀手》
1999 《麦田里的贼》《黑名单》
2001 《死亡的渴望》
2003 《小城》
2004 《伺机下手的贼》
2005 《繁花将尽》
2011 《一滴烈酒》
2013 《数汤匙的贼》

雅贼全集精装典藏版⑧
图书馆里的贼
The Burglar in the Library

(美)劳伦斯·布洛克 著
王志弘 译

新星出版社　NEW STAR PRESS

献给彼得·史超伯

1

三月第一个星期四的午后三点，我正在整理巴尼嘉书店，准备打烊度周末。我把放特价书的桌子拖进来，关上门，窗上的标示牌也翻了面，从"营业中"转为"休息"。我让收银机的纸带跑了一遍，不一会儿就好了，然后将支票拿到后面房间的桌上，填好一张存款单，准备汇出存款。回来时，我带了个一英尺多长的箱子，形状像儿童画里的小房子，尖屋顶什么的一应俱全，不过在放烟囱的地方是个提把。我打开箱顶的锁扣，把箱子放在地上，然后四处张望，寻找拉菲兹。

它正在窗户那儿享受微弱的阳光。我呼唤它的名字，如果它是只狗的话，这应该管用，但它不是，一直都不是。拉菲兹是只猫，一只被去了爪子、阉过的无尾灰毛公猫，即使它真知道自己的名字，也会假装不知道。它一动也不动，不受我的声音干扰，只是静静地躺在微弱的阳光下。

我揉了个纸团，这就有效了。我们有个训练仪式，我把纸团抛给它，让它追上去扑住并杀死目标。在心不在焉的旁观者眼里，这可能像是个游戏，但其实非常严肃，用意是要磨炼它的捕鼠技巧。我猜这很有用；它搬进来以后，我再也没有发现被啃过的书脊，以及书架上可疑的有机物残渣。

我扔出纸团，它起身追逐，让纸团在面前停住，以它对爪子的记忆，深深地插进去，然后送到嘴里咬，猛烈地摇晃，最后抛弃死去的纸团。

狗会将纸团叼回来，让我能够再扔一次。猫却想都不会想。"做得好。"我说，然后又揉了个纸团，它便又来了一次干净利落的扑杀。我再次称赞它，准备好第三个纸团，然后轻轻地投入打开的猫笼。

它看了看纸团，又看看我，接着望向地板。

几分钟后，店门上传来敲打声。"我们打烊了。"我看都没看就喊了一声。我的眼睛注视着拉菲兹，它挪动身子到了哲学与宗教书柜的一处空位上，和伊曼纽尔·康德的胸像位居同一层架子。

敲门声又响起，我的反应也一样。"周末不营业！"我大声喊道，"抱歉！"

"伯尼，开门。"

于是我开了门，没错，来者是卡洛琳，穿了件很长的连帽外衣，外表看起来比本人壮硕。她脚边有个旅行箱，皱着眉头。我让她进来，她朝双手哈气，然后搓揉着。"我以为你现在应该准备好了，"她说，"我们还得赶火车，记得吗？"

"都怪拉菲兹。"我说。

"它怎么了？"

"它不愿意进猫笼。"

她看看我，又看看猫笼，然后弯下腰从里面拿出两个纸团。

"我以为可以让它跟着纸团跳进去。"我说。

"你以为？哈！"

"嗯，那只是个想法。"我说。

"你有过更好的想法，伯尼。它到哪儿去了？"

"坐在那里，和义务论①之父在一起，"我说，"这倒是引人深思，因为要它进入猫笼算是个命令，但它却抗拒这项义务。我不知道，卡洛琳，或许带它去是错误的。我们只是离开三个晚上。如果我摆上很多食物和水，打开收音机给它做伴……"

她看了我一眼，摇摇头，叹口气，然后用力拍手，大声叫着猫的名字。拉菲兹从它的栖息处跳下来，趴在地板上。如果它的重心再低一英寸，就会摔到地下室去了。

---

① 即 categorial imperative，也可译为"无上命令"或"绝对律令"，是康德所创的概念。

她弯下身,抱起它,放进猫笼。"现在你待在这儿。"她以不容争辩的语调告诉它,接着"砰"地关上笼盖,让它毫无选择。"你不可能骗它们进去,"她解释道,"必须强迫。好了吗,伯尼?"

"我想是的。"

"我希望那件外套够暖和。午餐之后,温度一定下降了有二十摄氏度。而且气象预报说城市北部会下雪。"

"会暖和起来的。"我说。

"真的吗?"

"已经是三月了。我知道土拨鼠看到了它的影子,但冬天剩下的六个星期已经差不多结束了。即使还会有点雪,也不会持续很久。"我一只手拿起我的旅行箱,另一只手提着拉菲兹的笼子,卡洛琳帮我扶着门。到了外头,我做了在纽约关上一家商店该做的种种事情——拉下铁门,锁上数不清的挂锁。这些杂事最好是空着手做,我终于完成时,手指头已经冻僵了。

"好吧,天气是很冷,"我承认,"不过我们在加特福旅舍会很舒服。屋顶上有雪,壁炉里有火——"

"早餐有熏鲱鱼。下午茶配奶油和凝脂司康饼。"她皱了皱眉,"我没说错吧,伯尼?或者应该是反过来?"

"没错,你说得对。早餐是熏鲱鱼,司康饼配午茶。"

"这部分我知道没错,"她说,"问题是哪个应该是凝固的,是奶油还是司康饼,我确定是奶油。'司康饼和凝脂奶油'。嗯，听起来顺耳多了。"

"现在哪一种听起来都很好。"

"还有其他一些很棒的英国菜。香肠土豆泥、泡泡与吱吱①、洞中蟾蜍②。伯尼，到底什么是洞中蟾蜍，你知道吗？"

"不太清楚。"

"它总是让我想到《柳林风声》。不过我敢打赌那一定很好吃，而且会让你觉得吃的时候非常放心，既妥当又舒服。那泡泡与吱吱呢？伯尼，你知道那是什么吗？"

"也许那是你把蟾蜍拉到洞外时，蟾蜍发出的声音。"我提了个想法。

"还有雪利酒蛋糕，"她说，"我只知道那是一种甜点。"

"那听起来像是个轻浮的女孩，"我说，"'雪利酒蛋糕——她在让你心碎时，升高你的血糖。'"

"这让我想起几个星期前在潘多拉见到的小可爱。"

"真的？"我说，"我想到了莱蒂丝。"

那就是谈话的终点。在接下来的一小时左右，我们两个人话都不多。我们乘出租车到中央车站，然后乘火车到

---

①一种炸的土豆蔬菜饼。
②面包拖盘烤香肠。

惠特汉姆换乘站，在那里转乘支线，往东北方向到帕特斯吉尼克，那是坐落在纽约州、康涅狄格州和马萨诸塞州交界处的小村庄。我们可以在那里乘出租车，走完到加特福旅舍的最后三英里或四英里路。

在去惠特汉姆换乘站的途中，我们坐在火车的左侧，可以观看窗外的哈得孙河。我们的三件行李中，有两件放在头顶的行李架上。第三件放在地板上我的两脚之间，不时发出喵喵声。

"你会爱上那里的，拉菲兹，"卡洛琳向他保证，"地道的英国乡村宅院，离纽约只有三个小时。"

"可能会比三个小时久一些，"我说，"而且也可能不那么地道。"

"已经够接近了，伯尼。拉菲兹，那里说不定还有地道的英国老鼠。"

"我有一个很迷人的想法，"我说，"希望它们在过去的五十年里，不是一直在图书馆里啃书。"

"如果那是间真正的英国乡村宅院，"她说，"他们会有自己的猫。"

"它们见到拉菲兹一定会很开心，"我用脚轻碰它的笼子，"我不明白我们为什么一定要带着它。它在店里头舒服极了。"

"留它在家太久了，伯尼。"

"你也留下了你的猫。"

"尤比和阿齐彼此有伴。此外，公寓另一头的福瑞德每天会去一次，给它们食物和水。我也可以为拉菲兹这么做，但是既然你邀请了我——"

"我知道。"

她轻拍我的手。"还有，"她说，"我真的很感谢你，伯尼。你带我同行真是太好了。"

"嗯，我不想一个人去。"

"一个人去是没什么意思。"

"我会发疯的，"我说，"只是坐着玩自己的拇指，等着司康饼凝固。"

"凝固的是奶油，伯尼。"

"无所谓了。你是我最好的朋友，卡洛琳。我不想带其他任何人到加特福旅舍。"

"你这么说真是贴心，伯尼。即使这并不完全是真的。"

"你这是什么意思？"

"伯尼，"她说，"你仔细体会一下现状，好吗？死寂的冬天里，英国乡村宅邸的一个浪漫周末——"

"只是死寂的冬天结尾。已经三月了，几乎是春天了。"

"忘掉日历吧，伯尼。天气太冷了，不适合在树林里散步。壁炉里应该生起火，而床单上结了霜。"

"床单就像是床罩，"我说，"我希望我们的床单上不要有霜。"

"嗯,你知道我的意思。现在继续,告诉我你不会宁愿和一个美丽女人共度周末时光。"

"你就是个美女,卡洛琳。"

"我算是具有相当的魅力,"她认可,"但我觉得说美丽有点夸张了。无论如何,那不是重点。你要的不是一个可能会对雪利酒蛋糕这种小可爱心醉神迷的女人,而是一个会对你心醉神迷的女人。"

"另挑时候吧,"我说,"此刻我要的只是一个朋友。"

列车长走过来。"下一站,惠特汉姆换乘站,"他宣布,"在这里转车去往……"他说了一串没有人听过的地名,其中一个就是帕特斯吉尼克。卡洛琳轻轻碰我一下,指了指窗外,雪正在落下。

"嗯,他们说城市北部会下雪,"我说,"我们现在已经到了城市北部,而且外面正在下雪。"

"这里美极了,"她说,"我希望雪不要停。我希望整个周末都下雪。"

如果我注意听了的话,或许会反驳。但是我的心思都在别处,以至于我漏掉了她接下来的话。我听了好几句,却没有做出任何评论时,她说:"伯尼?"

"抱歉,我好像走神了。"

"她在你心里萦绕不去,不是吗?"

"谁,莱蒂丝吗?"

"是啊。没关系,伯尼。这很自然。你的心真的受伤了,本来该和她一起来的旅行变成了和我旅行,你有足够的理由花很多时间思念那个女人。"

"思念,"我说,"我是那个样子吗?"

"嗯——"

"我认为我不是在思念她,"我说,"事实上,我根本就没有在想莱蒂丝·朗塞伯小姐。"

"没有吗?"

我站起身,将我们的行李从架上拿下来。"其实,"我说,"我正在想雷蒙德·钱德勒。"

2

我应该从头开始讲。

嗯,至少是从接近开头的时候。那大约是卡洛琳、拉菲兹和我经由惠特汉姆中转站,搭上往帕特斯吉尼克的火车之前十天。当时大约是十一点,地点是在我的公寓里,我的梅尔·托美唱片很快就要再循环一次,而我正要决定该怎么办。

"你想再听一次吗?"我问莱蒂丝,"还是我该拿张别的来放?"

"这不重要,伯尼。"

我伸出一只手搭在她的腰际,手指像走路一样移动着。"我们可以安静一会儿,"我提议,"只让自己沉重的呼吸,以及偶尔几声热情的呼喊打破沉默。"

"恐怕你得自己去发出沉重的呼吸声了,"她说,"我该回家了。"

"你可以留下来。"

"今天不行，伯尼。"她在床上坐起身，手臂高举过头，像猫那样舒展身体，"我明天要早起。该走了，你有没有看到我的内裤？"

"你脱掉以后就没看到了，那之后我就对它没兴趣了。"

她翻身起床，寻找内裤，而我只盯着她看。这真是件愉悦的事，她看起来真是美极了。她大约五英尺六英寸或七英寸高，相当苗条，但也不是骨瘦如柴。身上到处都是曲线——柔和的曲线，没有急促的转折；如果她是一条路，你根本不需要减速，或者踩刹车——但愿不会有这种事。她的头发是山茱萸的蜂蜜色，肤色宛若奶油，眼睛的颜色则有如阿尔卑斯山的湖泊。我第一次将目光落在她身上时，就被她的美丽所撼动，而现在看起来又比那时美了一百倍。因为那时她穿着衣服，现在却没有，我告诉你，那真的大为不同。

她优雅的手停在丰满优美的臀部，研究床对面墙壁上的画。"我会想念它的，"她慵懒地说，"这真是一幅很好的仿作，不是吗？"

那是张大约十八英寸见方的帆布油画，白色的底上有黑色的垂直与水平线条。有些方块涂满了原色。我问她怎么知道那是一幅仿作。

她扬起眉头。"挂放地点便已泄露了一切，难道不是吗？你几乎不可能在这里找到一幅原版的蒙德里安。"

"这里"是西端大道与七十一街的交会处的单室公寓，它其实是个很体面的生活住所，即使你不太可能把它看作现代艺术博物馆。

"而且，"她说，"原作是能看出来的，不是吗？我在现代艺术博物馆里花了两个小时看蒙德里安的画展。你一定也去过了。"

"两次。一次是开幕时，还有一次正好是一月底闭幕前。"

"那你应该知道我的意思。看过了真正的原作，而不是书上的照片之后，你就不会被像这样一幅复制品感动。"她微笑起来，"我不是说它模仿得不好，伯尼。"

"嗯，我们不可能都拥有原作，"我说，"你说你会想念它，是什么意思？"

"我是这样说的吗？我只是自言自语，真的。伯尼，我的内裤到底在哪里？"

"我发誓我没穿在身上。"

"哦，在这里。你说它到底是怎么一路跑到这儿来的呢？"

"它乘着爱之翼飞走了，"我说着也起了床，关掉唱片机上播放的梅尔·托美，"有件事我一直忘了问你。你下周四之后的周末有空吗？"

"下周四之后的周末。不是这个星期四，而是下个星期四。"

"没错。"

"下周四,英国人会这样说。"

"可能是吧,"我说,"事实上,这跟我要提议的事情关系密切。唉,我想——"

"其实我没空。"

"你没什么?"

"没空。下星期四。"

"哦,"我说,"你有什么事情走不开吗?"

"也不能这么说。"

"如果你没办法延期,我们可以——"

"恐怕不行。"

"哦,"我说,"嗯,最好是星期四,不过我想我们可以推迟到星期五。"

"那就是下周五。"

"对。这周五之后的周六和周日。我们可以——"

"不行。"

"请再说一遍?"

"事实上,"她说,"我恐怕整个周末都走不开,伯尼,从星期四晚上开始。"

"哦。"我说。

"抱歉。"

"我是想计划一起过周末,但是——"

"好像没有扣好。你可以帮我扣一下吗,伯尼?"

"啊,当然。哦,抱歉。我的手滑了。"

"哦,我敢说真的是手滑了。"

"嗯,一股难以抗拒的冲动把它带到那里。不过,如果你不喜欢这种感觉——"

"我可没这样说。"

"或者你希望我停下来——"

"我也没这样说。"

结果,我们在没有梅尔·托美的陪伴下又做了一回,何况没有人会去注意他的缺席。完事之后,我像个破轮胎似地摊着,回过神来后,她已经穿戴整齐,一只手搁在了门把上。

"等等,"我说,"至少我可以和你一起下楼,送你上出租车。"

"你没有必要穿衣服起来,伯尼。而且我真的很赶时间。"

"至少让我告诉你,我周末计划了些什么。"

"好吧。"

"反正我们总归可以延到再下个星期,如果能预订得到的话。再说,一旦你听了我为我们制定的计划后,你或许会想要取消自己的活动。"

"嗯,告诉我吧。"

"加特福旅舍。"我说。

"加特福旅舍,"她心底迟疑了一下,"那不是——"

"伯克郡的英式乡村住宅，"我说，"奢华、昂贵又地道。每个壁炉都有燃烧的炭火。女服务员屈膝，男服务员弯腰行礼。黎明时茶会送到你的房间。还会有为失去印度而怀忧丧志的客人。整幢旅舍里没有电视，庄园内到处都没有汽车。"

"听起来像是天堂。"

"嗯，我知道你对英国的任何东西都很着迷，"我说，"而且我看过你在斯坦霍普喝茶时多么享受，我觉得这对我们来说是个完美的周末。我本来打算情人节时告诉你，但是等到我办妥一切，安排好预约，情人节已经过了。"

"你真是个贴心的男人，伯尼。"

"是啊，"我同意，"你意下如何，莱蒂丝？如果你确定无法改变你的计划，我就试试把预约挪到下下个周末。"

"我真希望我可以。"

"你希望你可以怎样？"

"唉。"她叹了一口气，放开门把，回到房间里来，靠在书架上。"我希望能够避免这种情况，"她说，"我觉得如果我们只是做爱，不牵扯别的，会好很多。"

"不牵扯什么？你把我弄迷糊了。"

"总的来说，"她说，"就是这样。哦，伯尼，我希望下周四能够和你一起去，但是没办法。"

"你要做什么事，"我听到自己说，"那么重要？"

"哦，伯尼。"

"嗯?"

"你会恨我的。"

"我不会恨你。"

"你会,但我不会怪你。我的意思是,这太荒谬了。"

"什么?"

"哦,伯尼,"她又说了一次,"伯尼,我要结婚了。"

"'哦,顺便说一声,伯尼,我星期四要结婚了。'"我说。"然后我的下巴掉了下来,等我捡起来时,她已经出门走了。你能相信吗?"

"我开始信了,伯尼。"

我觉得她说的是真话,因为她已经听了三遍了。当天晚上我就告诉她了,就在莱蒂丝跨过我的门槛,轻声但坚定地关上她身后的门之后几分钟,我便打电话给卡洛琳。第二天午餐时,我又告诉她一次。卡洛琳的宠物美容院在百老汇大道和大学广场之间的东十一街上,与巴尼嘉书店只隔两家店面,我们按照惯例一起吃饭。通常我们其中一人会去附近的熟食店买三明治,带到另一个人的店里。那一天是由我买三明治,我们在"贵宾狗工厂"用餐,我一面吃,一面告诉她我在电话上已经说过的悲惨故事。

之后大约六点时,我关上书店的门,回到"贵宾狗工厂",她正在为一只卷毛比熊犬做最后的修饰,它的两位主人在一旁眉飞色舞地观看。"它真是可爱极了。"其中一人说,另一人则开了一张支票。"你把它最美的部分展现出来了,卡洛琳,我发誓你是个天才。"

他们离开了,可爱的小狗也被牵走了,天才关上了店门。我们和往常一样步行到百老汇大道上的"饶舌酒鬼"酒吧,而卡洛琳也和往常一样点了威士忌,但她停顿了一下。"你需要的话,"她说,"我可以点其他的。"

"为什么?"

"嗯,如果你想要好好醉上一场,"她说,"我可以保持清醒。"

"我们没有车,"我说,"不需要先指定一个驾驶员。再说,为什么我会想喝醉?"

"你不想吗?"

"不是特别想。"

"哦。嘿,这不会是你的巴黎水之夜吧,是吗?"

每当我夜里计划要非法侵入时,巴黎水便是我的选择。"不,"我说,"不是这样。"为了证明,我请玛克辛给了我一瓶图堡①啤酒。

"嗯,感谢上帝,"卡洛琳说,"这样的话,我就点威士忌吧,玛克辛,请给我双份。他们说我是个天才,伯尼。这不是很棒吗?"

---

①图堡(Tuborg),嘉士伯旗下的品牌之一。

"太棒了。"

"如果能选择的话,"她说,"我宁愿是其他方面的天才。没有人会因为洗狗而得到麦克阿瑟奖①。但是这比什么都没有好,你觉得呢?"

"绝对没错。你可以和我一样。"

"一个撬锁的天才?"

"一个挑选女人的天才。"

"我已经是个挑选女人的天才了。"

"你能相信吗?"我追问,然后开始第三次叙述莱蒂丝的故事。"我想知道的是,"我说,"如果不是我拿共度周末的事逼她的话,她什么时候才肯告诉我。我的意思是,这又不是她要和另一个男人约会看电影之类的事,而是要结婚。"

"你知道她在和其他人交往吗?"

"我或多或少有这样的假设。我们也没对这段关系做什么承诺。事实上,我们最近才开始睡在一起。"

"怎么样?"

"你是指性吗?"

"是呀。"

"太美妙了。"

---

① 麦克阿瑟奖,由麦克阿瑟基金会颁发的一个奖项,每年有代表性的奖励二十至四十名美国人,奖励那些在各个领域、不同年龄"在持续进行创造性工作方面显示出非凡能力和前途"的人。根据基金会主页所述,该奖不是奖励过去有成就的人,而是奖励那些有创意、有胆识、有潜力的人。

"哦。"

"相当特别。"

"很遗憾，伯尼。"

"但这不是一段长久的恋情。我曾经希望是，但在心底深处，我知道不是。我们之间的共同之处不多。我以为会经历一段过程，然后有个苦乐参半的结尾，多年以后当我逐渐老去，她将会是另一个让我温暖自己的温柔回忆。所以我已经完全准备好接受这段情——到头来什么也没有。但我没想到会发生得这么快，而且这么突然。"

"所以你基本上是能接受的吗，伯尼？"

"我会说是。"

"你受到惊吓、感到茫然，但没有被彻底蹂躏。是这样吗？"

"相当接近了。我觉得自己很蠢，完全误解了状况。我以为这个女人会为我疯狂，结果她早已经准备好要绑住另一个人的领带了。"

"他才是那个可怜的人，伯尼。"

"谁，新郎吗？"

"是啊。结婚前一周半，他的老婆却在和其他人预演。如果你问我，我会说你运气很好，可以摆脱她。"

"我知道。"

"莱蒂丝。这到底是个什么名字？"

"我猜是来自英国。"

"我想也是。你知道,自从你开始和她交往,我就已经忍了很久不要讲这个再明显不过的笑话了①。一个番茄②怎么会有这种名字?或者她是否有个姐妹叫帕丝莉③?或者,我希望她不是纯正的卷心莴苣。"

"她不是。"

"我不知道,伯尼。她前几天像条冰冷的黄瓜。到底那个幸运的家伙是谁?她告诉过你关于他的事吗?"

"半个字也没有。"

"没讲过他们是在哪相遇的之类的事?"

我摇摇头。"也许她只是走进他的店,"我说,"那是她遇见我的方式。她选了六本玛莎·格莱姆斯和伊丽莎白·乔治的书,然后我们谈起话来。"

"她做什么,伯尼?"

"各种事情,"我说,试着回忆,"哦,你的意思是以什么为生?她在华尔街做事。我猜她是个股市分析师。"

"所以她不只是个放荡的女人。"

"不是这个字传统上的意思。"

"她是英国人吗?"

"不是。"

"我以为她对英国有思乡病,所以你才会带她去斯坦

---

①莱蒂丝的英语 Lettice 与莴苣(lettuce)相近。
②番茄的英语 tomato 也有"美女"的意思。
③帕丝莉的英语 Parsley 也有荷兰芹的意思。

霍普喝英国茶,还计划带她去加特福旅舍。"

"她对英国有思乡病,"我说,"这样说倒也可以,但她不是英国人。事实上,她从来没去过那里。"

"哦。"

"但她有轻微的英国腔,她在说话时会用一些英式语法,而且她很清楚英格兰是她精神上的家乡。当然,她也读了一大堆英国侦探小说。"

"哦,没错。玛莎·格莱姆斯和伊丽莎白·乔治都是英国人,不是吗?"

"事实上,"我说,"她们不是,但她们书中的场景是在英国,莱蒂丝可喜欢了。她也读过所有经典作品,比如阿加莎·克里斯蒂、多萝西·塞耶斯。不管怎样,我认为加特福旅舍正是符合她需要的乡间。"

"符合她需要的乡间?"

"明白吗?然后我便着手安排。我以为她会为此疯狂。"

"而且这比去英格兰便宜多了。"

"并不便宜,"我说,"但我在一月底左右的一个夜晚收获颇丰,所以不同于以往,这次钱不是问题。"

"那是个巴黎水之夜。"

"恐怕是,"我说,"我知道这在道德上有争议,但反正我已经做了,而且我想在把钱都耗费在食物和房屋上之前,把部分收益投资在高尚的生活上。"

"有道理。"

"所以我原本真的打算登上协和式喷气机,像一阵风似的带她到英格兰度个激情周末。但我不确定我能否找到那个正确的英格兰。"

"还有其他的英格兰吗?"

我点点头。"要找到她能为之疯狂的那个英格兰,"我说,"你需要一个时光机器,而且就算有了,找起来也很麻烦。她的英格兰是类似《楼上,楼下》和《藏书室女尸之谜》①里描述的英格兰。如果在希斯罗机场降落,我不知道要去哪儿找那个英格兰。但是你可以在离此地仅三小时路程的加特福旅舍找到。"

"所以那是某种旅馆?我从来没听过,伯尼。"

"我也没听过,"我说,"直到最近。没错,那是一家旅馆,但是刚开始的时候不是。费迪南德·卡斯卡特大约在一百年前建造了这幢房屋。"

"这名字听起来很熟。"

"他是个没什么良心的企业家,用古老的方式赚钱。"

"榨取穷人的血汗?"

"还会有什么其他方式?他累积了大笔财富,并且在第五街为自己盖了幢石灰岩豪宅。在新堡有了个避暑地之后,费迪南德想要一间乡村住宅。于是他建了加特福。"

---

① 《藏书室女尸之谜》为阿加莎·克里斯蒂"马普尔小姐系列"中的一册,新星出版社于 2013 年 6 月出版。

"然后从此在那里过着幸福快乐的生活?"

"我猜他几乎没有在那里待过多少时间,"我说,"他可能有过幸福快乐的生活,但不是从此以后,因为在加特福完工后五年内,他就已经住进天堂里的英国乡村豪宅了。他的继承人争夺这片地产,最后到手的人在一九二九年散尽钱财,州政府拿了这块产业抵税。后来几年又转了好几手。第二次世界大战后,那里是个高级戒酒中心,曾经还一度为某个修道院所有。最后宅院荒废了,接着大约八或十年以前,艾格伦廷拥有了这片产业,然后开始复原。"

"艾格伦廷。那也是一个宗教团体吧,是不是?"

我摇摇头。"是艾格伦廷夫妇,"我说,"我忘了他们的名字,不过简介上有。我想丈夫是英国人,太太是美国人,或者可能是反过来。他们当年在一家美国大型连锁旅馆工作时相遇,之后辞了职,在宾州的巴克郡开了一家英国情调的 B&B 旅舍[①]。然后他们有个机会买到了加特福旅舍,于是他们卖了巴克郡的店,到那里试试。"

我告诉她那个地方的状况,复述我在简介上读到的比较精彩的部分。

"听起来很棒。"她说。

"没错,不是吗?"

---

① B&B 即 Bed and Breakfast,提供住宿和早餐的传统英式家庭旅舍。

"一定是，伯尼。莱蒂丝没有把婚期延后一两周，实在是太可惜了。她会爱上这次旅行的。"

"我可以自己享受。"

"哦，当然。谁不能呢？"

我喝了口啤酒，放下杯子，倾身向前，说："你知道吗？"

"什么，伯尼？"

"我们走吧。"

"就这样？嗯，让我先把我的酒喝完，好吗？"

"喝完后再来一杯。我的意思不是离开酒吧，是我们去加特福旅舍。"

"啊？"

"嗯，为什么不可以？我已经预订了房间，而且已经把订金付了，很可能没办法退款。我们两个为何不一起去旅行？你下个星期四没打算要结婚吧，有吗？"

"据我所知没有，但是我要看一下日程表。"

"我讨厌取消旅行，"我说，"只因为我计划要同行的人刚好要嫁给别人。不过，那不是我想自己一个人去的地方。"

"我知道你的意思。"

"所以，你觉得怎么样？"

"我不知道是不是负担得起，伯尼。"

"嘿，行了。我请客。"

"你确定吗?"

"完全确定。我还以为我们已经默认这点了。"

"要是这样,"她说,"我或许付得起。"

"那么说定了吗?我们一起去?"

"唉,管它呢,"她说,"为什么不去?"

3

那是星期二晚上。第二天卡洛琳买了三明治过来,我们在书店里吃。她吸了最后一口芹菜汽水,把最后一口沙拉三明治咽下去,然后抬起头说:"关于下个周末,伯尼。"

"怎么样?"

"嗯,我一直在想。"

"我们还是要去,对吗?"

"我想是的,不过——"

"不过什么?"

"嗯,有些事我还没弄清楚。"

"有什么不清楚的?我们星期四下午离开,星期天晚上回来。如果你是在犹豫要带什么衣服——"

"这些我已经准备好了。"

"那有什么问题?"

"我有点想知道我们为什么要去。"

"我们为什么要去？"

"没错，伯尼。这就是我不太清楚的地方。"

"我知道我为什么要去，"我说，"而且我想我已经告诉过你了。我要去是因为一切都计划好了，花了很多心思在上头，而且我不认为有什么理由可以让一个背信弃义的英国爱好者弄得我进退两难。另一个要去的理由是，我需要放个假。我不记得上次离开城市是什么时候了，我耗在店里的时间太久了，更别提晚上偶尔还要兼顾书店以外的事业。"

"我知道你一向工作繁重。"

"那就是我要去的原因。就你而言，我猜你要去的原因，是你想在最好的朋友有需要时能陪伴他。而且你自己工作得也很辛苦。想想看，育犬协会展这一周里你给多少只狗洗过澡、做过造型？"

"别提醒我。"

"所以你可以休息一下，而且既能为朋友做好事，又可以得到免费假期，这种机会可不多。"

"是很难得。"

"所以现在我们知道为什么我要去，以及为什么你要去了，如果你把两边加起来，就是为什么我们要去了。"

她想了一下目前的情况。我揉了一个三明治包装纸，丢给拉菲兹去追，接着整理了一下我们的午餐残渣，扔进垃圾筒。我回来时，卡洛琳已经将猫抱在膝上，脸上一副下定决心的表情。

"还有别的。"她说。

"别的什么？别的午餐？别的垃圾？你在说些什么？"

"这件事肯定令有隐情，"她说，"你知道法庭上他们会让你发誓所说的全部都是事实，而且是全部的事实，绝无例外吧？嗯，我认为你说的全部都是事实，而且绝无例外，但是我不认为你说出了全部的真相。"

"你不这么认为？"

"不，"她说，"我不这样认为。也许我应该闭上嘴老老实实去度假，因为你知道人们是怎么看妄自揣测礼物价值这事的。"

"人们怎么看？"

"人们说别干这种事。但我不得不这样做，伯尼。你精挑细选了加特福旅舍，作为给莱蒂丝的特别礼物。可她现在与此无关了，为什么你还是要去那里？"

"我告诉过你——"

"我知道你跟我说了什么，但如果你需要一个假期，为什么不去别的地方？我就是一直觉得你有暗地里的行程。"

"暗地里的行程。"我说。

"如果我错了，"她说，"就再告诉我一次，然后我保证不会再提。"

"我不会说是暗地里的，"我说，"我也不会说那是个行程。"

"但确实有某种东西,不是吗,伯尼?"

我叹了口气,点点头。"确实有东西。"

"我就知道。"

"或者可能什么都没有,但确实有这种可能性。至少曾经有过某种东西,这我相当肯定。但是我不知道还在不在,我的意思是那个东西。"

"伯尼——"

"不过东西还是有的,不是吗?东西如果不在那里,就会在某处。我的意思是其他地方。"

"伯尼,你用的确实都是词汇,而且也造出了整个句子,但是——"

"但是你不知道我在说些什么。"

"没错。"

我深深吸了口气。我说:"你对雷蒙德·钱德勒了解多少?"

"雷蒙德·钱德勒?"

"没错。"

"侦探小说家?那个雷蒙德·钱德勒?"

"就是他。"

"我对他了解多少?嗯,我几年前读过他所有的书。我记得他写的书没多少本,是吗?"

"七本小说,"我说,"加上两打短篇故事和四五篇文章。"

"我可能漏了一些短篇故事,"她说,"我想我也没有读过任何一篇文章,但是我肯定读完了小说。"

"我陆陆续续读了所有的作品。包括小说、短篇故事和文章,还有他的书信集,以及两本传记,作者分别是菲利普·杜汉姆和法兰克·麦克辛。"

"那你看的比我多,伯尼。"她耸耸肩,"我只是因为喜欢这些小说才读了他的书。所以我对他本人没什么认识。我甚至不知道他是英国人还是美国人。"

"他在美国出生,"我说,"那是一八八八年;也在美国受孕,在怀俄明州的拉拉米;出生是在芝加哥。他在内布拉斯加州避暑。七岁时父母离异,他和母亲搬到了英格兰。然后在二十三岁时,他向叔父借了五百英镑回到美国。当然,他最后到了南加州,那也是他故事的场景所在。他进入石油业,结果因为酗酒而离开。接着他便尝试写作。"

"因为人无法因酗酒而离开写作?"

"他以前就对写作有兴趣,现在则是真的认真写。他在一九三三年将第一篇短篇故事卖给了《黑面具》[①],一九三九年出版了第一本小说。"

"《漫长的睡眠》。"

[①] 《黑面具》(*Black Mask*),创立于一九二〇年的侦探杂志,钱德勒与哈米特等人均在此成名,是美国侦探小说的发源地。

"《长眠不醒》,"我说,"你把它和第六本小说《漫长的告别》①弄混了。这个错误很常见。两本书名都是死亡的委婉说法。"

"没错。"

"他的晚年没什么乐趣,"我继续说,"他的妻子于一九五四年过世,此后他就像变了个人。他的第七本小说《重播》写得不太好,他还写了第八本小说的开头几章,如果完成的话会更糟,但他没写完。一九五九年三月,他做了漫长的告别,然后开始自己的长眠。"

"但他的书继续活着。"

"当然是这样。这些书都还在出版,他在犯罪小说殿堂里的地位也屹立不倒。你甚至不必是个侦探小说迷,也会喜欢钱德勒。你会听到有人说:'我从来不读侦探小说,当然雷蒙德·钱德勒除外。我崇拜钱德勒。'"我揉了一个纸团,丢向拉菲兹。"有时候,"我说,"他们会这么说,但最后你会发现这些人根本是盲目崇拜,因为他们根本就没有读过他的作品。"

"我猜这是真正的文学成就,"她说,"你拥有甚至没读过你作品的热情书迷。"

"可不是吗,"我说,"无论如何,这就是雷蒙德·钱德勒。还有一位作家与他齐名,而且我知道你读过他的作

---

① 《长眠不醒》的英文名是 The Big Sleep,《漫长的告别》是 The Long Goodbye。卡洛琳将这两个名字混淆了,说成了"The Long Sleep"。

品——哈米特。"

"达希尔·哈米特？我当然读过他的作品，伯尼。他的作品也不是很多，对吗？"

"五本长篇小说和大约六十个短篇故事。钱德勒出版第一个故事时，他已几乎停止写作了。他的健康一向欠佳，晚年比钱德勒也好不到哪里去。"

"他什么时候去世的？"

"一九六一年。和钱德勒一样，他的作品继续活着，现在已经收录进了大学课程。你还能买到《马耳他之鹰》的克利夫读本①。这名气没得说了吧？"

"的确。"

"哈米特与钱德勒，钱德勒与哈米特。这两位被公认为是硬汉派侦探小说的奠基者。之前确实有其他作家写过这类作品，比如卡洛·约翰·达利，但几乎没有人读他的作品了。哈米特和钱德勒是其中的佼佼者，他们也得到了应有的声誉。"

"他们是好朋友吗，伯尼？"

"他们只见过一次面，"我说，"在一九三六年，如果我记得没错的话。十位《黑面具》的常客在洛杉矶聚会用餐。钱德勒住在那里，哈米特当时也在好莱坞工作。诺伯特·戴维斯和霍勒斯·麦科伊也在那里，还有托德亨

---

①克利夫读本（Cliffs Notes）是一套汇集了众多文学经典的教学参考书，以在线条目或小册子的形式提供经典文学作品的梗概、主要人物和各式解读。

特·巴拉德,另外其他五位作家我所知不多。"

"你刚才提到的人我一个都不认识。"

"嗯,巴拉德写了很多西部小说,而且我想他和雷克斯·斯托特①是远亲。霍勒斯·麦科伊写了《他们向马开枪,不是吗?》。我忘了诺伯特·戴维斯写了些什么。我猜是为《黑面具》写的故事。"

"那是他们唯一的一次碰面?"

"大家都这么说。"

"哦?"

"这两人写的传记里都提到了这次会面。这个团体照了张相片,送给纽约的《黑面具》杂志编辑。"我走到传记区,拿出一本《影人》,是理查·莱曼所著的哈米特生平,翻到有照片的那一页,"就在这里。那个叼着烟斗的是钱德勒,那个是哈米特。"

"他们看起来好像在互相瞪着对方。"

"有可能。很难说。"

"他们喜欢对方吗,伯尼?"

"这也很难讲。几年后钱德勒写了封信,提到了这次会面。他记得哈米特相貌英俊、高大、安静、灰发,而且威士忌酒量惊人。"

"和我一样。"

---

①雷克斯·斯托特(Rex Stout, 1886—1975),美国侦探小说家,新星出版社出过他的《矛头蛇》《吓破胆联盟》《门铃响起》等作品。

"嗯，你长得的确挺好看，"我同意，"身高方面我就不知道了。"

她生气地瞪着我。卡洛琳站起来可以有六英尺高，但她必须穿着十二英寸的高跟鞋。"我既不安静，也不是灰发，"她说，"我指的是威士忌酒量惊人。"

"哦。"

"钱德勒提到的就这些吗？"

"他提到很多哈米特身为作家的事。"我翻阅书页，找到我要的部分，读道："'哈米特把谋杀从威尼斯花瓶里揪出来，丢到市井巷弄里；谋杀不必在那里永远停留，不过让它尽可能远离爱米莉·波斯特[①]那种出身良好、初入社交圈的淑女倒是个很好的主意。至少这样故事读起来就不像在读淑女啃鸡翅了。哈米特是为对生活抱有敏锐、进取态度的人写作的。他们不惧怕事物的黑暗面，他们就生活在其间。暴力不会令他们沮丧，暴力就在他们的街上。哈米特将谋杀还给有理由犯下罪行的人，而不只是提供一具尸体；使用的也都是手边的工具，而非手工打造的决斗用手枪、毒箭和热带鱼。'"

"热带鱼？"

"'他将这些人原原本本地写下来'，"我接着念，"'而且让他们使用平常习惯的语言说话和思考'。等等，还有

[①] 爱米莉·波斯特（Emily Post, 1837—1960），出生于美国富裕家庭，著有《礼仪》一书，提倡适当礼仪。

更多。'他非常吝啬、节俭、冷酷,但是他再三做到了只有最好的作家才能办到的事。他写出了以前似乎从未有人描写过的场景。'"我合上书。"这是他在一九四四年写的刊载在《大西洋月刊》上的一篇文章①。我猜想哈米特从来没见过这篇文章。那时他在军中,阿留申群岛战役时驻扎在阿拉斯加。"

"他那时年纪不会稍大了些吗?"

"他出生于一八九四年,所以他在一九四二年入伍时已经四十八岁了。此外,他的健康状况也不好。他得过肺结核,牙齿也很差。"

"但军方还是接受了他?"

"他前两次试图入伍都没有成功。第三次时,军方就不那么吹毛求疵了,他拔掉一些牙以后,军方就接纳了他。战后,他拒绝告诉一个国会委员会他是否曾经是共产党员,结果被关入监牢。"

"他是吗?"

"有可能,但谁在乎?他又不是总统候选人。他只不过是一个二十年来没写出多少作品的作家。"

"哈米特对钱德勒又有什么看法?"

"就大家所知,他从来没有发表过意见,"我耸耸肩,"你知道,他很可能从来没读过钱德勒写的任何东西。但

---

① 以上伯尼念及的部分已收录在《简单的谋杀艺术》中(新星出版社,2008年1月出版)。

是我想他应该有过机会读。"

"这是什么意思?"

"我认为他们见了第二次面,大约在钱德勒出版第一本小说之后两年。我想钱德勒带了一本书,送给了哈米特。"

"然后呢?"

"然后,我想我知道这本书在哪里,"我说,"我认为是在加特福旅舍。"

4

我告诉卡洛琳,钱德勒从来没提过有第二次会面,哈米特也是。但是在大约九或十个月前,我在浏览为书店采买的书时,被一本我从来没见过的书吸引了,书名是《一字一毛钱,划得来》,是一个老派的廉价书作者雷斯特·哈丁·洛斯写的。

卡洛琳从来没听过这个人。

"我也没听过,"我告诉她,"洛斯似乎是个以写各色文章维生的人。他每天写出几千字的小说,没有很好的,但全都出版了。他写运动故事、西部故事、侦探故事,还有科幻故事,而且所有作品都用笔名。他在书里列举了三十个笔名,还承认其他有一些他忘记了。他大半生的稿费都是一个字一毛钱,似乎未曾期望更多。我希望他的自传价钱能好些。这本书相当有趣,如果他只拿到六七百美元,我会很难过。"

"他很可能三天就写完了。"

"嗯,伏尔泰写《赣第德》也只花了三天。不过这都不重要。实情是洛斯真的很喜欢写作,不管他是否对自己写的东西感到自豪。他也很乐于和其他作家往来。他认识同时代大部分的畅销书作家,有些是认识作者本人,有些则是通过书信往来认识的。"

"包括哈米特和钱德勒吗?"

"嗯,其实不我包括。但是包括乔治·哈蒙·寇克斯[①]。"

"我知道这个名字。"

"我不意外。他出版了很多书,很棒的硬汉派文学作品。他是钱德勒的朋友。《长眠不醒》出版之后,钱德勒写信给寇克斯,那时寇克斯刚在康涅狄格州盖了座新宅。钱德勒很想搬进去住。"

"很难想象菲利普·马洛出现在康涅狄格州。他就是那种地道的洛杉矶人。"

"我知道,但钱德勒想找个比加州便宜的地方。他也想过要搬回英格兰,但最后还是留在了加州。不过按照雷斯特·哈丁·洛斯的说法,他确实拜访了寇克斯在康涅狄格州的家。"

"什么时候?"

"不太清楚,但有可能是一九四一年的夏天或秋天,"我晃到柜台前,找到我的那本《一字一毛钱,划得来》,

[①] 乔治·哈蒙·寇克斯 (George Harmon Coxe, 1901—1984),美国侦探小说家。

"洛斯是这么说的。'我希望能够找到寇克斯那时写给我的信。钱德勒似乎到东岸与诺夫出版社的编辑商量,然后到寇克斯家停留了一两天。有天夜里他们开车去拜访一位叫福特诺或福蒂诺的朋友,同行的有哈米特和一个姓贺尔曼的女人。福特诺,还是福蒂诺——管他叫什么——显然酒藏甚丰,所有到场的人都喝得醉醺醺的。钱德勒随身带了本他的书,郑重其事地送给哈米特,在环衬上写下了华丽的题词。有意思的是,他从加州带了这本书,原本是要送给寇克斯当礼物,结果现在没书可以送他了!寇克斯对这件事的说辞极尽挖苦之能事,可惜他的信一定是在我们多次搬家中遗失了。'"

"'姓贺尔曼的女人。'莉莲·贺尔曼?"

"正是。她一九三九年买下了硬地农场,哈米特在那里待了很久。农场离加特福旅舍虽算不上咫尺之遥,但开车也不超过两个小时。"

"我大概错过了什么,伯尼。洛斯什么时候提过加特福旅舍的事?"

"他没提。但是他提到了一个姓福蒂诺的人。"

"然后呢?"

"然后我在哈米特和钱德勒的传记里,寻找福特诺或福蒂诺的资料,但没找到任何与之相关的东西。我查看了达希尔·哈米特或莉莲·贺尔曼的财产里,是否有题赠版《长眠不醒》的迹象。我又查了拍卖记录,还打电话向书商中可能知道这类事情的人查询。我查了乔治·哈蒙·寇克斯的书信,我找找看他是否跟其他任何人提到过这件事。"

"有吗?"

"有可能,但我找不到任何证据。哥伦比亚大学有寇克斯的一些文章,有位图书馆员帮了大忙,陪我花了几个小时细读,我发现了很多提到钱德勒和哈米特的地方,但没有什么能够确认钱德勒东岸之行的东西,更别提他跟哈米特的二度会面了。"

"我想他也没有提到福蒂诺。"

"恐怕没有。"

"也许整件事都是洛斯的幻想。"

"我也这么想过,"我承认,"我突然发现自己是在煤矿坑里找一只根本不存在的黑猫。最后我放弃了,几个月后,我开始跟一个女人交往,她疯狂地迷恋着英格兰温馨的下午茶和露台上的尸体,然后我知道了加特福旅舍的一些事,所以我打电话给他们,请他们给我一份简介。"

"而他们也给了。"

"他们给了,"我说,"而且令人印象深刻。先前我想要拿给你看,但我不记得放在哪里了。"

"没关系,伯尼。反正我要去了,还要简介做什么?"

"我差点也这么想。我很快浏览了一下,就知道那是带莱蒂丝同行的完美地点,所以何必费心读这个地方的历史?但里面写得很有意思,而且那天书店里也没什么生意。"

"和以往大不相同。"

"没错。所以我开始读,里面提到这块地转了好几手,最后,一个叫福雷斯特·福蒂诺的男人拥有了这份产业好几年。年代有点不确定,但他一定是《长眠不醒》出版后,一直到哈米特被美国陆军接受这段期间内的产业所有人。"

"这就大大提高了洛斯的可信度,对不对,伯尼?"

"是啊。我查了一下《泰晤士报》的索引,找到了一些有关福蒂诺的消息。他跟美伦家族的继承人之一结了婚,他自己也有来自家族的财产。他资助一些百老汇的演出,就在二战前几年,还很大方地资助左翼运动。"

"这让他跟贺尔曼扯上关系。剧场与政治。"

"这肯定能解释他们怎么会彼此认识。但这些都不重要。真正的问题是,那本书怎么样了。"

"《长眠不醒》?"

"没错。我的看法是这样:钱德勒突然迅速拿出书并写下衷心的话,送给哈米特。哈米特是众人公认非常有礼的人,他收下书,好像那是通往天堂的钥匙。然后钱德勒跟寇克斯一家人回家,哈米特和贺尔曼回到硬石农场,或者一路开车回纽约。"

"而书留下来了。"

"那是我的猜想。"

"为什么，伯尼？哈米特不是该带着书吗？"

"他或许会带着，"我说，"如果他记得的话。当他离开加特福时，他可能醉得忘记了，或者不省人事了。"我摊开双手。"你看，我完全不能证明。他可能把书带回家了，读了几章，然后丢进了垃圾筒。他也可能借给了某人，然后某人又拿给别人，然后捐给教堂去义卖了。可能就在我们说话的时候，它正在某个地下室或阁楼里腐烂。"

"但是你不这么认为。"

"是呀，我不这么想。我认为他把书留在加特福的桌子上了，可能是意外，也可能是刻意的，我猜某个女仆把书塞到了图书馆的书架上。那里有一间很古雅堂皇的图书馆，简介里有张照片。书架直顶到十二英尺高的天花板。"

"你认为书就在那里。"

"我想可能是的。唉，从那时起，已经有很多人待过那座住宅了。僧侣、酗酒者、工人、访客等。其中一人可能拿走了《长眠不醒》。"

"伯尼，已经超过五十年了。"

"我知道。"

"我不觉得还有任何与之有关的人活着，有吗？我只知道哈米特和钱德勒都过世了，莉莲·贺尔曼也是。寇克斯和洛斯呢？"

"都死了。"

"福蒂诺和他妻子呢？"

"死了很久了,我也不知道他们的孩子后来怎么样了。"

"超过五十年了。书怎么还会在那里?"

"房子还在,图书馆也是。简介里附有照片,书架上也塞满了书。我不认为艾格伦廷夫妇会只为了装饰,论斤称两地大量买书。我想那些书原先就一直在那儿。"

"而在某个地方,在一个很高的书架上收藏着——"

"《长眠不醒》,"我说,"有雷蒙德·钱德勒的签名,题献给达希尔·哈米特。搁在那儿,就等着有缘人。"

"我一直在想那本书。"她说,几个小时后我们已在饶舌酒鬼酒吧里了。

"我可以理解。我自己都已经想了好几个月了。"

"假设它真的在那里,"她说,"假设你也真的发现了它,那本身也算是个奇迹。"

"所以?"

"所以它值得吗?除了你确实很着迷以外,毕竟这种热情本身很难被明码标价。不过,如果以真正的金钱来计算的话——"

"它的价值?"

"对。"

我根本不必想。我在过去几个月已经计算够多次了。

"《长眠不醒》是钱德勒的书中印刷数量最少的,"我说,"状况良好的第一版很稀有。如果附有书衣,并且也很完好,那么你拥有的书就能值上五千美元左右。"

"哦,这么多?"

"但这一本签了名,"我说,"大部分的现代小说,作者签名会使价格提高百分之十到二十。但钱德勒的情形不同。"

"是吗?"

我点点头。"他签名的书不多。事实上,当时的作家都这样,不像现在的作家。目前几乎每个有书问世的人,都会巡回全国,坐在书店里为每个光临的读者签名。"

"艾德·麦克班恩[①]也为我在他的新书上签过名,"她说,"我告诉过你,记得吗?"

"说了好几次。"

"嗯,我那天真的很兴奋,伯尼。他是我最喜欢的作家之一。"

"也是我的。"

"每当我读他的八十七分局系列,"她说,"最后都会对警察有新的看法。我看到他们是真实的人类,敏感、有弱点,而且,嗯,有人性。"

[①] 艾德·麦克班恩(Ed Mcbain, 1926—2005),美国著名侦探小说家。新星出版社出过其八十七分局系列作品中的《恨警察的人》《小提琴手们》《莎迪死时》和《侧耳聆听》。

"他就是这样描绘警察的。"

"是啊。接着雷·基希曼走进门来,硬生生地把我拉回现实。我跟你说,我比较喜欢艾德·麦克班恩幻想中的世界,一旦遇见现实真人反而觉得毛骨悚然。那本书是我最骄傲的收藏。"

"我知道,但你不是他唯一签了名的人。他签了好几千本书,当今大部分的作家也是。在哈米特和钱德勒的时代,作家只会替朋友签名。而钱德勒甚至不会这么做。"

"没有吗?"

"很少。如果你是他的朋友,他或许会送你一本书,但是他不会签名,除非你要求他。所以,一个真正的钱德勒签名,本身就非常珍贵。如果是签在后来比较普及的书上,会使价格提高个几百块到两千块。但是签在《长眠不醒》上,就会让价值倍增。"

"所以现在是一万美元了。"

"而且还不只如此。如果洛斯说的是真话,钱德勒不仅是在给哈米特的书上签名,他还私人题献给哈米特。"

"这有差别吗?"

"题献的事很有意思,"我说,"如果题献的对象只是乔·苏墨,那这本书还不如只有签名受欢迎。"

"为什么会这样,伯尼?"

"哦,想想看,"我说,"如果你是个收藏家,你会想要一本特别题献给某个无名小卒的书吗?还是一本只有签名的书会让你比较高兴?"

"我觉得我不会在乎是哪一种情况。"

"你不是个收藏家。收藏家会在乎。"我想到了一些品位比较独特的顾客,"什么事都在乎,"我说,"相信我。"

"我相信你,伯尼。那一本题献给席德·苏墨的书呢?他是乔比较有名的兄弟。"

"我们正要讲到这一点。只要题献词提到的人很有名,这本书就变成手迹珍本了。"

"这很好吗?"

"不坏,"我说,"至于有多好,要看这个人是谁,还有他或她和作者的关系。一本由雷蒙德·钱德勒题献给达希尔·哈米特的书,在美国犯罪小说里,算得上是终极的珍本了。"

"说个底线吧,伯尼。"

"假设书和封套都是接近崭新的状态,假设笔迹能够确定是钱德勒的——"

"假设所有的事,伯尼。说一个数吧。"

"提醒你,这只是个大概的数字。我们现在谈的是唯独仅有的东西,所以谁能知道它值多少?"

"伯尼——"

"大约两万五千。"

"两万五千?"

"只是概略数字。"

"两万五千美元？"

我点点头。

"美元？"

我又点点头。

"你销赃的时候可以得到几成？"

"你不必拿到黑市去卖，"我说，"因为没有人说它被偷了，因为根本没有人知道它存在。你可以走到任何顶尖的拍卖商面前，把书放在桌上。"

"他们问你从哪里得到的时候怎么办？"

"你在车库拍卖场上找到的，或者在廉价书店的两本二十五美分的架子上发现的。管他的，我是个书商。我可以说是在一箱杂物底下找到的，而且我以为是本读书俱乐部的重印本，直到我仔细看了它。你甚至根本不必说这本书是怎么到你手上的。你只要给个高深莫测的微笑，然后保持沉默。"

"所以你最后可以独得全部的两万五千美元。"

"或者更多，如果你能进入苏富比的拍卖会，而且有两个狂热人士都决定要拥有它。"

"哇。"

"但首先没有任何证据保证它真的存在，"我说，"而且即使真的有，也可能早就不见了。或者，它还在那里，完全为了我们而存在，但因为已经被收藏了起来，你也可能翻遍了整个屋子都找不到。"

"我们一定要去看一下,伯尼。"

"那就是我的打算。"

"两万五千美元。"

"很可能没那么多,你知道。也许书衣不见了。也许书脊模糊了。也许书页已经缺角。也许被虫啃过。"

"也许有个小孩把所有的'O'都涂上了颜色,"她说,"也许有个疯狂植物学家把树叶压在了书里面。管他呢,我们一定要去试试看,伯尼。"她看着我,"如果我们不去,一定永远不会原谅自己。"

5

我们在惠特汉姆换乘站的月台上等了一会儿。往帕特斯吉尼克的慢车轧轧作响地驶进车站，待它再度嘎吱嘎吱地离开时，我们已经在上面了。这辆小火车的行驶方向是东北方，随着车轮不断转动，地势也越来越崎岖，越来越荒远偏僻，雪也下得更大了。

当我们抵达帕特斯吉尼克时，天色已经暗了，而且雪积了好几英寸深。卡洛琳双手捧起雪，做了个雪球，看看四周想找个投掷的目标。唯一见到的是辆切诺基吉普车，侧边拙劣地写着：布克出租车服务。你不能向出租车丢个雪球，再期待司机欢迎你，于是她耸耸肩，把雪球抛到身后。

"嘿！"

"抱歉，伯尼。我不知道你在那里。"

"嗯，我以前也没来过这里。欢迎来到帕特斯吉尼克。"

"像是科兹沃茨①的小村庄，不是吗？齐平坎登之类的。"

"萨丁波德汉姆。"我提议道。

"简·马普尔②小姐可能会住在那些舒适的小农舍里，伯尼。她会做些编织，在花园里拨来探去，四处解决谋杀案。"

"农舍？我没见到什么农舍。"

"这么大的雪当然见不到了。不过我相信是有的。我们的出租车也是。你认为他会跳出车来，帮我们提行李吗？"

我们走过去，敲了敲他的挡风玻璃，他终于出来了。我告诉他我们的目的地，他从驾驶座里爬出来——那是个矮胖、宽肩膀的家伙，两眼间的距离比一般人窄，穿着一件古怪的橘色伪装狩猎夹克，这种颜色会让鹿不容易看到你，也让其他人难以直视。他轻松地将我们的皮箱放入吉普车的行李箱，然后小心翼翼地望着拉菲兹的猫笼。

"你这儿有只动物。"他说。

"是只猫。"我表示同意。

"我不搬运动物。"

"这太荒谬了，"我说，"它不会破坏你的车。"

"这不是车，是吉普车。"

---

①科兹沃茨（Cotswolds），英国西南部丘陵地带。
②简·马普尔（Jane Marple），阿加莎·克里斯蒂笔下的一位乡村女侦探。

"即使这是一辆全新的迪尔牌拖拉机,"我说,"它也不可能造成破坏。它关在里面出不来,甚至无法把爪子伸到笼外,所以——"

"我不反对运送动物,"他说,"我的原则是我不搬它们。"

"搬它们?"

"哦,我的天哪!"卡洛琳说着提起猫笼放进吉普车里,安顿在两个箱子中间。司机关上后备箱的盖子,走到车前,攀上驾驶座,卡洛琳和我进入乘客座位。

"或许对你们来说很奇怪,"他说,"但人总要有原则。人们会让你搬各种家畜。如果你今天搬了只猫,明天就要搬匹马了。"

我偷偷瞧了一眼拉菲兹。它现在是只猫,而我怎么也无法相信它明天会变成一匹马。

"雪下得非常大,"我们的司机说,发动引擎,将车驶离路边,"你们在一辆四轮车里,真是幸运。"

"比两轮的好?"

卡洛琳用胳膊肘抵了我一下。"四轮驱动车,"她说,向前倾身,"你觉得我们会遇到大风雪?"

"这也不是第一次了,雪下起来又沉又多。不过,我会载你们到加特福。这辆车几乎可以应付一切状况。但是不能带你们过桥。"

"桥?"

"那里有个停车场，"我解释道，"必须在那里下车，步行过桥，然后再几步路就到旅舍了。"

"四分之一英里，"司机说，"那边有台推车可以拖行李。我想你们可以把动物放在里面。"

"没问题。"卡洛琳告诉他。

去往加特福的路有点像朱迪·嘉兰[①]的歌。越来越崎岖，越来越孤寂，越来越艰难。雪不断落下，吉普车也确实禁得起考验，驶过没有车辆到过的地方。我确实不应该称它是辆汽车。

"加特福路，"司机宣布，踩下刹车，向左转，有条单车道宽的路穿过浓密的树林，"一小时内才犁过。那个年轻小伙子做的。"

"年轻小伙子？"

"奥里斯，"他说，"这是他们的工作，不是吗？"他用食指意味深长地敲了敲头。"奥里斯是有点儿迟钝。不过，总算能干活儿。这点是该承认。但我绝不相信那些故事。"

"故事？"

"你听到的连一半都不能信，"他说，"最好还是让这

[①] 朱迪·嘉兰（Judy Garland，1922—1969），美国女演员。三岁开始在剧院演出，二十世纪三十年代加入米高梅公司。她四十七年的人生中有四十五年在工作。

个男孩清清车道上的雪,不要把他一辈子关起来。"

"为什么要把他关起来?"卡洛琳好奇地问,"他到底做了什么?"

"我不应该说,我从来就不相信飞短流长的事。"

卡洛琳开始追问这个话题,直到我们在一块空地旁停下车来为止,那里停了八到十辆汽车,还有一辆半吨的平板卡车,以及一辆车头装有铲雪机的吉普车。

"如果你们开自己的车来,"他说,"你们就得把车停在这儿,但很可能车就陷进去跑不动道儿了,除非是四驱车。"

我正在计划提议这个怪人是否可以破例行个方便,开车送我们过桥,到门口再放我们下来。但看一眼那座桥就知道这完全不可能。桥比吉普车还要窄,事实上比任何比购物推车大的四轮车辆都要窄,而且以缆绳悬吊,跨过一座深谷。

司机熄掉引擎,我下车走到深谷的边缘,或者说走到我敢靠近的地方。我看不到下面的东西,也听不到任何声音。

"很安静。"我说。

"乌贼骨溪。已经结冰了。就算现在还没结冻到溪底,日出前也会的。"

"桥安全吗?"卡洛琳想知道。

"好问题,"我说,"当然安全。"

"很强韧的绳子。"他说。

"很强韧的绳子。"我附和道。

"说到绳子,"他说,"下雨了,是不是?湿气渗到绳子里,然后天气变冷,结冰。绳子就会变脆,是不是?"

"是吗?"

"脆得像根树枝。"他说。

"呃……"

"但现在还没到那个地步,"他很满意地说,"在变成那样之前你们最好先过去。看到推车了吗?把行李放在里面,还有你们的动物。"

"看,"卡洛琳说,"这是一辆吉普车,对吧?不是一辆车,是辆吉普车。"

他望向她。

"嗯,它是一只猫,"她说,"不是一只动物。所以不要叫它一只动物。请尊重一些。"

他没有再叫它一只动物,但也没有叫其他名称,或再说半句话。我想卡洛琳是把他吓哑了,而我真希望她早一点这样讲。他打开吉普车后备箱,卸下我们的行李,然后默默地退后一步。不过反正无论是叫猫、动物、还是四驱哺乳动物都一样,最后还得由我们自己来运。

我们拿了两辆红色的小推车,载着拉菲兹和行李走过桥,沿着蜿蜒的小径抵达了加特福旅舍。比起我盗贼生涯里必须做的某些事,过桥其实根本就算不上危险,但是走在摇摇欲坠、可能让你滑倒的桥面上,确实很吓人。

卡洛琳想知道峡谷有多深,我问她这有什么差别。"无论知不知道,"我说,"还同样是这条摇晃的桥。我们还是得过去。"

"我只是想知道我们掉下去的话会有多深,伯尼。"

"你不会掉下去的。"

"我知道,"她说,"但是如果掉下去的话,是会有瘀青、骨折,还是变成一摊肉酱?看不见的时候,你就会觉得脚下是无底深渊,但是很可能只有五六英尺深。"

我没吭声。

"伯尼?"

"我正试着假想无底的深渊,"我说,"那会是什么模样?"

"伯尼——"

虽然我觉得拉菲兹也很讨厌这座桥,但我们再度脚踏实地时,它似乎并没有变高兴。哀泣的声音从猫笼里传出来。我很好奇它是否能看到自己呼出的白雾,我倒是能看到自己呼出的气。

通往旅舍的路才刚清理过,我很怀疑在铲雪车停在桥另一端的状况下,奥里斯是怎么办到的。我们转了个弯,旅舍就在眼前了,每扇窗户都透着亮光,一柱烟从烟囱里升起。靠近前门入口处有两根柱子,其中一根旁边立着一台吹雪机,顶端已经盖了层一英寸厚的新雪。

"奥里斯不可能太迟钝，"我说，"如果他知道怎么操作这些东西的话。"我把行李搬到玄关，连同猫笼放在一起。"我搬了动物，也为乡巴佬停了车，现在推车怎么办？"

她指了指，我看到一大群红色推车，和桥那端的推车一样。我将推车停在其他推车旁。"现在它们可以好好闲聊八卦了，"我告诉卡洛琳，"它们的故事一定很精彩。"

她翻了个白眼。我按了门铃，就在我打算再按一次时，厚重的门向内开启了，一个身材粗壮、留着一头蓬松暗金色头发的年轻人扶着门。他的眼神好似前额刚被板砖拍过的人一样。他示意我们进去，伸手提起行李，然后放在柜台前，这时一位高大的绅士带着教养良好的微笑出现在了柜台后头。

"欢迎，欢迎，"他说，"天气糟透了，不是吗？如果收音机里的说法可信的话，恐怕我们还有得瞧。你们来这儿的路上很辛苦吧？"

"没那么糟糕。"

"啊，真是勇气可嘉。"他这话说得好像我刚刚咬牙打完一场闪电战似的，"但容我正式欢迎两位光临加特福旅舍。我其实是你们的房东，奈吉尔·艾格伦廷。两位想必是——"

"伯纳德·罗登巴尔。"

"我正想着您是罗登巴尔先生，虽然您也可能是利托费尔德先生。不过利托费尔德一家预定到达的时间至少要等到一小时之后了,雪下成这样,他们可能更晚才会抵达。"思及此,他皱了皱眉,随即又容光焕发地朝卡洛琳微笑,"这位必定是莱蒂丝·朗塞伯小姐了。"他说。

"哦,不是,"我说,"这位是卡洛琳·凯瑟小姐。"

"的确,"他说,"当然是。啊,罗登巴尔先生,凯瑟小姐,让我看看我们为您安排的地方。"他查了登记簿,抓住一支铅笔,用橡皮擦那头涂去莱蒂丝的名字,用另一头记下卡洛琳的名字,边写边说我们一定饥肠辘辘了,晚餐时间事实上已经过了,但餐厅里会有为我们准备的食物,只待我们先到房间,梳洗整理一番。

"我们安排两位住奥古斯塔姨妈的房间,"他说,"我想你们在那里会相当舒适。"

"我相信会非常舒服,"卡洛琳说,"但是奥古斯塔姨妈怎么办,她要睡在走廊吗?"

他开心地笑了起来,好像卡洛琳说了令人忍俊不禁的话。"哦,那只是我们的称呼方式,"他说,"我们将所有卧房都以朋友和亲戚的名字命名了,当然如果奥古斯塔姨妈来访的话,我们会非常高兴让她住她的房间。不过这可能性极小。她目前在哈本顿的疗养院里,真是不幸。"

"这太糟糕了。"

"但我认为如果她看过这个房间的话,一定会很喜欢。希望两位也会喜欢这个房间。那是西西的最爱。"

"西西?"

"我妻子。她全名是西西莉亚,但是没有什么比童年昵称更惹人喜爱了,不是吗?你们的房间从那座楼梯上去,沿着通道往左走,再一直往前走就到了。两位需要帮忙提行李吗?"

"我们可以自己来。"

"如果两位确定的话。我原想派奥里斯随行,但他不知道跑到哪里去了。"他眯起了眼睛,"咦,那是一只猫吗?"

这点很难否认,上文提及的这只动物才刚喵了一声宣告自己的存在,像是粉笔刮在黑板上的声音。"它是只马恩岛猫,"我说,"叫拉菲兹。"

"当然了。"他说,"而且它当然是位十足的绅士,嗯,懂得如何绅士地解决一些生理需求。"

"当然。"

"那么我确信它在这里会像在家一样自在,"他和缓地说,"我也确信我们会很高兴有它做伴。"

"真好,所有的房间都有名称,"卡洛琳说,"比起只有号码的房间温馨多了。"

我站在南边,看着雪花飘落。雪对此事显然态度严谨。

"这样也比较有挑战性,"她接着说,"如果他们安排我们住进二十八号房,那么我们就知道该去二十七和二十九号房中间找。但是谁知道要怎么在罗杰叔叔和比阿特丽斯表妹中间找到奥古斯塔姨妈?"

"而且穿过走廊直接和安德鲁斯牧师面对面。"

"如果你问我的话,这听起来有点不太体面。或许其中自有道理,但是你要有一份家族族谱,才能弄清楚是怎么回事。不过这是个很棒的房间,伯尼。不错,是吧?吊顶天花板,壁炉,窗户外正对着——正对着什么,伯尼?"

"雪,"我说,"说好的全球变暖呢?"

"那是夏季特供的。无论如何,我才不管现在的雪有多大呢,反正我们在里面。比起我在阿伯巷的家——窗户望出去只有防火梯和一整排垃圾桶——我宁愿看雪。你知道吗,伯尼,这房间只要再添一样东西,就非常完美了。"

"什么东西?"

"第二张床。"

"哦。"

"我的意思是,这床真的很美,有四根床柱、印花布顶篷,全套齐活了,看起来真的很舒服。"她跃上床,踢掉鞋子,身体舒展开来。"甚至比看起来还要好,"她发表感想,"如果你是位美女的话,我除了与你分享外也不做他想了。他们搞错了,对吧?你跟他们说了要两张床吗?"

"我想应该说了。"

"'应该说了'就是没说,对吧?"

"我是想说的,卡洛琳。"

"你是想说。"

我叹了口气。"我预订房间时,"我说,"是为我和莱蒂丝订的,而我要求的是双人床。事实上,我特别提到一定要有双人床。"

"我敢说你一定这么做了。"

"付定金的时候,我将这点写在纸条上,连同支票一起寄了。"

"然后莱蒂丝决定结婚去了。"

"没错。"

"然后你带我来当替补。"

"来解救球赛,"我说,"我也意识到如果有两张床,我们会比较快乐,然后我开始打电话,而我觉得像个白痴。'嗨,我是伯尼·罗登巴尔,R—H—O,没错,我会依照预定行程在下周四抵达,但我要两张床,而不要双人床。哦,顺便一提,朗塞伯小姐不与我同行,换成凯瑟小姐。'"

"我懂你的意思。"

"我想我会等到想出个优雅的办法后才来解决,但我还在等。你瞧,我们是多年的朋友了,卡洛琳。我们两个都不会在半夜变成性爱疯子。我们可以和平相处共用一张床。"

"我只是怀疑我们是否睡得着。这张床很舒服,但是中间有凹陷。我们很可能会不断滚到对方身上。"

"会有办法的,"我坚持道,"无论如何,我们很可能会轮流睡觉①。"

"我带了睡衣。"

"我的意思是我们轮流睡觉。午夜是我去检查图书馆书架的最好时机。"

"这不会让人起疑吗,伯尼?"

"为什么会?失眠时你还会做些什么?你会找本好书来读。"

"最好是本有签名的首版。所以你打算晚上起来?"

"非常可能。"

"所以我会在闹鬼的屋子里孤身一人。"

"为什么你会认为房子闹鬼?"

"如果你是个鬼,伯尼,你会放过像这样的地方吗?墙壁倾斜,地板吱嘎作响,每回风一吹,窗玻璃就响个不停。你简直可以挂一块招牌:'征求鬼魂——工作环境理想'。"

"嗯,我倒是没见到任何这类招牌。"

"当然没有。岗位已经招满了。我会在这里清醒地躺着,而你会在楼下找寻《长眠不醒》。伯尼,看看拉菲兹,它像个等待孩子出生的爸爸一样来回踱步。帮它打开浴室

---

①原文为 sleeping in shifts,shift 又指内衣,所以这句话又有穿内衣睡觉的意思。

的门,好吗?"

我开了门,迎面看到一整排大衣挂钩。

"伯尼,别跟我说。"

"这是幢地道的老式乡村住宅。"我说。

"所以他们没有浴室吗?"

"他们当然有浴室。"

"在哪里?"

"走廊里。"

"哎,"她说,"我很高兴我们不是在某个毫无人性的现代度假胜地,有编号的房间,分开的两张床,平整的地板,还有不会作响的窗户和独立卫浴。我很高兴我们不必忍受那种没有灵魂的体验。"

我打开通往走廊的门,跟着拉菲兹出去。我回来报告浴室就在走廊那头,爱德蒙叔叔房和佩特拉舅妈的中间。"拉菲兹似乎不在意那是公共盥洗室,"我补充道,"它发现那刚好合适。"

"它自己怎么去那儿,伯尼?如果门关起来,它没办法转开门把。"

"如果门关着,"我说,"那就意味着有人在用,它就要等着轮到它为止。如果盥洗室没人,你就让门半开着。公共盥洗室就是这么用的。"

"那这扇门怎么办?"

"什么?"

"它半夜里怎么出去?"她说,"如果我们的门关着。"

"真是的,"我说,"我们应该带个猫便盆。"

"它受的训练就是要用厕所,像人一样,你不能再要求它不这么做。"

"你说得对。那我们就让门留个小缝。"

"太好了,"她说,"你到楼下去,鬼魂在走廊上拖着链条,而我在这里躺在漆黑之中,门还开着,等着年轻小伙子来床上谋杀我。这真是越来越棒了。"

"'年轻小伙子'是指的奥里斯?为什么他会在床上谋杀你?"

"因为我会在床上,"她说,"除非我躲在床底下。"

"但是为什么你会认为他——"

"'最好还是让这个男孩清车道上的雪,不要一辈子关起来。'你以为他到底做了什么,让他们得把他关起来?"

"但这就是重点,卡洛琳。他们没有把他关起来。"

"显然他们在心里考虑过,"她说,"然后决定不这么做。你认为是什么事让他们有了这种想法?"

"他显然有点迟钝,"我说,"因此,也许有人曾想将他送到疗养机构去,但最后决定最好还是让他在外面为社会贡献一分力量。"

"比如说清理车道的积雪。"

"担任普通杂役。"

"还有躲起来,"她说,"流着口水,然后带着斧头偷偷溜进奥古斯塔姨妈房里。"

"有时候,"我说,"人会胡思乱想是因为饿了。"

"有时候是因为他们想喝一杯,而有时候两者都是。"她起身离开床,用手指梳了梳头发,拂去运动上衣上假想的线头。"来呀,"她说,"我们还等什么?"

在这一切之后,我本来以为晚餐会是场灾难——比如说,半生不熟的烤牛肉,还有煮得烂透的蔬菜。不过我们到楼下以后,遇见了一位有轻柔金发、饱满如花栗鼠的双颊、幸福洋溢的女人时,前景似乎有所改善。"罗登巴尔先生和太太,"她说,笑容可掬,有谁忍心纠正她呢?"我是西西·艾格伦廷,衷心希望你们在奥古斯塔姨妈房里很愉快。我自己认为那是最舒适的房间。"

我们向她肯定那间房的确很迷人。

"哦,我真高兴你们喜欢,"她说,"现在,我们正在餐厅替两位准备迟来的晚餐,但也许你们会想先在吧台停留一会儿?奈吉尔对他挑选的单一麦芽威士忌很有自信,如果你们对这类东西有兴趣的话。"

我们承认对此有点学术上的兴趣,然后直奔吧台。"比较不同的威士忌时会遇到的麻烦,"当我们终于移步到餐厅时,卡洛琳说,"就是当你啜饮第四杯时,已经不可能记得第一杯的味道了。所以你只好回头重来一次。"

"接着不久之后,"我说,"你就会记不得其他事情。比如你的名字。"

"嗯,没有人记得我的名字,所以为什么我要记得?我在一小时前才来到这里,然后我就已经是朗塞伯小姐和罗登巴尔太太了。我等不及要看接下来会怎样了。有什么问题吗?"

"没有问题,"我说,"我闻到了很棒的味道。"

确实很棒。浓郁可口的汤,长叶莴苣与波士顿莴苣,加上核桃和莳萝沙拉,还有一片肥厚肋排配上香脆的迷你烤马铃薯。女侍者是位活泼的乡村女孩,很可能是奥里斯的姐妹(或是妻子,或两者都是),我们还没要求,就为我们送上了黑麦酒,每回杯子空了,就为我们添酒。

点心是某种水果饼,上头淋了卡洛琳说应该是凝脂奶油的东西。"你看看,"她说,"你可以在上面浮一块司康饼,甚至在上面浮个石头司康。伯尼,忘掉我说过的一切吧。"

"从什么时候开始?"

"从我们到这里开始。你知道吗?我才不管这幢房子有没有闹鬼。无论如何,如果鬼知趣的话,就不会接近我们的房间。它会在厨房徘徊。伯尼,这是我至今吃过的最好的一餐了。"

"你知道大家怎么说的。饥饿是最好的调味剂。"

"我已经饿到可以吃鞋了,"她说,"我承认这点,但这还是不可思议的一餐。你相信吗？咖啡很好。我原来打算点茶，因为每个人都知道英国人没办法煮出像样的咖啡。但这太好了。你要如何解释，伯尼？"

"也许他们不是直接从英国来到这里的，"我猜想，"也许他们在西雅图停留了一会儿。"

"一定是这样，"她说，用餐巾擦了擦嘴，"看看我，伯尼。几杯香槟，一顿美好的晚餐，我就认为自己已经死了，进了天堂。我跟你说，我喜欢这里。我很高兴我们来了。"

6

晚餐后,我们一个个房间闲逛,想弄清楚加特福旅舍一楼各个房间的位置。天哪,竟然有那么多房间,每个房间还似乎都通往另一个房间。我们从一间叫东厅的客厅开始,如果我事先没看过简介手册里的大图书馆,或许会误认为东厅就是图书馆。壁炉两边的墙壁上,都有从地板直抵天花板的书架。其他墙面陈列了各种纪念品——交叉的长矛、西非的仪式用面具,以及填字游戏里才会出现的动物头制成的标本,应该是只剑角羚羊。

一个大书橱上还有更多的书,以一对愁容满面的铜制林肯坐像书挡支撑着,花纹图案的沙发旁还有旋转书橱。

"这里到处都有书,"卡洛琳喃喃自语,"你看过我们房间里的书橱了吧,有吗?"

"没有。这让我想起我的特价书桌。"

"没有《长眠不醒》吧?"

"只能打个大呵欠。大部分是新式的平装书。去年的畅销书。那种你会带着去度假，回家时就扔掉的书。"

"如果你看完了的话。"

"或者甚至你没看完。"我说。

我们停下来，与爱德华·布朗特-布勒上校谈话，他是位面色红润的绅士，穿着斜纹棉布长裤，斜纹软呢的诺福克外套。晚餐前，艾格伦廷就在吧台那儿为我们介绍过彼此，那时他显然是在单一麦芽威士忌中流连忘返。现在他移步到对面墙边，评论狩猎战利品高贵的本质。

"这是角，你们不知道吗？"我们肯定是一脸困惑的样子。"这角，这角，"他说，"这修长、优雅而削尖的角。少了角会像什么样子，嗯？"他伸出一根手指，指节因为关节炎而肿大。"我告诉你们，"他说，"看起来就像血淋淋的母山羊。"

"我宁愿是只活的母山羊，"卡洛琳说，"也不想被哪个呆子射杀，把我的头钉在墙上。"

"啊，"他说。"嗯，你是个女人，嗯？"

"你这是什么意思？"

"什么意思也没有。我向你保证。但是温柔的女性拥有比较实际的性格，眼界比较浅短。最好是咀嚼青草，生产乳汁，也不要挨子弹，嗯？"

"如果选项就是这些，"她说，"我不必思考很久再做决定。"

"少了它的角，"上校说，"我们的跳羚就会继续吃草，直到年老体衰时，轻易成为狮子或鬣狗群的猎物。它的骨头就会在炎热的非洲太阳底下白化。世界早已遗忘了它。"他指了指高挂着的头。"相反，它活了下来，"他宣告，"在它寻常的生命期限以后，还过了无数年。这是一种不朽，不是吗？不是你或我会选择的方式，却是它能做的最佳选择。"

"一只跳羚。"我说。

"而且很美丽，先生，您不觉得吗？"

"你确定它不是只剑角羚羊吗？"

"几乎不可能。"

"或者是只高地山羊，"我提出建议，"或是只霍加狓，甚至是一只角马。"

"它们都是美丽的兽类，"他说，"但我们这位朋友是跳羚。我可以向你保证。"

客厅里，墙壁上挂满了《名利场》里由斯派和阿佩绘制的经典插画，没有任何被制成标本的头。不过，还是有书，塞满了一套三层的玻璃橱，另外还有一对帆船形状的书挡支撑着一堆书。

我很快浏览一遍这些书，卡洛琳则在翻阅一份去年的《城镇与乡村》。我在她身旁的椅子上落座时，她合上杂志看着我。

"这些书比较好,"我说,"精装本小说,大部分书龄有五十至八十年。有些侦探小说,全都是现在已经没人读的作家写的。有许多普通小说,詹姆斯·法雷尔,他的'丹尼·欧尼尔'四部曲里的一本。还有厄普顿·辛克莱的《拜金艺术》。"

"它们有价值吗,伯尼?"

"他们都是重要的作家,"我说,"但是没有人喜欢收集他们的作品。再说书衣也早就不见了。"

"早就不见了?你五分钟前才知道这些书在这里。"

"你说得没错,"我说,"我直接跳到了结论,判断的事实基础是这个书橱里除了两三本以外,其他书的书衣都不在了。"

"所以这些书很幸运是在屋里面,伯尼。这种天气会把空白的扉页都冻飞了。"

她指着窗外。"雪还在下。"

"是呀。"

"你几乎没有看那些书,伯尼。你只是花了几秒钟扫过每个书架,就知道里面有什么、没有什么了。"

"嗯,我是做这行的,"我说,"如果你也每天看着书进进出出,就知道诀窍了。"

"有道理,伯尼。狗对我来说也是这样。"

"更简单的是,"我说,"我还知道要找的是什么。我只是要找一本书,所以不需要仔细盘点一切。一旦我知道自己不是在找雷蒙德·钱德勒，我就可以停下来看看别的东西。"

"像是只跳羚，"她说，"如果它真是跳羚的话。"

"它还会是什么？"

"你说了一大堆别的东西，伯尼。你不希望它是跳羚。你怎么会知道这么多种非洲羚羊？"

"我知道的全都是从填字游戏里学来的，"我说，"那也正是我认为它不是跳羚的原因。看在上帝的分上，它有九个字母长。你上次在填字游戏里见到跳羚是什么时候？"

"你应该跟上校说明这一点。你不喜欢他说话的方式吗？我猜那就是你所谓的正统绅士腔调。"

"我猜是。"

"如果他更像英国人的话，"她说，"他就根本就无法讲话了。这太棒了，伯尼。不仅加特福旅舍好像是英国侦探小说场景的重现，连客人也好像是直接从书里走出来的一样。就此而论，上校太完美了。他可能是简·马普尔的邻居，在印度干完杀人事业后，最近退休来到圣玛丽米德。"

"射杀人和跳羚。"我说。

"还有我们在缝纫间遇到的那两位女士，迪蒙特小姐和哈德斯蒂小姐。虚弱的迪蒙特小姐和外向的哈德斯蒂小姐。"

"你说什么就是什么吧，"我说。"我分不太清她们两个①。"

"上帝也没办法,伯尼。"

"什么?"

"把她们掰直。"

"哦,你觉得她们是同性恋?"

"如果这是部英国侦探小说,"她说,"而不是真实生活的话,我宁愿假想迪蒙特小姐是个富裕的病人,而哈德斯蒂小姐是她的同伴。她们的关系仅止于此。"她皱着眉,"当然。在最后一章会揭晓轮椅只是个道具,而迪蒙特小姐其实可以像只跳羚般跳来跳去,或是像其他你从填字游戏里学到的那些动物。这是因为书里的事情从来不会像表面看起来那样。但在真实生活中,事情正是像表面看起来的那个样子。"

"而她们看起来像女同性恋?"

"嗯,这又不是 X 光才能照出来的事,不是吗?哈德斯蒂是那种喜欢勾肩搭背的假小子,而迪蒙特则是那种闷骚的女权主义者。如果你想要记得谁是谁,可以试试看押韵法。迪蒙特是爱不得,而哈德斯蒂是无人能敌。事实上——"

一股微小的自然力量闯进房间,卡洛琳中断了这句话。我们先前在另一个房间里——别问我是哪个房间——

---

①原文为 straight,也有"异性恋"的意思。

见过她,但那时她与双亲同行。现在她独自一人。

"嗨,"她说,"我们见过吗?我见过两位,但我相信我们还未相互介绍。我是米莉森特·萨维奇。"

"我是伯尼·罗登巴尔,"我说,"这位是卡洛琳·凯瑟。"

"非常高兴认识你。你结婚了吗?"

"没有,"卡洛琳说,"你呢?"

"当然没有,"米莉森特说,"我只是个小女孩。所以我才可以问这些鲁莽的问题。猜猜我几岁?"

"三十二岁。"卡洛琳说。

"认真一点。"小孩说。

"我讨厌猜谜游戏,"卡洛琳说,"你一定非要我猜不可吗?嗯,好吧。十岁。"

"你猜十岁?"她转向我,"你呢,伯尼?"

"十岁。"我说。

"她已经猜十岁了。"

"嗯,我也是猜十岁。你到底几岁,米莉森特?"

"十岁。"她说。

"那我们猜对了。"卡洛琳说。

"是你猜对了。他只是跟着你猜。"

"你很失望我们猜对了你的年纪吗?"

"大部分人会认为我大一些。"

"那是因为你看来比较早熟,可能会让他们猜你是十二或十三岁。但是如果你真是十二或十三岁，就不必装大人样了，你显然故作如此。所以这样考虑的话，你大概是十岁，我便猜你是十岁，而我猜对了。"

她看着卡洛琳。她是个相当漂亮的小孩，金黄色的长直发，德尔夫特瓷器① 般湛蓝的眼睛，下巴上有一道半英寸长的新月形疤痕。"你是这么猜的吗？"她想知道，"你在嘉年华里专门猜人的年纪吗？"

"这倒是不错的副业，"卡洛琳说，"但是要进入这行十分困难。我是个犬类美容师。"

"那是什么？"

"我开了一间替狗美容的沙龙。"

"那听起来很酷。你最喜欢什么品种的狗？"

"我想是约克夏。"

"为什么？是因为外表还是个性？"

"体积，"她说，"要洗的部分比较少。"

"这我倒从来没想过。"她转向我，"你呢？"

"我怎么样？"

"你做什么？你也是个狗美容师吗？"

我摇摇头。"我是个贼。"

这引起她一阵咯咯大笑。"一个贼，"她说，"哪一种贼？偷猫的贼吗？"

---

①德尔夫特（Delft），荷兰著名瓷器品牌，于一六五三年创立。

"那是最好的一种。"

"嗯,这里有一只猫,"她说,"就等着有人来把它偷走。但是恐怕它的尾巴已经被人偷了。"

"那是我的猫。"我说。

"真的吗?它是只马恩岛猫吗?"

我点点头。

"我以前从来没见过真的马恩岛猫,"她说,"你是在马恩岛找到它的吗?"

"很接近。是在曼哈顿岛。"

"他们让你带它来这里?我不知道他们允许带宠物。"

"它不是只宠物,"卡洛琳说,"它是个雇员。"

"在卡洛琳的沙龙,"我很快地说,"贼没有雇员,不论是人还是猫。但是在沙龙里有很多粮食,老鼠会到处咬各种东西。拉菲兹的工作就是阻止它们。"

她追问,如果拉菲兹是只工作猫,为什么现在它不留在岗位上,保护食物不受鼠类侵害?我告诉她我自己也觉得奇怪。

"它需要伴儿,"卡洛琳说,"我们要到星期天晚上才回去,甚至可能要星期一才回去。如果你的父母留你一人在家那么久,你会怎么样?"

"我不在乎。"

"嗯,你不是猫。"卡洛琳说。米莉森特同意她不是猫,然后我问她靠什么为生。

这又引起她一阵咯咯地笑。"我什么都不做,"她说,"我是个小女孩。"

"你是英国人吗?"

"不,我是美国人。我们住在波士顿。"

"你讲起话来像英国人。"

"是吗?"她微笑着,"这是装假。"

"你的意思是假装。"

"当然,我的意思就是这样。但是我对英国也很着迷。我的前世一定是英国人。你知道我认为自己是谁吗?"

"我敢打赌一定不是个厨房女仆。"

"简·格雷①,"她说,"或者可能是安妮·博林②。她们是女王和王后,你知道的。"她向前倾身,眯起眼睛,"而且她们都被处死了。"

"嗯,我其实不认为——"

"哦,当时是当时,现在是现在,"她很轻快地说。"但是我喜欢看《大师剧坊》,以及PBS上所有的英国节目,而且我在学校每次拼像'colour'和'harbour'这样有U的字,还有像'programme'有两个M和一个E的字时,都会被老师大声指正。但我认为这样拼好多了,不

---

① 简·格雷(Jane Grey, 1537—1554),英格兰女王,在位仅仅九天,因此也被称作"九日女王"。
② 安妮·博林(Ann Boleyn, 1507—1536),英格兰皇后(1533—1536),亨利八世的第二任妻子,伊丽莎白一世的母亲。她没有生养男性继承人,后来被以通奸罪斩首。

是吗?"

"我想这一点问题也没有。"卡洛琳说。

"而且我喜欢来这里,"米莉森特继续说,"这是我们第三次来加特福旅舍了。这次我有自己的房间。我住在罗杰叔叔房。就在你们旁边,因为你们住在奥古斯塔姨妈房。"

"你怎么会知道呢?"

"哦,我什么都知道,"她说,"大家会告诉我所有的事情。就像我知道你是贼,伯尼,而且我打赌这里没有其他人知道。"

"或许这可以是我们之间的小秘密。"卡洛琳提议。

她做了个用钥匙将自己的双唇锁起来的手势。"我的嘴封起来了,"她说,"只有伯尼能开锁。如果我被锁在罗杰叔叔房外面,你可以让我进去。除非我不愿意。"她拉出绕在颈上的一条线绳,展示挂在上头晃动的钥匙。"我从来没有住过奥古斯塔姨妈房。我第一次来的时候,全家人都住在楼上的牧师招待室。那是最大的一间卧房,有三张床。你们有几张床呢?"

"最多一张。"卡洛琳说。

"我们上次来的时候,牧师房已经有人住了,他们要让我们住可怜的麦塔维什小姐房,但是房间太小了。我爸爸说那是他的底线,而我妈妈说或许该是我有自己房间的时候了。你们知道我是怎么说的吗?"

"你可能说那太美妙了。"

"你怎么知道?不管怎样,奈吉尔让爸爸妈妈住在露辛达房,而我就自己拥有整个可怜的麦塔维什小姐房。"

"他们为什么这样叫它?"卡洛琳问,"可怜的是房间,还是麦塔维什小姐?"

"我想一定是麦塔维什小姐,"这孩子说,"因为那是个完美可爱的房间。墙壁是鲜黄色,让人感觉很愉快。麦塔维什小姐一定是家庭教师,你们不这么认为吗?一定有人伤了她的心。"

"是管家。"卡洛琳这么猜道。

"他是个粗鲁的家伙,"米莉森特表示同意,"或者是个无赖。粗鲁和无赖之间有区别吗?"我们都不知道。"嗯,不管是哪个,"她说,"他一定是个卑鄙的人。而麦塔维什小姐——"

有个女人突然走进房间,看来有些苦恼,打断了她的话。"你在这里,"她说,"米莉森特,我一直到处找你。你该上床了。"

"我不累,妈妈。"

"你永远不觉得累。"萨维奇太太不满地说。意思是她自己经常感到疲累,而这大部分是米莉森特的错。她叹口气,注意到了我们的存在。"我希望她没有弄得两位快要发狂,"她说,"她是个相当漂亮的好小孩,除了她认为自己是苏格兰玛丽女王的时候。"

"哦,妈妈,不是苏格兰玛丽女王。"她转动眼睛,"妈妈,这两位是伯尼和卡洛琳。他们住在奥古斯塔姨妈房。"

"那是个很好的房间,不是吗?很高兴认识两位。我是利昂娜·萨维奇。我丈夫克雷格就在这附近,但别问我在哪里。"

我们说很高兴见到她。"他们非常好,"米莉森特宣布,"卡洛琳是位犬类美容师。你永远猜不到伯尼是做什么的。"

"我恐怕也永远猜不到犬类美容师做些什么。"

"她替狗美容,妈妈。尤其是约克夏,因为它们比较小,洗起来较省事。而伯尼是个贼。"

"那是我们的小秘密。"我提醒她。

"哦,我妈妈不会告诉任何人的。会吗,妈妈?"

7

我们的下一站是图书馆。我在简介里已经看过照片了，但是你知道人们是如何形容大峡谷的。没有什么能为你事先做好准备。

那是一个庞大的房间，有整面嵌在墙上、从地板直达天花板的书架，而另一侧墙是整面的窗户。房间一端有个壁炉，上方摆放了各种看似来自野蛮部落的武器，两旁各有个书橱。房间的另一端，一张精雕细琢的雅各宾式桌子上摆了杂志和报纸；上方挂了一幅墨卡托[①]投影法地图，地图上以粉红色显示了大不列颠所有的殖民地、自治领地

[①] 墨卡托（Gerardus Mercator, 1512—1594），荷兰地图制图学家。一五三七年绘制了第一幅地图（巴勒斯坦），后接受对佛兰德斯进行实地测绘任务，采用哥伦布发现的磁子午线为标准经线，为实测地图的开端。一五四〇年在卢万开设地图作坊，印出依比例实测地图，引起广泛重视，并制成了地球仪；一五六八年制成著名航海地图"世界平面图"，该图采用墨卡托设计的等角投影，被称为"墨卡托投影"，可使航海者用直线（即等角航线）导航，并且第一次将世界完整地表现在地图上，对世界性航海、贸易、探险等有重要作用，至今仍为最常用的海图投影。

和保护国，日期是日不落的时代。

有张讲台上摆着一部摊开的牛津大辞典，另一张讲台上则是比地图晚五十年左右的国家地理杂志地图集。一个两层的附脚轮书架上摆着第十一版大英百科全书。其他的桌椅和沙发分别颇具心思地配置在房间里，不论你坐在哪里，都有充足的阅读光线。一张巨大的东方地毯覆盖了松木地板的大部分面积，有些需要覆盖的地方则铺着小块地毯和长毯。

我只是站在那儿观望。我曾经到过许多豪华的房间，包括好几座精美的私人藏书馆。有时候我受邀参观，有时候我未经允许不请自来，还让主人懊悔不已。我发现自己很难离开其中的某些房间，总是尽可能流连其中，但这间图书馆有所不同。

我想把整个房间都偷走。我想用魔毯把它包裹起来——或许就用脚下这张地毯；它看起来完全可能具有魔力——立即回到纽约，然后我弹一下手指，就可以把它安放在中央公园南方的装饰艺术公寓建筑的顶楼。那一整面窗可以容下公园令人屏息的景观，北向温和的光线不会让地毯或书脊退色……

我不需要任何其他东西了。不需要卧室。我会坐在其中一张椅子上睡着，捧着一本皮革装裱的维多利亚时期小说打瞌睡。也没有厨房。我会在街角的熟食店买食物。有个浴室会很方便，但必要的话我可以凑合着用走廊那边的，就像我们这个周末一样。

给我这个房间吧，我会快乐到极点。

我把这想法告诉了卡洛琳——悄声说的，以免打扰到坐在绿色天鹅绒沙发上阅读特罗洛普的老妇人，或是在皮革铺面写字台上写作、看来神情紧张的黑发绅士。卡洛琳一点也不惊讶。

"你当然可以，"她说，"这个房间有你整个公寓的两倍大。忘了我那个小老鼠窝吧。你几乎可以把我的公寓塞进那个壁炉里。"

"我说的不光是大小。"

"那真好，"她同意道，"你看看，这么多书。你想你要找的书会是其中一本吗？"

"最多一本。"

"那是我的台词，伯尼。就是米莉问我们在奥古斯塔姨妈房里有多少张床的时候。"

"你觉得她会喜欢被叫作米莉吗？"

"她可能会恨这个称呼，"她说，"但是她不在这里，而且我说得很小声。伯尼，现在别回头，那个男人正盯着我看。看到了吗？"

"我怎么看得到？你才刚说过不要看。"

"哦，你现在可以看了。他现在没盯着了。"

"如果没什么好看的，为什么还要看？"我还是看了一下写字台边的那个家伙。他就像是从勃朗特的小说里走出来的人,也像是随时会走出加特福旅舍,将围巾甩上脖子,大步迈过荒野一样。只是他并没有披围巾,而附近也没有什么荒野。

"我想他只是望着虚空,"我说,"尝试着想出一个恰当的字眼,而你刚好在他眼光停留之处。"

"我想也是。顺便问一下,你是心不在焉吗?"

"有可能。为什么这么问?"

"我只是很奇怪为什么你会告诉玛格丽特小公主,你是个贼?"

"不是玛格丽特公主。"

"伯尼——"

"是简·格雷,"我说,"或者安妮·博林。"

"管她是谁,重点是——"

"我知道重点是什么。"

"所以呢?"

"我差点脱口而出,"我说,"泄露了我的真实身份。"

"你到底是……"

"我差点说出我是个书商。"

"但是幸好你在最后一刻悬崖勒马,然后告诉她你是个贼。"

"没错。"

"我错听了什么吗?"

"想一想吧。"我说。

她开始想，过了好一会儿才终于明白了。"哦。"她说。

"没错。"

"这该死的屋子里有几百万本书，"她说，"而且大部分都很陈旧，有些一定很稀有。如果他们知道这里有个书商——"

"他们一定会提高警觉，"我说，"至少是这样。"

"然而，如果知道他们这儿有了个贼，却会给他们一种温暖惬意的美好感觉。"

"我不想说'书商'，"我说，"但我又得很快说出个东西，而且我希望能有相同的起始发音。"

"为什么？为了和你行李箱上的姓名首字母统一吗？"

"我的嘴型已经开始要发 B 的音了。"

"'屠夫、面包师、流浪汉'。这些开头全都有 B，伯尼，而且听起来都比贼①清白得多。"

"我知道。"

"她的嘴封了起来，真是件好事。"

"是啊，没错。她已经告诉妈妈了。但是你不认为妈妈会相信吧，会吗？"

"她会以为你在和小孩开玩笑。"

"而她跟别人提起时，每个人也都会这么以为。就算

---

①书商、屠夫、面包师、流浪汉和贼的英文单词都是以字母 B 开头的。

是这样，你真的以为米莉森特会认为我是来这里偷汤匙的吗？她知道我是在开玩笑，也很乐意跟着演戏。如果有人追问的话，我会说我和你一起在贵宾狗工厂工作。这会有什么问题？"

"伯尼，不要误会我的意思，但是我从来没有合伙人，以后也绝对不会有。"

"那只是个应付别人的故事，卡洛琳。"

"我的意思是贵宾狗工厂虽不算什么，但那是属于我的，你知道吗？"

"所以我是你的员工嘛，这样好多了吧？"

"好一点。问题在于，你怎么知道如何替狗洗澡？我是最不可能把洗狗比拟为火箭科学的人了。但这就像所有行业一样，里头涉及很多专业知识，如果你刚好遇上一位对狗美容院很熟悉的宠物主人，你就被拆穿了。"

"我只是在一旁帮忙，"我说，"我丢了工作，现在我一面等待时机开创自己的事业，一面在沙龙里帮你。"

"那你自己的事业是什么？"

"我会想出来的，好吗？"

"嘿，伯尼，别发火。"

"抱歉。"

"你知道什么事很有趣吗？"

"几乎每件事。"

"伯尼——"

"什么事？"

"嗯，"她说，"记得你从利泽尔先生那里买下巴尼嘉书店的事吗？你是个大量阅读的人，总是喜欢书，而且你认为拥有一间书店是个很好的幌子。你在干溜门撬锁的勾当时，可以假装是个书商。"

"所以呢？"

"所以你现在假装是个窃贼，"她说，"却是为了四处寻找旧书。你不认为这很有趣吗？"

"当然，"我说，"真是够乱的。"

我们从图书馆穿过另一个客厅，最后到达一间叫作晨房的地方。也许它的设计是要捕捉早晨的阳光，或者是你用完早餐后，喝第二杯咖啡的地方（这不是吃早餐的地方，那是在早餐房）。

我们在晨房遇见了戈登·沃波特，一个身穿褐色衣服的五十几岁的男人。我们得知他是个鳏夫，打算停留十天，现在已是第七天了。"但是我可能会延长，"他说，"这真是座壮观的宅院，伙食也相当引人瞩目。你们是在晚餐时分抵达的吗？如果是你们就知道我的意思了。我的体重增加了，但我必须诚实以告，我一点都不在乎。也许我会放宽我的衣服，然后成为永久房客，就和上校一样。"

"布勒－布朗特上校？他一直住在这里？"

"应该是布朗特-布勒。而且我想称他为永久客人也不准确,他每年住在这里半年。"

"另外半年住在英国?我想这一定与税金有关。"

"每件事情都和税金有关,但是他根本没有待在英国。他告诉我他好几年没去了。他恨那个地方。"

"真的?他是我这辈子遇到过的最像英国人的人了。"

沃波特咧嘴笑了。"小米莉森特可能是个例外。"他说,"事实上,正是他的英国特性使他不想回英国,他难以忍受英国的变化。他说他们毁了英国。"

"他们?"

"泛指的'他们',听起来是这样。他想要的是孩提时记忆中的英国,但他得到加特福旅舍这儿才找得到。"

卡洛琳想知道其余六个月时间他在哪里度过。

"其实是六个月零一天。他在佛罗里达。这样一来他就不用付任何州的所得税了,我想还有其他税也省了。"

"哦,当然,"她说,"有一大堆纽约客也干这种事。嘿,等一下。他是不是弄反了?"

她向窗户挥挥手,窗外的雪还在下。"现在是冬天。他在这里做什么?"

"上校颠倒了平常的次序,"沃波特说,"他在落叶时节来到北方,然后在四月往南方去。如此一来,这个老男孩就可以获得淡季优惠价格。"

"这倒是件好事,"我说,"坏事是他永远无法体验像样的天气。"

"那正是重点所在。"

"是吗?"

"记得吗,他的目的是要找回往日欢笑。这里的冬天让他记起荒地里快乐的童年时光——追赶狡猾的鹅,或者做些其他能在荒地里做的事。而佛罗里达的夏天让他忆起为女王陛下服务的岁月,大部分时候是在某个难受的热带地区。"

"真是个怪人。"卡洛琳说。

"英国的说法是'异于常人',"沃波特说,"他得到的是两个世界里最糟的部分,但是显然对他而言很受用。我想你们可以说他像是谚语里面的人物,一脚踩在开水桶里,一脚踩在冰水桶里。平均起来,他也很舒服。"

我寻思着戈登·沃波特从事什么工作,让他可以延长停留时间。我大可以问他,但是那只会让他反问我相同的问题,而我还没有决定该怎么回答。

所以我们继续谈论其他客人,以及加特福旅舍,还有员工的一些事情。沃波特曾遇见迪蒙待与哈德斯蒂两位女士,但是他没有多少机会能评断她们。"如果不是因为下雪的话,其中一位似乎试图说服每个人到大草坪上玩棒球,"他说,"另一位身上却有一种《魔山》的气氛,不是吗?"

"魔山?"卡洛琳说,"你是指那个主题乐园吗?"

"那是托马斯·曼的小说，"我轻声说，"场景是在一间疗养院。你认为迪蒙特女士有肺结核吗？"

"我不知道她出了什么问题，"他说，"不是肺结核，我不这么想，但是很可能是患了初期的什么重症。在我看来，她身上有一种来这里等死的气息。"

这句话在我的脑海里盘旋了一阵子，所以我错过了他谈论艾格伦廷夫妇和他们员工的大部分内容，他提到的人包括奥里斯、两位女服务员，还有厨师。我们遇见过奥里斯，他很称职，至于其他人则还没有注意到，虽然厨师已经用她卓越的厨艺引起了我们的注意。

"奈吉尔和西西·艾格伦廷为这一大片老旧的房子增添了许多光彩，"他说，"我不知道他在这之前做过什么，但是他确实掌握了经营旅馆的窍门。我想你们一定已经见过他那整排整排的单一麦芽威士忌了。"

"他的收藏相当丰富。"

"我不知道一瓶威士忌能否被贴上'珍品'的标签，但是我推断其中一些是产量极少的蒸馏酒厂的产品。种类之多超乎你们的想象。我自己认为那是一个相当专业而特定的领域。"他的眼神对上了我的。"确实是相当专精的领域，"他刻意地说，"奈吉尔对此嗜好深深着迷。"

"哦？"

"夜深的时候，"他谨慎地说，"或是有压力的时候，他会有一种让人联想到巴希尔·弗尔蒂[①]的气质。但大部分时候，他是个完美的主人。"他抬起头。"当然，他不是第一个在快要喝醉的时候，还假装很清醒的人。每个人都这么做。但那是欺骗，不是吗？"

"我想你可以这么说。"我表示同意。

"而且还是微不足道的欺骗，"他说，目光直视着我，"我这么说对吗？微不足道的欺骗？"

我不置可否地点了个头，而且在我看来他似乎有那么一点点失望。

晨房里也有书，戈登·沃波特离开后，我拿起一本来翻阅。"法兰西斯与理查·洛克维奇，"卡洛琳从我肩膀后探过头来读着，"写有关潘与杰里·诺斯的事。也许我们就像诺斯夫妇，伯尼。不是有一本提到他们去度假的书吗？"

"就算有也不奇怪。"

"他们到某个地方度假时，发生了谋杀案。然后他们解决了案子。"

"我希望是这样，"我说，"要不然就写不下去了。"

"所以这也可能会发生在我们身上。"

[①]巴希尔·弗尔蒂（Basil Fawlty），英国经典肥皂剧《弗尔蒂旅馆》（Fawlty Tower）中的男主角，是一个态度粗鲁、脾气恶劣的旅馆主。

"什么事可能发生在我们身上?"

"也许有人会被杀,然后我们找出真凶。"

"没有人会被杀,"我说,"没有什么事情需要解决。"

"为什么,伯尼?"

"因为我们正在度假。"

"诺斯夫妇也是啊,然后谋杀就放假了。"

"嗯,这个时候谋杀最好是在睡午觉。我想要好好休息和放松,我想一天吃三顿美食,每晚睡足八个小时,然后回家时带着雷蒙德·钱德勒。我不想让警察翻寻我的行李。但如果我们卷入一场谋杀案里,下场就会是这样。再说了,为什么会发生谋杀案?这个地方很安谧,人也都很好。"

"就是这样开始的,伯尼。"

"你到底在说什么?"

"一群相当和善的人,其中一些有点古怪,但是他们都很有教养,而且谈吐优雅。有些人可能不像表面上那样,有一些人可能过去有阴暗的秘密,然后他们被孤立在某个地方,接着有人被杀了。然后就有人说:'哦,一定是偶然路过的流浪汉干的,否则就是我们其中一人所为,但是这根本不可能,因为我们都是如此和善的人。'但是你猜怎么着,伯尼?"

"结果真是他们其中一个干的?"

"每次都是这样,而且也不是管家杀的。"

"嗯，这部分是没错，"我说，"所以加特福旅馆虽然神似英国乡村住宅，但在这点上就站不住脚。因为这里没有管家。"

"这并不代表就没有凶手。"

"当然。"我说着，合上诺斯夫妇的侦探故事——硬皮精装，没有书衣，书脊有点损毁，有几页缺了角——放回我发现它的地方。"我没有时间理会谋杀，没时间杀人，也没时间解决。我累了。我想要尽快回去，一直睡到雪融为止。"

"你不能睡，伯尼。"

"要打赌吗？"

"即使你很想睡，"她说，"记得吗？你整夜都不能睡。你还得找一本书。"

"那是你的想法。"

"你要放弃了吗？哦，我很失望，但我也没理由责备你。那就像在干草堆里找根针似的，只不过你的情况还不止是这样。"

"我知道你的意思。"

"你知道？"

"不。"

"嗯，这和在草堆里找一根针相反，不是吗？这比较像在针堆里找一根针。不是随便一根针，而是针堆里一根特别的针。"

"针堆,"我若有所思地说,"我想我从来没见过针堆。"

"那又怎样?你上回见到干草堆是什么时候?"

"我确定我记下来过,"我说,"但是我没有随身携带笔记本。重点是什么?"

"重点是每个房间都摆满了书,而图书馆里的书比你书店里的书还要多,包括后面房间里的。因此要在那里找些东西来读很容易,但要找到特定一本书就不太可能了,即使从那边开始找,也可能不在那里。"她深深吸了口气,"所以我可以理解你为什么放弃狩猎了。"

"我是这么做的吗?"

"还有其他可能吗?我说你有一本书要找,而你说:'那是你的想法。'"

"没错。"

"意思是你不打算费神去找了。"

"意思是我不需要找。"

她看着我。

"意思是我已经找到了,"我说,"所以为什么不能让自己好好享受,睡一个好觉?"

"那个书架顶端,"我说,"你看到最靠近墙的那个柜子了吗?"

"嗯哼。"

"嗯,就是它右边的那个。看到我说的那个柜子了吗?"

"我想是,"她悄声说,"我不想直接看着它。"

"为什么不?"

"我不希望引起怀疑,伯尼。"

"我们在图书馆里,"我说,而我们确实在图书馆,从晨房那边直接过来的,"在像这样的房间里盯着书看再自然不过了。而鬼鬼祟祟的一瞥,比起直盯着看更加令人起疑。"

"我是这样的吗?鬼鬼祟祟地偷看?"

"嗯,在我看来是这样。但是我不认为别人会有这种感觉,因为其他人都没注意。"

不是因为只有我们在。我们先前见到的两位客人已经离开。原本在写信(或是勒索字条,或是解答负二的平方根,我只能猜测)的那位神情紧张、留着一头黑色长发的男人已经见不到了,而那位老妇人(戈登·沃波特说那是柯利布里太太,一位出身不详的寡妇)也离开了,留下《优思塔丝钻石》在长椅旁的桌上。但有另外两个人替代了他们的位置。米莉森特的母亲利昂娜·萨维奇正在读一本布鲁斯·查特温的旅游书,不时参考一下地球仪,另外一位非常肥胖的男人,鲁弗斯·奎普,在一张扶手椅上打盹儿,有本书摊开在他宽阔的膝盖上。

"好吧,"卡洛琳说,"书架最顶层,从壁炉墙边数过来第二个柜子。我正在看,伯尼。"

"你看到了什么?"

"书。"

"从左边数过来第四本或第五本书,"我说,"有一本特别大的,《康拉德小说选》,看到了吗?"

"我看到一本比其他书高出很多的书。从我这边看不清楚书名。你能吗?"

"不能,但我认得这本书。我的书店里有几本。好,在它右边有三本深色的书,然后有一本带点黄色的封面,然后在那本之后——"

"那本黄色封面的书之后?"

"对。在那本黄色书旁边有一本带防尘书衣的书,你可能从这里也看不到书名,我也不能。但那是《长眠不醒》。"

"雷蒙德·钱德勒写的。"

"就是他。"

"你看不清楚书脊上的字,但你还是能认出来?"

"嗯。"

"那是第一版吗,伯尼?上面有签名吗?你从这里也能看出来?"

"我没有魔力,"我说,"我具备的是整天盯着书看训练出来的眼光。只要从房间的一边很快扫视,我就可以辨认出几百本书,也许是几千本。我可能没读过,可能也不知道书的内容,但是我可以告诉你书名和作者,还有出版社。"

"谁出版了《长眠不醒》?"

"美国版是双日出版社,英国版是汉密尔顿出版社。那边那本是美国版。要不然我就找不到它了,因为我不知道英国版是什么样的。而钱德勒带到东岸给哈米特的书,最有可能是美国版。"

"他是要带给乔治·哈蒙·寇克斯,伯尼。记得吗?他一时兴起送给了哈米特。"

"当时是一时兴起,"我说,"现在则在书架上。我们正在看着它。"

"我们正在看着你,钱德勒。"

"这真是美国文学史上的一页,"我说,"我们一路追踪,而它就在那里。"

"假设那是正确的版本。"

"首先《长眠不醒》的初版就相当稀罕了。如果他们真的有一本,我们大可确定那是钱德勒送给哈米特的书。这又不是《风流世家》,任何有点年代的收藏里都至少会有一本。"我吸了一口气,"架上的是哈米特的那本,他的手迹珍本。当他们写到这本书时——不对,这太荒谬了。"

"怎么了?"

"我在想它可能会进入文献里,并标明为'罗登巴尔'版本。很蠢,是不是?"

"我不认为这很蠢。"

"是吗？反正这也不会成真。不过想想就很好。"我动了动脚。"走吧，"我说，"我请你喝杯酒，然后我就要准备上床了。怎么了？"

"你就这样把书留在那儿吗？"

"我不会把那边的梯子推过来，然后在半夜里爬上去。至少房间里有其他人的时候不会。"

"为什么？是你告诉我盯着书看没有关系的。你说这是间图书馆。在图书馆里找书是很自然的。嗯，而且把书拿下来，开始翻阅，也没什么不自然的。哪有说只能看不能碰的？"

我摇摇头。"晚一点再说。它不又会溜到别的地方。"

8

让我们假设你拥有这件斜纹软呢夹克。

这是件精美的旧夹克,用高地羊浓密柔软的羊毛织成,可以说是小农场里的手工艺品,也可以说是手工业里的农产品,反正是诸如此类的东西。如果你看得够仔细,就会在上面发现彩虹的所有颜色,比绘儿乐[①]出品的最大盒蜡笔都更多彩,色调变化也更丰富。

这件夹克你买了有好几年了,即使新买时也显得陈旧。现在,夹克的胳膊肘上有了皮革补丁,袖口处有了皮制绲边,而皮革自身也都磨旧了。口袋因为经年承担着你放进去的物件而鼓了起来。你曾经穿着这件衣服在月夜的荒野里散步,在高原地带昂首阔步。你曾经在骑马时穿着它,你那条兴奋的狗用沾泥的脚掌在上头留下了污渍。这件夹克曾经淋过雨,为雾气所袭而潮湿。这件夹克浸透了

[①] 绘儿乐(Crayola),美国儿童文具品牌。

烟雾，来自空旷地方的营火，以及茅草屋里的泥炭火堆。夹克里也有汗水，纯正的人类汗水。还有人类的欢乐与悲哀——如果你看得够仔细的话，你就可以分辨出比绘儿乐出品的最大盒的蜡笔还要多样的情感变化。

夹克也吸收了音乐，风笛的狩猎呼号，还有锡制长笛的尖锐笛音，从一个峡谷到另一个峡谷，横越整个山区。在酒吧里老民谣的轻快曲调中意兴昂扬，在唱给孩子听的喃喃催眠曲里回转旋绕。一切都在那里，吸收渗透到斜纹软呢的经纬纤维里。

现在你用铜壶和铜制线圈施法术，把夹克变形。你把夹克的精粹全都蒸馏出来，装成一桶液体，然后放在熏黑的橡木桶里久存，比起前后两个王位觊觎者①合起来的寿命还要长久。

然后，你将液体倒入玻璃杯中，就是格兰·德拉姆纳德罗希②威士忌了。

"格兰·德拉姆纳德罗希，"卡洛琳说，重复我们的主人奈吉尔·艾格伦廷的话，他在倒酒时还念着酒名，"你觉得如何，伯尼？"

"不错。"我说。

"你得按步骤进行，"奈吉尔说，"才能够尝到所有滋

---

①指英王詹姆斯二世之子詹姆斯·爱德华及孙子查尔斯·爱德华。
②格兰·德拉姆纳德罗希（Glen Drumnadrochit），苏格兰地名，位于尼斯湖畔。

味。"他拿起自己的杯子——和他为我们斟满的白兰地杯一样——举高迎着灯光。"首先是色泽。"他说,我们模仿他的动作,将酒杯迎向灯光,专注地看着颜色。我不得不说,酒是一般的威士忌色,不过确实是威士忌光谱里较偏暗色的那类。

"接着是香气。"他宣布,然后用手掌握住杯子,画着小圆圈,摇动杯中的烈酒,然后吸入酒香。我们依样行事。

"然后是味道。啜饮一小口含在嘴里,用鼻子吸气。这样会强化并加深风味。"确实如此。"最后是回味。"他说,然后倾斜酒杯,喝了一大口这珍贵的甘露。真是场快速研习,我模仿了他的每一个动作。

"我想再喝一点这种酒,"我说,放下一个空酒杯,"色泽、香气、味道与回味。我想要确定我每个步骤都记清楚了。"

他笑了笑。"相当特别,不是吗?德拉姆纳德罗希。"

"好极了。"我说,随即倒满我的酒杯。

我们在吧台见到他,他在那里的角色比较像是主人而非酒保。加特福旅舍的吧台以体面的方式运作:客人自己倒酒,然后在皮革装订的账簿上记录。在我看来,这种操作方式有个潜在的危险;随着夜越来越深,不会有人越来越容易忘记该记上一笔吗?

"真是骇人的天气,"他说,这时我正细心享用着小酒杯里的第二杯格兰·德拉姆纳德罗希,"还在下雪,你知道的。"

"我一直看着窗外,"卡洛琳说,"真是美极了。"

"相当美丽。如果能一直看着雪不用做别的事就太好了,那真是大自然庄严的展现,令人赞叹。"色泽、香气和味道——然后一饮而尽,甚至他伸手拿酒瓶,斟满酒杯的样子都是一道程序。奈吉尔·艾格伦廷收拾妥当,将酒放回一个精致的酒架,完成了为品尝美酒而演练的一切仪式。我想,在鉴赏家与寻常酒客之间有条细微的界线,就像美食家与狼吞虎咽之间也有微细的差别。奈吉尔并未滔滔不绝地说个不停,也没有踩到鞋带绊倒。在我看来,他举止相当得体。

离深夜还有一段距离。

"我不知道奥里斯已经出去过多少次了,"他说,"用吹雪机清除小径上的积雪,接着铲除人行桥上的雪,然后铲开通往外面马路车道上的雪。我告诉过他,早晨以前不必再清了。但没有用。"他抬起头,"啊,晚上好,上校。"

"晚上好。"布朗特-布勒上校说着加入了我们。他自己倒了杯酒,在皮革装订的账簿上记了一笔,这是过去半年来他每天必行的仪式。"漫长的冬天,嗯?雪又积得很深了,艾格伦廷。还好你有奥里斯帮忙。还有另一对夫妇预定要到,不是吗?他们来了吗?"

"利托费尔德夫妇。"色泽、香气、味道,"我很怀疑我们是否见得到他们,上校。我只希望他们不要被困在哪个雪堤里就好了。如果他们有点常识,决定掉头回家,也许会更好些。"他转向我。"他们也是纽约人,罗登巴尔先生。你该不会刚好认识他们吧?"

"那是个大城市。"我说。

"太大了,不对我的胃口,"上校说,"和伦敦一样糟。那是门铃声吗,艾格伦廷?"

"我想不是……有了,我听到了。"他把酒杯放在吧台上,快步离开去应门。

"好家伙,"上校说,"艾格伦廷和他妻子,他们的生活很紧凑。要让这种地方经营下去,不是件容易的事。"

"一定有很多事情要做。"卡洛琳说。

"无时无刻不在工作,"布朗特-布勒上校说,"你觉得自己做完了一天的工作,想喝杯酒轻松一下,然后讨厌的门铃就响了。这和行伍生涯有天壤之别,当军人的苦在于你不是在和中东人打仗,就是在和无聊奋战。很难说哪一种比较糟,但是两边加在一起,那就是最好的生活了。"卡洛琳问了个问题,让他透露了一点自己的事,他回答时颇为雄辩自得。接着艾格伦廷带了两位新客人回来,他们还裹着外套大衣,交替摩擦着双手,跺着靴子抖掉上面的残雪。

"达金·利托费尔德夫妇，"奈吉尔宣布，"原以为两位不太可能光临了，现在我们非常高兴两位安全抵达。这几位是罗登巴尔夫妇，还有布朗特－布勒上校。在做任何事以前，我一定要两位先喝一杯。那是我们的第一要务，赶走你们身上的刺骨风寒。"

奈吉尔倒酒时，也替其他在场的人都倒了一杯。他倒的是另一瓶未混合的麦芽威士忌，然后宣布酒名和谱系，但是我没有注意，也没有让他在我的杯子里添酒。我杯子里还有一点德拉姆纳德罗希，觉得最好不要混添别的酒。不管怎样，我已经喝够了，所以我伸出一只手，盖住我的杯口。

"罗登巴尔太太？"

"嗯……"

"你知道大家怎么说的，"达金·利托费尔德插话说，"鸟不能只靠一只翅膀飞。"

罗登巴尔太太没错。一只翅膀也没错。我想了想有没有其他的类比可以描述当前的情景。狗无法用三条腿走路，蚂蚁无法用五条腿走路，或是蜘蛛无法用七条腿走路。但是我闭口不语，好好地打量了利托费尔德夫妇，他们脱掉了厚重的外套，恢复了生气。

她是个甜美的金发女人，身高中等，有着漂亮脸蛋与曼妙的身材，一般情况下，我会将眼光专注在她身上，但是此时他却吸引了我大部分的注意力。他很高，留着波浪状的深色长发，看起来好像可以随时在钢琴前坐下来，弹奏哀伤的乐曲。浓密的眉毛让他深邃的目光显得阴郁。他长着鹰钩鼻,挑衅的下巴,还有一张无情的嘴。我在书里面见过这样的形容,而且总是好奇无情的嘴是个什么模样,现在我知道了。他薄薄的嘴唇似乎介于噘嘴和嘲笑之间。你看一眼他的嘴,就会想要给他一巴掌,因为你知道,你对付的是个真正狗娘养的浑蛋。

"过了我的睡觉时间了,"我唐突地说,这时上校刚好在怀想佩夏沃的旧时光中间停顿了一下,以便造成戏剧效果。"卡洛琳?"

她用了一点时间将杯中的酒一口气喝完,然后向所有人道过晚安。我们找到了楼梯爬上去,到顶时她停下来喘口气,然后问我是否还记得怎么到阿加莎姨妈房。"奥古斯塔姨妈。"我说。

"我说了什么,伯尼?"

"阿加莎。"

"是吗?我是要说奥古斯塔。但为什么我会说出阿加莎倒也不难猜,不是吗?"

"迷雾般的克里斯蒂小姐?"

"嗯哼。雪还在下,除了我们两个胆小鬼外,没有别人在这里。这可以成为《捕鼠器》和《无人生还》的混合体了。现在缺的只是图书馆里的尸体。"

"图书馆里还会缺少一样东西,"我说,"雷蒙德·钱德勒写的书。"

她睁大了眼睛。"你认为有人想偷走它吗?"

"嗯哼。大约在一个小时内——整幢房子都安静下来,大部分的人都睡着的时候。"

"要偷走它的就是你。"

"很好的推理,卡洛琳。"

"但是我以为你要把书留在那儿,伯尼。你在到酒吧的路上一直对我解释,为什么把书留在那边直到最后一刻会比较安全。你为什么改变主意了?"

"没什么。"

"什么?"

"现在就是最后一刻了,"我说,"要不然你至少可以称之为倒数第二个时刻。或是十一点钟,怎么说都可以。"

"你到底在说些什么,伯尼?"

"到了早晨,"我说,"忠心的奥里斯会吹开小径上的雪,铲除桥上积雪,然后铲开车道的堆雪,只要他一完成这些工作,你和我就要赶快离开这个鬼地方。"

"是吗?"

"如果天堂有上帝的话。"

我们抵达了奥古斯塔姨妈房,没一会儿就到了。卡洛琳将手放在唇上,抬起头盯着我瞧。我推开门(为了猫出入方便,我们没上锁)示意她进房,随即跟进去关上门。

她说:"伯尼,为什么?嘿,是因为我做了什么事吗?"

"你做了什么?"

"我喝了最后一杯酒,而且我看到了我让他再倒满我的酒杯时,你给我的脸色。我承认我是有一点茫然,但是——"

"但是一条蜈蚣不能用九十九条腿走路,"我说,"不,不是这回事,如果我给你脸色看,那是无意的。那难看的脸色不是给你看的。"

"那是给谁看的?"

"那个浑蛋。"

"奈吉尔?我以为你喜欢他。"

"我喜欢他的精致。"

"我的意思是他对格兰·德拉姆纳德罗希威士忌的态度是有点夸张,但是——"

"那不是夸张,"我说,"那是种尊敬,而且它也值得这种尊敬。奈吉尔不是浑蛋。"

"上校是浑蛋?他说了什么浑蛋话?我一定听漏了。"

"上校是个不错的家伙。我听漏了一些话,是因为有些辅音卡在他紧咬的牙间,但是我通常能明白他想表达的要点。不是他,我喜欢上校。达金·利托费尔德才是浑蛋。"

"他是吗?"

"你说得没错。"

"事实上,是你说的,伯尼。但他做了什么?他才刚到这里，几乎还没张开过嘴。"

"那是张无情的嘴，卡洛琳。开着和闭着都一样。"

"是吗？我没注意到。伯尼，除了他来自纽约，我们不知道他的任何来历。是因为你在纽约就认识他了吗？"

"不是。"

"我也从来没有听过这个人。我应该会记得名字，这名字够奇怪了。达金·利托费尔德。'嘿，达金，给我递条毛巾。'达金，达金，重点在哪里？"

"他该剪头发了。"我说。

"你是认真的吗，伯尼？他的头发是有点长，但也还不到肩膀的长度。我认为这样子很迷人。"

"很好，"我说，"你去和他分享一张床好了。"

"我宁愿和他太太共睡一张床，"她说，"那是我几乎没注意到他的原因，因为我忙着看她。她美极了，你不觉得吗？"

"她很好。"

"美丽的脸庞，脱下外套后，更显露出曼妙的身材。真可惜她是个异性恋。"

"你怎么知道她是个异性恋？"

"你在开玩笑吗，伯尼？她和丈夫在一起。"

"你怎么知道那是她的丈夫？"

"什么？他们是利托费尔德夫妇呀，伯尼。记得吧？"

"那又如何？按照乌贼①旅舍里众人的说法，我们可是罗登巴尔夫妇。"

"是加特福旅舍，伯尼。"

"管它是什么。每个人都认为我们是罗登巴尔夫妇，那对璧人，她是位狗美容师，而他是个窃贼。他们这么说难道我们就真的结婚了吗？难道你就真的成为异性恋了吗？"

"你把我弄迷糊了，"她说，"你是在告诉我他们没结婚吗？"

"不是，"我说，"他们确实结婚了。"

"好吧，这让人松了一口气。知道他们没有生活在罪恶中，让我睡觉安稳多了。但是为什么你这么确定？"

"他们刚结婚，"我说，"从他们全身上下都能看出来。"

"有吗？我根本没注意到。"

"是的。他们今天结的婚。"

她看着我。"他们说了什么我没听到的吗？"

"没有。"

"那你怎么知道？她的头发里有米粒吗？"

"我没注意到那个。那是什么？"

"什么是什么？"

---

① 乌贼的英文是 Cuttlefish，与加特福旅舍（Cuttleford）发音相近。

"那可怜的搔抓声音。"

"它最多也只能这样了,"她说,"没有爪子。"她开了门,拉菲兹走进来,像其他人一样一脸迷惑。它走近一张椅子一跃而上,缓慢地兜了一圈又跳下来,然后离开房间。

"我很好奇它心里在想些什么。"我说。

"不要改变话题,伯尼。你为什么不喜欢达金,你为什么那么确定他和她结婚了,还有——"

"不要说'她',"我说,"这样不礼貌。"

"是吗?"

"当然,她有名字。"

"大部分人都有,伯尼,但是我刚好没听到。"

"我也是。"

沉默了一会儿。"伯尼,"她缓慢地说,"我知道这里的食物还有每件东西都很棒,但是我觉得你喝的那什么德拉姆可能有点不对劲。"

"那叫作酒精,"我说,"我和它简直就是为彼此而生的。我要这么做,卡洛琳。我会告诉你利托费尔德太太的名字,然后你就会一下子全明白了。"

"真的?"

"绝对如此。"

"她的名字是什么到底有什么差别?"

"相信我,确实有差别。"

"但是你才刚跟我说,你也没听到她的名字。"

"是啊。"

"那你要怎样告诉我?"

"因为我知道。"

"你怎么可能……哦,我的天哪,别跟我说。"

"好吧,没错,如果你确定的话,但是——"

"不!"

"不?"

"告诉我她的名字,伯尼。不,等一下,别告诉我!真的是我想的那个?"

"那要看你想的是什么。"

"我不想说,"她说,"因为如果不是的话,而且就算是,而且……伯尼,我不知道我们怎么会谈到这个话题,但我们得赶快换一个话题。告诉我她的名字,就直接说出来,好吗?"

"我给你个提示,"我说,"不是罗曼尼。"

"哦,天哪,伯尼。我打赌也不是克莉·安迪夫[①]。"

"不是。"

"伯尼,说出来吧,好吗?"

"莱蒂丝。"我说。

"哦,见鬼。你在开玩笑是吧?你不是开玩笑。哦,我的天哪!"

---

① 罗曼尼(Romaine)和克莉·安迪夫(Curly Endive)分别是长叶莴苣和卷叶莴苣的意思,与前文中莱蒂丝代表的意思相呼应。

9

加特福旅舍大图书馆里的书架一直延伸到十二英尺高的天花板。如果不站在巨人的肩上,根本就别想碰到最上层的书架;由于没有巨人存在,这片地产的某个拥有者体贴地准备了图书馆用的爬梯。

这件家具由桃花心木制成,装了滑轮以便推到需要的地方。它是个无需支撑、能随意滑动的五级爬梯。设计师的奇想赋予了这座爬梯螺旋梯的样貌,而每级阶梯便成了三角形,从外缘约四五英寸的宽度,逐渐向中央缩减为零。

我站在第四阶上,一只手扶着书架保持平衡,另一只手伸出去拿《长眠不醒》,这时我听见有人叫我名字。

"伯尼!"

没错,那是莱蒂丝,莱蒂丝·朗塞伯·利托费尔德。我不需要回过头去看就知道是她,但我还是转过头去,而她就在那里。

我应该等一下的。我的计划——如果你要用这个字眼，以便听起来有些威严的话——本身非常简单。第一步，拿书。第二步，回家。只要我依序执行这两项任务，就应该会成功。我想吃完早餐后，在尽可能不失礼的情况下，立即进行第二步，这让我有大约八个小时的时间来执行第一步——摸走钱德勒。

我想过先睡觉，然后在最后一刻取走钱德勒，应该说是在出门的路上去拿。我也想过先小睡个几小时，让屋子里其他人有时间睡沉了之后，在夜半时分到图书馆去。但是我不想过于匆忙，也不想让哪个失眠症患者觉得我鬼鬼祟祟。所以我想最好是现在拿书，晚上塞在我的枕头底下，早晨起来第一件事就是带着书走人。

我到图书馆时，还有其他客人。鲁弗斯·奎普，就是先前一边读书一边打盹儿的胖绅士，他还在里面，如果不算打鼾的话，他的呼吸声也够沉重了。一本《董贝父子》摊开在他的膝盖上，那属于一套散落各处的半皮革装订狄更斯全集，我在屋里到处都能见到。克雷格·萨维奇也在那里，太太和孩子都不在身边，他看着我走来，闪现出早熟小孩的父母嘴上经常会挂着的那种略带歉意的微笑，然后继续看他的书，一本菲利普·费尔曼的小说。那是这位作家的最后一本书，从外观上来看，也是最长的一部作品。如果我借了萨维奇的那本书站在上面，或许就不需要图书馆的爬梯了。

我自己也读了一点书，等着奎普和萨维奇回去休息，而不久萨维奇便走了,悄悄地离开以免打扰我们。奎普的眼睛闭着,而就算他见到我上了爬梯拿书,那又怎么样?那就是爬梯和书本在这里的用处。上帝知道,那也正是我在这里的缘故。

接着,莱蒂丝叫了我的名字。

"你到底在这里做什么,伯尼?"

我已经要走下爬梯。我把一根手指放在唇上,然后指向房间那头坐在椅子上打着狄更斯式瞌睡的鲁弗斯·奎普。

"好吧,那么,"她说,"我们找个可以说话的地方。"她转动脚跟,昂首阔步地走出图书馆,我尾随她出去。

我们最后来到东厅,在那只可能是跳羚的动物的注视下。我打开一盏灯。莱蒂丝告诉我别麻烦了,我们不会停留很久。我说我们还是可以舒适一些。"此外,"我说,"如果有人见到我们两个坐在暗处,会怎么想?"

"如果很暗的话,"她说,"别人怎么会见到我们?"

"坐吧,"我说,"你看起来很好。婚姻很适合你。"

"你在这里做什么,伯尼?"

"我在这里做什么?我在一间传统英国乡村住宅里,度过传统的周末,而外头有比传统上还要多的雪。我不知道为什么你看到我会觉得惊讶。我告诉过你,我已经订了房间。"

"你也告诉过我,你要带我来。"

"嗯,你有了更优先的约定。"

"所以你带太太来,"她说,"你从来没有告诉我你已经结婚了,伯尼。"

"我没有结婚。"

"哦,真的吗?那年轻的罗登巴尔太太是你妈妈吗?"

"她的名字是卡洛琳·凯瑟,"我说,"她不是罗登巴尔太太。那似乎只是一个女人在男人的陪同下来到这里时收到的名誉封号。"

"所以你们只是好朋友?"

"事实上,我们就是好朋友。而这也与你没有任何关系。现在轮到我问问题了。你到底在这里做什么?我以为你今天要结婚。"

"达金和我今天下午结婚了。"

"真是巧合。他带你到我选的地方,给你一个惊喜。"

"不,当然不是。"

"我想也不是。"

"是我提议的,"她说,"你把这里形容得那么好,让我没办法再想去其他地方。我们已经在阿鲁巴订了房,但我设法让达金相信我们来这里会更有趣。而且我们很幸运,还有一间空房。"

"不会刚好是两张床吧?"

"当然是张双人床。达金现在已经在房里睡得像只小羊了。"

"我很惊讶你没和他在一起。"

"本来是的,"她说,垂下了眼睛,"你知道大家怎么形容做爱的——做爱让男人入睡,却让女人清醒。"

"这和做爱的念头相反,"我说,"那让男人醒来,却使女人头疼。"

"我睡不着,"她接着说,"而我知道我必须找到你,和你说话。你无法想象遇见你是多么令人震惊。"

"我可以想象。"

"你知道,我以为他们会把你的房间给我们,因为你会在我们的谈话后取消预约。我做梦也没想到你终究还是会来。"

"嗯,我从来没想到你会出现。我认为这是地球上最不可能遇到你的地方了。"

"我们最后一次在一起时,你似乎非常凄惨。我担心你会做出什么事情。"

"比如什么?把头伸进烤箱里?出家担任神职?"

"没有那么极端。但是我想你可能会颓废一阵子。真没想到你会和另一个女人结伴出现。我怎么知道你从来没有结过婚?"

"就这一点而论,"我说,"你到底为什么要在意?"

"因为我从来不和结了婚的男人约会,这是理由之一。"

"我也不会，"我说，"结了婚的女人也不会，所以你或许应该赶快溜回楼上，回到你所属的地方。"

"为什么，伯尼！"

"我很认真，莱蒂丝。你现在是个已婚女人了。我们不应该一起坐在黑暗之中。"

"如果这里再亮一些，"她说，"我就要涂防晒霜了。伯尼，你很生我的气，是不是？"

"你为什么会这样说？"

"因为你瞪着我看。你和那只动物。"

拉菲兹加入我们了吗？我看看周遭，试着找它。

"在墙上，"她说，"那只被人射杀、制成标本的可怜生物。"

"它是不朽的，"我说，"它应该是只跳羚，但是在我看来确实更像剑角羚羊。你不能责备它看起来一副不高兴的样子。毕竟有人射杀了它。但是我为什么会生气？"

"因为你真的在乎我，而当我告诉你我要结婚时，你确实是一副凄惨的样子。当然你会很生气，你的愤怒千真万确。伯尼，那真是讨人喜欢！"

"是这样吗？"

她点点头。"你这个周末来到这里，想证明你不在乎，但结果正好相反，对不对？"

"是这样吗？"

"你知道是的。"她倾身向我,冰冷的手放在我的脸颊上。"伯尼,"她热切地说,"我并不是说我们以后永远都不能在一起了。但是这个周末没有办法。你一定要了解。"

"什么?"

"我结婚才不到十二个小时,"她说,"正在度蜜月。看在上帝的分上,我才刚离开我丈夫的床。你不能期待我去做——"

"做什么?"

"哦,伯尼。我们两个都回到纽约以后,这些强烈的情绪变得比较容易处理时,谁知道会发生什么事?"

"我不会,"我说,"我不知道任何事。"

"但是在这里的时候,"她继续说,"我们必须做最好的自己。我们要显得友善,但是保持距离,保守一些。其他人只需要知道,我们今晚在酒吧是第一次见面。我们以前从来不认识。"

"随便你怎么说。"

"而且我们也没有一起溜进东厅,讲过这番话。"她坐在我的座椅扶手上,脸庞离我只有几英寸,她的香水味一阵阵飘来。"哦,伯尼,"她说,"我真希望不要像现在这个样子。"

"真的?"

她探身向前,亲了我,我不假思索便回吻她。她的吻技总是很高明,而且在我上回见到她之后的一周半内,她技术也并未生疏。我的手臂环绕着她,她一只手扶在我的膝上保持平衡。

我猜这不奏效,因为等我回过神来的时候她已经坐在我的大腿上了。

"我的天!"她说,局促不安地看看四周,像只猫一样,身体在我身上磨蹭。不过,这可比一只猫所能做的要有趣多了。

她移动着手,然后喘息一声假装惊讶。"哦,天哪!伯尼,这是怎么回事呀?"

"啊……"

"我应该很严厉地告诉你,"她说,"告诉你该回到楼上小妻子那儿。你绝对肯定你没结婚吗,伯尼?"

"你到过我的公寓。"我提醒她。

"在蒙德里安的仿作下做爱。我永远不会忘记,伯尼。"

"那看起来像个已婚男人的家吗?"

"不太像。但不管你是不是结过婚,你和你那位小朋友,看来却不只是朋友。"她的手正很有技巧地抚弄着,"你计划这个周末和她分享一张床,是不是?"

"嗯,在技术上是,但是——"

"她现在正在等你,你现在却在楼下和我在一起。"她因兴奋喜悦而发出低沉的颤声,"她躺在床上醒着,达金睡得很沉,而我们却在一起,是不是?"她稍稍从我的腿上往地板滑动，就好像受到重力吸引的液体。然后她将手放在我的大腿上，接着把头放在我的腿间。

我伸出手熄了灯。

"可怜的达金，"过了一会儿她说，站起身来，"我曾发誓我会是个忠实的妻子，结果不到半天，我就犯了通奸罪。我有吗？"

"你不记得了吗？"

她的舌尖舔过上唇。"我不认为我会忘记刚才发生的事，"她说，"我只是在想，用通奸的标准来看，这算不算。我们刚才做的算吗？"

"嗯，什么是通奸？婚外性行为，对不对？这肯定是婚外的，而在我看来，也确实是性行为。"

"的确。"她说。

"所以我猜这算是通奸。"

"坐在你的大腿上有性的意味，"她说，"吻你肯定也与性有关。在你身上磨蹭是非常愉快的性。你不会给这些行为贴上通奸的标签吧，会不会？"

"不会。"

"所以说，"她说，"在我看来，除了重头戏以外，其他都不是严格意义上的通奸。"

"我知道了，莱蒂丝。换句话说，你认为你应该可以因专门术语的界定而脱身。"

"这是个专门术语吗？或许是。"她咧嘴笑了。"不管怎样，"她说，"你是真正脱身的人。我只希望你那不是妻子的小宝贝不会太失望。"

"她会没事的。"我说。

"哦，我真心希望如此。"她说，闪过一个邪恶的微笑，然后飞快地吻了我一下，离开了。

10

我留在原地,在那只可能是剑角羚羊的动物关注的眼神下,坐着沉思。英国乡村住宅里会生这样的事吗?我发誓这种事绝对不会出现在我读过的阿加莎·克里斯蒂的小说里。艾丽丝·莫多克①的小说里或许有,但阿加莎·克里斯蒂的不会有。

我自己的计划看来十分简单明白。第一步,拿书。第二步,回家。但现在大图书馆里的相遇导致了东厅的一场插曲,似乎必须重新评估整个程序了。

首先,我们真的有必要一早便离开加特福旅舍吗?我原本希望避免与莱蒂丝有不愉快的会面,但现在我已经与她会过面了,而且纵使有非常多的形容词可以描述这次会面,"不愉快"似乎都不能算是合适的选择。当然,这次会面是出乎意料的,至少也是令人不安的。但不愉快?

---

① 艾丽丝·莫多克(Iris Murdoch,1919—1999),英国小说家、哲学家。

绝对不是。

我在这场意外里的角色，是我在正常状况下会觉得不舒服的。有些人认为通奸对成人而言，和婴儿期对婴儿的意义差不多，但是我总觉得女人手指上戴了婚戒，就意味着她不能碰触。我并非总是依正道而行，事实上有时候我会发觉自己在远离草地标示的另一边吃草，但大体而言，我规定自己只能和单身女人在一起。

否则，我会内疚不安，而且即使真有类似的事情发生，也不会长久。但是现在，我一眼瞥见剑角羚羊那玻璃般的眼睛注视着我，检查了一下良心，却没有发现内疚或不安。

我感觉好极了。

虽然我刚见到达金·利托费尔德就对他厌恶透顶，但这没什么大不了的。我看他一眼就觉得讨厌，而且我确定如果再熟识些，这种感觉就会发展为真正的恨意。只看一眼就足以确定他不是个好东西。他是个无赖，是个粗鲁的家伙，卑鄙小人，而且有张冷酷的嘴。

我并不真的觉得我侵入了禁止进入的场所。毕竟是我先到的，在这个狗娘养的和莱蒂丝结婚以前，我和她享受了一段美妙的恋情。虽然技术上来说，我承认让他戴了绿帽子，但是我一点也不为此烦心。非要说的话，就是我替他装上了两只角，让剑角羚羊、高地山羊、瘤牛，以及其他从字典里冒出来的所有四个字母的四脚反刍动物都羡慕不已，这让我满意极了。

如果和莱蒂丝碰面已经不再是我要极力避免的事，那为什么要匆忙离开加特福旅舍呢？我费了许多麻烦、花了很多钱才让我们来到这里，而既然已经在这里了，我们大可逗留几天好好享受。有很多可以享受的东西——食物、伙伴，还有这幢豪宅本身，更别提那奇妙的一小杯格兰·德拉姆纳德罗希威士忌了。何必要错过呢？

不过，首先要先处理一下那本书。

我读过的乡村住宅侦探小说里，有些宅院配备了迷宫。书中人物在外游荡，最后走进迷宫失踪。我不知道是否真的许多英国乡村住宅都有迷宫，也不知道是否真有人在里面失踪，但是加特福旅舍的土地上不需要迷宫，房子里面就是个迷宫了。

我不知道从东厅到大图书馆有多少条通道。我沿着其中一条路走，试着摸索，突然有张轮椅从我右手边的通道出现，差一点撞到我的脚，而迪蒙特小姐不可能往后退一步，她缩着身体贴在轮椅背上，一脸警觉的样子。

"哦，罗登巴尔先生，"她说，"你吓着我了。"

"很抱歉，"我说，"我不是有意的。"

"但应该道歉的是我，"她说，"在这种情况下，行人确实有优先通行权。"

"是我的错,"我坚持,"在我走出路缘之前,我一直看着错误的方向。你知道的,我是美国人,而且我总是记不住你们是在道路的另一侧驾驶。"

"哦,好说,罗登巴尔先生。"她说,非常疲倦地微笑了一下。我注意到她是个漂亮的女人,虽然是个精疲力竭的美女。"我太出神了,"她说,"否则不会差一点就撞上你。你有没有看到我的朋友哈德斯蒂女士?"

"上次见到她和你在一起之后,就没见过了,而那已经是几个小时前了。"

"我想她是到外头去了,"她说,"她对户外很着迷,你知道的。她很喜欢坏天气。"

"外面有很多坏天气可以让她去喜爱。"

"我知道。雪每个小时都在越积越深,但那无法阻挡她。"她叹了口气,"我在我们的房间里等她。我们在一楼有个房间。叫作波斯托威特小姐的缝纫间。"她敲打着轮椅的扶手。"因为有这个,"她说,"在楼梯上就没那么方便了。"

"我想也是。"

"有必要的话,我可以爬楼梯,"她说,"但是要花很长时间,而且有人得帮我把轮椅抬上楼,轮椅很重。我真是太糟了,只能成为别人的负担。"

"没有人会那样说你的。"

"也许不会当着我的面说,但我确实是个负担,不是吗？你知道我的处境里最糟的部分是什么吗，罗登巴尔先生？"

我不知道，但我觉得她会告诉我。

"自怜，"她说，"我不断地沉溺于自怜。"

"那一定很可怕。"

"你无法想象，罗登巴尔先生。我对此完全无能为力。我相当确定在人类历史上，我承受的是最严重的自怜案例。自怜吸走了我的精力，耗尽了我的心神，让我无事可做，只能沉浸其中。"

"真遗憾，迪蒙特小姐。"

"是啊，"她郑重地说，"我确实是个可怜虫，不是吗？我真希望能找到哈德斯蒂小姐。没有人能像她那样逗我开心，让我摆脱坏心情。"

"可以想象。"

"但是她会到哪里去呢？"她握住轮椅的扶手，"也许她回到我们的房间了。她可能在我找她的时候，循着一条不同的路回去了。这里的空间配置真让人迷糊，是不是？"

"尤其是现在，灯都关了。"

"尤其是坐在轮椅上的时候，"她说，"这让每件事都变得困难多了。"她勉强挤出勇敢的微笑。"但是请不要替我难过，罗登巴尔先生。那是我自己已经能做得很好的事了。"

* * *

也许是和迪蒙特小姐谈话让我失去了方向感，或者我可能一开始就很混乱。不论出于什么原因，总之我转错了弯，最后来到了厨房。我一发觉自己在哪里，就马上离开了。然后我又走过了好几个房间，才发现我错过了突袭冰箱的黄金时机。我正认真地考虑是否要回头时，有个小家伙从角落冲到我的面前，导致今晚我第二次差点被撞到。

"哦，嗨。"这次这位明快地说，我在朦胧中瞥一眼，认出了米莉森特·萨维奇。"是伯尼吧，对不对？你这么晚在做什么？"她惊讶地张开嘴，然后将双手捂在嘴上。"别告诉我。"她说。

"我做梦也不会说。"

"你是个窃贼，"她说，"现在是你的工作时间，对不对？你正打算闯入加特福旅舍。"

"我为什么要这么做？我已经在里面了。"

"没错，你投宿在这里，对吧？我刚刚又遇见了你的猫。它也和你一样在厅堂间窥伺。"

"这是个家族传统，"我说，"现在已经过了你的上床时间了吧，米莉森特？"

"过了很久了，"她同意，"我几小时前就上床睡了，我才刚刚睡着就醒了，之后我就一点也不困了。我在加特福旅舍常常这样子。"

"也许是因为时差的关系，"我提议道，"毕竟，英国离这里有五个时区。"

"你真傻，伯尼。"

"每个人都这样跟我说。"

"可能是因为鬼魂，"她说，"加特福旅舍闹鬼，你知道的。"

"是吗？"

她点点头。"建造房子的人，"她说，"他的名字叫弗雷德里克·加特福，你知道他怎么了吗？"

"如果他现在是个鬼，"我说，"那么他一定已经死了。"

"他不只是死了。他被谋杀了。"

"他没有。"

"你确定吗，伯尼？"

"非常确定，"我说，"如果我记得没错，他中风了。而那时候他离加特福一点也不近。他拥有其他四五套房产，我猜他中风时是在其中一套里，但肯定不是在这里。"

"哦。"

"他的名字也不是弗雷德里克·加特福。他的名字是费迪南德·卡斯卡特。"

"那么加特福先生呢？"

"从来就没有加特福先生，"我说，"这个地方是根据溪流命名的。这条小溪叫作乌贼骨溪，'加特福'这个名称一定是来自附近某个可以涉溪而过的浅滩①。不过,那不是我们进来的地方,因为我们走过的是一座吊桥。"

"我知道。你不喜欢摇晃的吊桥吗?"

"不,"我说,"但还是没有加特福先生,不管有没有桥,而且……你在笑什么?"

"全都是我编出来的!"

"是吗?"

"哦,鬼的部分不是,"她说,"我知道有个鬼,但是没人知道他是谁,或是在这里做什么。这部分是我捏造的。"

"你捏造的姓名首字母对了。弗雷德里克·加特福和费迪南德·卡斯卡特。"

"是卡洛琳给我的灵感。"

"什么?"

"我早些时候在过道上遇见她,"她说,"而且我猜她很怕鬼,所以我告诉她这幢房子里的鬼是个友善的鬼。"

"我很惊讶你没说他的名字是卡斯伯。"

"我说他的名字是科林,"她说,"因为我喜欢这个名字,而且和加特福很配,对不对?然后她说她记得建造这幢房屋的人,名字叫作弗雷德里克,所以我跟你说故事时——"

---

①乌贼骨的原文是cuttlebone,与加特福(Cuttleford)的发音相近,而ford又有"浅滩"的意思。

"你改良了一番。"

"只是让故事变得更好。不管怎样,这是我醒着没睡的原因。你呢?"

"我在读书,"我说,"然后我忘了时间。"

"我打赌你是在找可以偷的东西。"

到了该防患未然的时候了。"你知道,"我说,"这是个有趣的笑话,米莉森特,但是现在变得越来越无聊了。我说我是个窃贼时,只是在开玩笑。"

"是吗?"

"是啊。"

"那你其实是什么?"

"嗯,我现在暂时没有工作,"我说,"我希望很快有新的转机。在这期间,我在贵宾狗工厂帮卡洛琳的忙。什么事这么好笑?"

她两只手都遮住了嘴,想捂住笑声。"贵宾狗工厂,"她咕哝着说,"一间制造贵宾狗的工厂!"

"那只是她的沙龙的名称。"

"你在那儿工作。"

"没错。"

"只是给她帮忙。"

唉,孩子。为什么人要生孩子?"还有打发时间。"我说。

"你真的不是一个贼?"

"当然不是。"

"你不会闯入房子偷东西。"

"天哪,不会,"我说,"首先我会害怕,其次,拿不属于自己的东西是不对的。"

她想了想,然后说:"你知道我那个弗雷德里克·加特福的故事是编造的,对吧?嗯,我想你也是瞎编的。"

"你是说我说我是个贼这件事?"

"我说的是你否认自己是个贼这件事,"她说,"你知道吗?我不相信你。我认为你根本就是个贼,不管你怎么说。"然后她朝我展露了一抹邪恶的微笑,很快地转过角落,离开了。

11

我终于来到图书馆时,里面一片漆黑。有人拉上了窗帘,关了灯。我站在门槛边,试着找出最自然的方式进去拿书。我带了支窄光的笔形手电筒,但是留在我的(或是我们的,或是奥古斯塔姨妈的,随你怎么说)房间里了。我可以上楼去拿,但是为了找通往图书馆的路,已经费了很多事了。我不想再找一次。

此外,拿支手电筒躲躲闪闪的,看起来总难免有点鬼鬼祟祟。这会让自己变成星期日漫画里那种装模作样的夜贼,总是半蒙着面,肩上扛着个装赃物的粗麻布袋。

为什么要自找麻烦?我在加特福旅舍可是个付费的顾客,完全有资格在这里。既然没有明文公告的关闭时间,我任何时候都有权利使用大图书馆。也就是说,根本不必偷偷摸摸,我可以名正言顺地大步走进去,和任何贱金属一样厚脸皮,打开我需要的每一盏灯,登上图书馆的梯子,拿我想要的书,带回我的房间。再者,我做这一切没有违反任何住宿规则，更别说是法律了。我甚至不会引起怀疑。我是位顾客，睡觉前想要找些东西读，还有比图书馆更好的找书的地方吗？

在我会做出让任何人皱一下眉头的事情以前，早已经把书塞到行李里面，在回纽约的路上了。

不过，还是要采取一些防备措施。在接下来的步骤里，直到佳士得或苏富比拍卖会上的槌子敲下来以前，这本书的起源最好是出自雷斯特·哈丁·洛斯的回忆录，而且任何人都可以像我一样，（用反间谍的方法）回溯走过的路径直到费迪南德·卡斯卡特在伯克郡的豪宅。如果没有人记得看过伯纳德·罗登巴尔大步走过加特福的厅堂，怀里紧揣着一本《长眠不醒》，应该会好得多。

先办最要紧的事。以谨慎的方式拿到书，然后藏起来以策万全。接着带着书离开这幢住宅回家去。沉默一阵子，享受拥有书的兴奋心情，然后想一个很好的故事掩饰——它原本在一袋读书俱乐部版本的书底下，有个人从街上进来带了整批的翻印书；我怎样在斯塔腾岛的廉价书店里，连同十几本旧书一起买下来；或者它是在纳索郡某处的车库拍卖会上，乱七八糟一堆藏书里的一册。编造一个天衣无缝的故事应该不难。

首先，去拿书。

立刻行动。我正要踏进这个房间，事实上已经伸出一只脚要跨过门槛时，却听到有人在说话。

我侧身向前，转头让耳朵对准声音传来的方向。不太能分辨得出来，不过确实有人在说话，在离我所在地点很远的图书馆的另一角，以压低的轻声在说话。其实那里正是雷蒙德·钱德勒的第一本小说安放的最上层书架的角落（至少在我上回看到时是这样）。

是鲁弗斯·奎普睡觉时的喃喃自语吗？除非他离开了原先熟睡的地方，否则不可能。我悄悄地再往阴影里走近一些，停下来试图在黑暗里看清楚，但完全看不到。我闭上眼睛，心想这样会让我的听觉更敏锐。这对盲人报纸经销商应该管用，但是我想这要花上好几年工夫训练，因为在我能分辨的范围内，没有什么立竿见影的效果。只有寂静和喃喃低语，以及更多的寂静和喃喃低语。

不止一个人。我突然非常确定，因为在我听来似乎是先有个压低的声音，然后有另一个压低的声音回复。然而，还是没办法分辨悄声说话的是谁，也听不清楚话里的字句。

可能是谁呢？失踪的哈德斯蒂小姐，背叛了可怜的迪蒙特小姐，在沙发上和楼上的女服务员拥抱？是达金·利托费尔德那个无赖，离开他那没了老婆的新婚床单，也下来依样画葫芦？或者这两个人根本就是一对情侣，还是他们在计划什么阴谋……计划什么？推翻一个巴尔干半岛政府？在我看来，这是英国乡村住宅侦探小说里的阴谋者会干的事，现在又有个巴尔干半岛的政府活该要被推翻，也许那些人又在玩老把戏。

但是说话的内容,以及是谁在说,到底有什么关系?我已经决定不让自己引起注意,而这意味着我要在不闯入他们悄声对话的情况下,打开灯,爬上梯子。事实上,这可能意味着我不应该再躲在门口,等着被人发现,揭露我现在显然正在做的事,成为一个被当场抓住的卑鄙的偷听者。

我僵在那里,既想离开,又希望能够看到他们是谁,听听他们在说些什么。然后,突然有个不知来自何处的东西过来摩擦我的脚踝。

警察,我这样猜想,那是我受到惊吓时,最先跃入脑海的东西。不过,这个念头维持的时间不久,因为根据我的经验,虽然警察很容易做些令人不安,有时候甚至难以解释的事情,但绝不会磨蹭我的脚踝。

鬼。那是我的第二个想法,无疑是因为卡洛琳的恐惧和米莉森特·萨维奇的恶作剧才涌现的。我不确定自己是否相信鬼魂,但如果真有这种东西,那么这就是鬼魂出没的最佳住宅了,或是最好的出现时机。但是鬼会摩擦人的脚踝吗?

我正在想这件事时,又发生了一次。这回我知道那是什么了,不是警察,也不是鬼魂。它发出声音,你知道,而且不是警察会发出的声音("把手放在墙上!"),不是铁链的叮当声,也不是妖精的哀泣声。

这声音很像非常昂贵且系出名门的汽车声,强劲的引擎正空转着，等着信号灯变换。一言以蔽之，那是猫咪低沉的呼噜声。

我弯下腰，把它抱起来，希望它继续发出呜呜声，不要扯开喉咙变成引人注意的喵喵大叫。然后两位看不见的安纳特鲁利亚破坏分子继续以听不清楚的声音密谋突击之际，我便扮演完美的反间谍分子——循着猫的足迹回到房里。

我猜它饿了。每回拉菲兹上演摩擦脚踝的节目时，通常便意味它饿了，虽然这很容易被解释为是表现爱意。（或许这正是任何爱意的真实表现，不论根源为何——"嗨，那边那个！我想要从你那里得到些东西！"）

回到奥古斯塔姨妈的寝室，我找到了我们带来的红色塑料碗，还有猫饼干盒子，倒了一些饼干进去，放在它吃得到的地方。它站在黑暗之中吃着饼干，而我就站在那里看着它，然后它走到门边，发出那可怜的去了脚爪的搔抓声，直到我开了门让它出去。

我关上门，脱掉衣服换上睡衣，然后打开门留个缝隙。在为我们准备的双人床上，卡洛琳翻过身，在睡梦中含混地发出声音。她原本睡在床的一侧，但现在她躺在靠近中间的地方。

窗外，雪还在落下。如果曾经停过，或是雪势稍缓，你也无法依靠我的判断来证明；每次我看窗外，都是大片大片的雪在不断落下。从我所站的位置，没办法衡量积雪深度，但是我猜外头至少应该有一英尺深的雪。

我上了床，试着选出有较大空间的一侧。我的头安靠在枕上，卡洛琳的一只胳膊肘抵着我的肋骨。我尝试将就着用我能得到的空间，但不奏效。我开始挪动，而卡洛琳总是会靠过来，用膝盖或胳膊肘干扰我，要不我就得挪移到床边，然后开始往下掉。

几次之后，我决定冒着弄醒她的风险，一只手放在她臀部，另一只手搁在她肩膀上，轻巧但稳定地将她推往床那一边。这似乎有用，但是她又滚回来，手臂绕着我，脸最后还是窝在我的胸前。

我不得不躺在那里，试着思考我对此有何感受。卡洛琳当然是个迷人的女子，但我得说她不是适合我的类型，而我显然也不是她喜欢的那型。在我看来，女人和男人的不同之处，有一点是同性恋与异性恋的区别在女人之间比较容易模糊混淆。有许多异性恋女人似乎容易偶尔与某个女性情人来段实验——卡洛琳一直与这类女人有所牵扯，然后不断发誓那是她最后一次犯错。我自己也见过有女同性恋在难得的场合里，有尝试不同经验的倾向。

卡洛琳不是。她对于和男人发生性关系的兴趣，不会比我大。打从我遇见她的那天起，这件事就很清楚了，这也让我们的友谊比较容易发展。我们是最佳伙伴，我们是哥们儿,而我们注定不会做的事,就是共用一个枕头。

但我们现在正这么做。她可以睡她自己的枕头,但是现在她的头在我的枕头上,我也是。

没问题。如果不是我和莱蒂丝在东厅有了一段插曲,或许我的身体会动其他念头。但是现在我的老身体既疲累又干枯,只想好好睡一觉。要达到这个目的,像这样抱在一起取暖,只不过是医生会给的建议。在我最好的朋友臂弯里很舒适,靠她的体温取暖,我觉得自己正在滑向睡眠。

你看,我又在床边了。我醒了过来。

卡洛琳没醒。睡得很熟,虽然还不到睡眠的最深沉阶段。她完全不知道她抱住的人是她的好哥们儿伯尼,或者根本没想到是男人。她很可能在做梦,而我想你一定知道梦境会改变方向,以便适应环境。如果床边的电话响了,睡觉的人就会立即将电话铃声插入梦境的剧本里。卡洛琳的梦要拥抱的不是个正在响铃的电话,而是个温热的身体,在她的梦里,这变成了一个女人的身体,情人的身体。

在这个梦里,她开始与这个她拥抱的身体做爱。

而且不只是在梦里。

这实在是难以忍受的怪异。我在那里,半睡半醒,而我世上最要好的朋友正用鼻子磨蹭我的颈子,她的手在我身上游移。我想叫醒她,但我想不出这样做又不让事情变得更糟的方法。等待结束不是比较好吗?

很难说。一方面,这场梦可能会很快地经历整个过程

（梦是快速的小恶魔，总是需要比做梦本身还要多很多的时间来叙述）。另一方面，卡洛琳游移的手总是会有可能碰到我身体的某个部分，不完全符合她的梦境，从而赋予"粗鲁地唤醒"新的含义。

怎么办？假设我大叫一声，然后跳下床。我可以说我做了个噩梦，等到她安抚我冷静下来以后，她就已经完全忘记她的梦了。不过，这样做还是不妥，而且在那之后，我们俩要怎样才能睡着？

她移动了，探索得更紧密了，整个人依靠在我身上。她的大腿缠绕着我的小腿，而且有点像是以一种相当稳定的节奏摇晃着我。我费了点时间才弄清楚发生了什么事，事情持续之际，我只是躺在那里，然后她步调稍稍加快，抚摸也逐渐变得激烈。接着她的手紧抓着我的手臂，发出微弱的像猎犬般的叫声，然后是呻吟声，最后她叹了口气，翻身离开我，静止不动。

你永远不能跟她说这件事，我对自己说。事实上，我加上一句，如果你可以忘记这事曾经发生过，那就最好不过了。

不太可能，我想。跟我能睡着的概率差不多，而我之前明明差一点就能睡着了……

下一件我知道的事是已经早晨了，而且有人正在什么地方大声尖叫，好像发生了血腥的谋杀案一般。

12

有各种各样的事情会引人尖叫。比如说一只老鼠从家具背后突然窜出来,很容易诱发某种类型的女人大声喊叫。(依我的经验,告诉这种女人老鼠其实比她更害怕也完全没有用。很少有女人认为这种信息具有安慰效果,而我自己甚至不知道这是否属实。一个女人从沙发背后跳出来时,你很难听到老鼠尖叫。)

同样的道理,尖叫也可能表示尖叫者刚刚见到了鬼,或是一个潜在的攻击者,或是彩券上的号码中了奖。"尖叫得好像发生了血腥的谋杀案一般"毕竟只是一种表达方式,而你听到这种叫喊,不代表你会在图书馆里发现一具尸体。

但我们发现了。

我见过死者,虽然我们未曾彼此介绍。我们第一次进到那间堂皇的图书馆时，他就在里头。他就是那个眼光投向卡洛琳身上时，让她感觉很不好的男人。那时他坐在用果树材料制作、有提琴式靠背的椅子上，面对皮革铺面的小写字台，我假设他正在写信，非常投入地书写，然后停下来，套上笔盖，目光望向虚空，然后又摘下笔盖，继续写。

目前他躺在离火炉几码远的地方，离我见到《长眠不醒》的那个书架不远，而且我很高兴，书还在那里。他的衣着和前一天晚上一样，外穿一件有皮制纽扣的骆驼毛休闲外套，里头是浅底深色方格的背心，下身是深棕色灯芯绒的休闲裤。脚上穿的是马球靴，一只鞋的鞋带松了。

他后背着地，躺在图书馆的爬梯下。他的深色头发还是很整齐，但血从头皮上的伤口流出，沾染了他头下面的地毯。他线条分明的五官因死亡而显得松弛；深色的眼睛在他生前是那么炯炯有神，现在却像被填塞的剑角羚羊的眼睛一样，有如玻璃。

当然，剑角羚羊还在东厅的墙上，现在看不到。这使得它成了少数留在原地的生物，因为几乎所有加特福旅舍的其他住民都回应了这声叫喊，宛如自动电梯回应高层办公大楼的火警一样。电梯全都冲向火警来源，无视危险的存在，而这正是我们所做的事。

时间或许与此有关。现在正是黎明时分，而我不认为我和卡洛琳是在叫声唤醒我们之前，唯一还在沉睡的人。

如果我们正在读——比如简·奥斯丁的小说,那么我们或许会以比较优雅的方式反应,而不是跳下床,匆忙套上衣服,一头冲往楼下骚动的根源。

我们到达图书馆时,已有五个人在那儿——死人不算在内,我们稍事喘息时,又来了好几个人。我得知叫喊的是位漂亮的年轻金发女人莫莉·柯贝特。她是楼下的女服务员,进来拉开窗帘,清理房间,当她突然看见已经死亡的乔纳森·拉斯伯恩时,便以传统的方式做出了反应。

奈吉尔·艾格伦廷告诉我们,那是死者的姓名。我和卡洛琳冲进来时,艾格伦廷已经在图书馆里,当然还有莫莉·柯贝特,以及爱德华·布朗特-布勒上校,还有可怕的奥里斯,他的双眼比我记忆中的似乎又更靠近了些。其他人很快加入我们——米莉森特·萨维奇、她的父母、戈登·沃波特、西西·艾格伦廷。厨师站在一边,焦躁地弄着围裙,看起来相当烦恼,有个脸上雀斑丛生的红发年轻女孩,目瞪口呆地看着倒下的顾客,既惊骇又欣喜于生活居然可以真的像小报上描写的一样(我后来知道她是楼上的服务员,是莫莉的堂姐,莫莉父亲的兄弟厄尔的女儿,名字叫伊尔琳·柯贝特)。

"真可怕,"奈吉尔·艾格伦廷说,"不忍目睹的悲剧。悲惨的命运。"

"说得没错,"上校说,"但是重建现场不会太困难,对吧?很容易看出来发生了什么事。"他清清喉咙。"晚上起床。睡不着。下来这里想找些东西读。看到了他想要的书，但是够不到。"他一只手搁在图书馆的爬梯上。"爬上这个，对不对？失去平衡，跌了下来。"他指出头皮上的伤口。"撞到了头，对不对？像只被刺到的猪一样流血，如果诸位女士可以原谅我的表达方式的话。"

诸位女士看来都还可以承受。其中一位，哈德斯蒂女士，在上校说话时正好进入图书馆，推着她同伴的轮椅。现在她接着上校的推论解释。

"难怪他会摔下来，"她说，"他的鞋带松了。他一定是踩到了鞋带。"

"爬上梯子前，"迪蒙特插嘴说，"他应该要绑好。真是太不小心了。"

卡洛琳看看我，然后转动眼睛。"我敢说他已经得到教训了，"她讽刺地说，"伯尼——"

"可怕的意外，"奈吉尔·艾格伦廷说，接受了重建的解释，"我猜摔下来以后，这可怜人失去了意识。然后他一定是因失血过多而死，或者是因为头骨碎裂而亡。如果有另一个人在房间里，这场悲剧很可能就可以避免了。"

"或者他绑紧了鞋带的话。"迪蒙特小姐说。就一个很少走路的人来说，她对这个话题有很多意见。

"很可能一开始并不是松脱的。"克雷格·萨维奇提议道。有趣的是，他自己穿着拖鞋，"他在爬梯上调整位置时，可能踩到了一根鞋带的末端，"他解释道，"然后他抬起另一只脚时就松脱了鞋带,造成他跌倒,一下子同时发生。"

"这就是为什么我的鞋带总是打两个结。"哈德斯蒂小姐说。

"还是有可能发生的,"萨维奇告诉她,"鞋带不会松脱,但你还是有可能踩到鞋带末端,使自己摔倒。"

哈德斯蒂不接受这种说法。"你打两次结之后,"她说,"鞋带就会比较短。所以末端就不会长到会被另一只脚踩到。"

萨维奇承认他没有想到这点。布朗特-布勒上校说这些都为时已晚,因为即使再多打两次结的鞋带,现在也救不了这可怜的家伙了。拉斯伯恩先生昨晚在写字台上奋斗时,在沙发上读特罗洛普小说的老柯利布里太太询问是否已经打电话叫警察来了。没有人立刻回答,然后奈吉尔·艾格伦廷说还没有打,而且他认为应该要通知警察,不是吗?

"真不想打扰他们,"他又说,"尤其在这种天气情况下。我想他们已经忙不过来了,何况地上还有两英尺深的积雪。"他用手势比向有窗户的那面墙。"我无法想象现在的道路状况,我知道天气引起的突发情况一定没完没了。恐怕意外死亡得到优先处理的机会很低了。"

我环视一圈。上次我见到时正在读书或打盹儿的肥胖男人,鲁弗斯·奎普,进了房间,不仅清醒,而且还站立着。正当我注意到这点时,他又将身躯安放在沙发上了。另一边稍远处莱蒂丝·利托费尔德站在她丈夫身旁,一手紧握着他的手。我朝她微笑,然后朝他撇撇嘴。我不认为他们俩注意到了这一点。

上校正在谈几年前在萨拉瓦克发生的不幸意外。我等他说到一个停顿的段落,然后说:"抱歉。"

整个房间静了下来。

"我想你们应该立刻叫警察,"我说,"我认为他们会想尽快赶到这里,不论雪有多深。"

"你在说些什么,罗登巴尔先生?"

我转向莫莉·柯贝特。"你早上进来这里的时候,"我和蔼地说,"都做了些什么?"

"我根本没有碰他,先生!我对上帝发誓!"

"我相信你没有,"我说,"我相信你只是打开了窗帘。"

"当然,先生。我白天的时候都拉开窗帘,好让光线进来。"

"那么在你拉开窗帘前,房间里是暗的吗?"

"是的,先生。不是全暗,有些光线从打开的门透进来,比如说从其他房间进来。"

"但是这间房里没有光线。"我说。

"没有,先生。"

"也没有灯光。"

"没有，先生。"

"开启的门那边有一点光线，"我说，"因为天已亮了。但是稍早一些，拉斯伯恩先生发生悲剧时，应该是完全黑暗的，对不对？"

她看看我。"我不在那里，先生。"

"你当然不在，"我表示同意，"但是如果你在的话，当时天还没有亮，也没有打开灯，窗帘也拉起来了，你就会发觉房间是暗的，你不会这样假定吗？"

莫莉站在那里张着嘴思索。奈吉尔·艾格伦廷蹙眉思索，看起来不愿意接受下一步推论的结果。他的妻子说："当然是这样。拉斯伯恩先生摔下来时，这里是漆黑一片。"

"这或许可以解释他为何踩到了鞋带，"我说，"毕竟，他看不到鞋带松了。但是这无法解释他为什么会登上爬梯。这里太暗了，他根本找不到爬梯，更别说是找一本书来读了。"

布朗特－布勒清清喉咙。"你想说什么，罗登巴尔先生？"

"我要说的是，这比表面上看起来复杂得多。乔纳森·拉斯伯恩不会在黑暗的房间里发生这种意外。他跌下来时一定有灯亮着，否则实际发生的事一定和你们重建的大为不同。"

西西·艾格伦廷说："莫莉，你确定你没有关灯吗？"

"我不记得了，"这女孩哭了出来，"我不觉得关了，但是——"

"不太可能关了，"我说，"她进来的时候，房间是暗的。如果有盏灯亮着，她应该会注意到。如果她没注意到，怎么会去关掉？"

"我们不知道他踩在哪一级上，"戈登·沃波特推测道，"不过，如果他站在顶端那几级。那可真是摔得很重，足以在他头上造成那道伤口，让他昏迷。或许他跌下来时，有可能撞熄了一盏灯？"

"如果他撞上了灯，"我说，"很有可能。或者他根本没撞到，但是落地的震动大到把一盏落地灯弄翻了，或是让一盏桌灯翻倒在地。"我想到了另一种可能。"也有可能是灯泡烧坏了，"我说，"自动烧掉的。他发生意外时，有盏灯亮着，然后在莫莉发现他以前，灯烧坏了，这并非没有可能。"

"一定就是这样。"奈吉尔·艾格伦廷说。

"如果是这样，"我说，"灯泡仍然是坏的，因为我想我们都同意莫莉还没有机会换灯泡。我们是否可以检查一下所有的灯光设施？"

"全部的？"

"全部。一个烧坏的灯泡无法证明这个推论，但如果没有任何灯泡烧坏的话，就可以排除这个论点。"

确实如此。每个灯泡都是好的，我们弄清楚以后，我请大家把灯关上。我们不需要灯光;外头的整个世界都覆盖着白雪,穿过那面窗反射进来的光线比实际需要的还多。

"嗯。"我说。

这是个抉择的时刻。他们都看着我,等我说些话,而那不请自来、从我嘴中脱口而出的话是:我想你们一定很好奇为什么我把你们全找来这里。我以前偶尔有机会说这句话时,这些字眼总是让我因寻猎的刺激而脉搏加快,屡试不爽。但是这一回时机不太恰当。我并未召唤任何人,大家也没有理由怀疑自己为何会置身这里。

我正苦思着适当的字眼。西西·艾格伦廷替我解了围。

"一定有个解释。"她说。

"我可以给个解释,"我提出来,"拉斯伯恩爬上图书馆爬梯发生意外时,是开了盏灯。他像柏克莱主教的树一样,直挺挺地倒下来,没有发出声音,所以没人跑过来看[①]。但是后来有其他人经过这个房间,看见灯亮着。他或她知道半夜里灯不该亮着,所以进来关了灯。如果是这一盏灯,或是那一盏灯亮着,他或她不应该看不到拉斯伯恩的尸体,因为刚好就在视线上。哎呀,真该死。"

"怎么了,伯尼?"

"他或她,"我说,"如果没人反对的话,我接下来就用男性代名词了。"没人反对。"很好,"我说,"重点是,

[①] 指英国出生的爱尔兰哲学家柏克莱主教,这里影射他的"林中一棵树倒下来,若无人在旁,是否会发出声音"的论题。

有其他灯可能亮着,而经过的人可以在见不到乔纳森·拉斯伯恩尸体的情况下关掉灯。他可能走进来,关灯,然后离开,却根本没想到地上有一具尸体。"

一阵喃喃声同意了这个思考方向。声音一停,戈登·沃波特清清喉咙。"我觉得奇怪,"他说,"你在关掉图书馆的灯之前,不会四处看看以确定没有人窝在椅子上读一本好书吗?我想这是很基本的礼仪。"

"很好的论点。"我说。

"而且如果你朝四周看看,几乎肯定会见到拉斯伯恩。"

"如果真看了的话,"卡洛琳说,"但也有可能只是喊了一声。'有人在吗?'那么除非拉斯伯恩能够发出声音,否则你就会认为房间里只有你一个人。"

沃波特认为这很有道理,也没有其他人提出反对。"很好,"我说,"所以,还剩下一个有待回答的问题。谁关掉了灯?"

没人答话。

"一定是我们其中的一人,"我说,"而且我认为这不是我们会忘记做过的那种事。有任何人昨夜很晚或是今天很早来到这里,关了一盏灯吗?你们有谁关了吗?"

大家看看我,又彼此互看,然后望着地板。利昂娜·萨维奇谨慎地与女儿悄声说话,而米莉森特大声否认她在这两个时间到过图书馆,更别说是关什么灯了。她父亲支持她的说法，指出这小孩一辈子从来就没有主动关过灯。

"似乎没有任何人关了灯，"布朗特－布勒上校说，"所以我们就得面对两种可能。拉斯伯恩是在黑暗中爬梯子，或是灯自动熄灭了。"

"这两种说法都没有道理，"我说，"还有一种可能，确实有人关了灯，但是不能承认，因为他不想让我们知道昨夜他曾经接近这个房间。因为他谋杀了拉斯伯恩，关了灯以便拖延尸体被发现的时间，却没有考虑到拉斯伯恩在一间黑暗的房间里被人发现，是件多么可疑的事。"

"但这根本不可能。"奈吉尔·艾格伦廷说。

"为什么？"

"因为这表示……"

"怎么？"

"这幢房子里有人犯了谋杀罪。"他说。

"恐怕是这样。"我说。

"但是我们都不……"

"不是我们之中的人，"西西·艾格伦廷坚决地说，"如果真有人伤害了可怜的拉斯伯恩先生，也不可能是我们之中的人。"

"那还有其他什么人会干这种事？"迪蒙特小姐想知道。

"一定是经过附近的人，"西西说，"比如流浪汉，四处漂泊的人之类的。"

"在这种天气里?"

每个人都望向窗外。外面的雪已经积得够深了,足以让文西斯劳斯国王①龙心大悦,但其他人可开心不起来。

"他可能想躲避恶劣的天气,"西西说,"他无法在这种夜里睡在外面,所以闯进来,然后——"

"然后想找些东西读。"柯利布里太太提议。

"然后受到灯光吸引,进了这个房间——"

"像只飞蛾一样。"伊尔琳·柯贝特说,看起来一副因为大声说了这句话而受到惊吓的样子,赶忙用满布雀斑的手遮住小嘴。

"然后发现可怜的拉斯伯恩先生,"西西继续说,"已经因为意外坠落而亡。流浪汉因为担心受到怀疑涉嫌杀人,所以关了灯离开。"她叹了口气。"就这样,罗登巴尔先生!我们都没有涉嫌,而且也根本不是谋杀!"

"亲爱的,"奈吉尔·艾格伦廷说,"整个过程发生得实在太巧合,只怕听起来有些荒谬。"

"这很荒谬吗,奈吉尔?"

"恐怕是这样,亲爱的。"

"哦,但是——"

"还有其他东西。"我说,走近地上的乔纳森·拉斯伯恩,向下指着他那还空虚地向上望着我们的眼睛。我弯

---

① 文西斯劳斯(King Wencelaus, 1378—1419),波希米亚国王。

下身，故意发出嗯哼一声，然后直起身。"如果各位仔细看，"我说，"你们会见到两只眼里都有细微点状出血。"

没有人靠近来看。大部分人反而盯着我。

"我认为他并非死于失血，"我说，"他是流了不少血，因头皮外伤流血致死也是有可能的，但是他没流那么多血。确实有可能撞击头部，并因为重击而致死，但我认为事情不是这样。能够造成极大伤害的坠落，应该会发出很大的声响，但是这里显然没有人听到什么声音。我认为拉斯伯恩不是从图书馆爬梯上跌下来的。我认为一开始他就没有去碰梯子。凶手袭击他时，他应该正坐着。"

克雷格·萨维奇想知道我哪里来的这种想法。我蹲在尸体旁边，指出流血的源头——左太阳穴上方很深的伤口——周围有清楚的变色。"如果凶手站在他前方，"我说，"而且假如他惯用右手，向下敲击，那么这里应该就是撞击的位置。"

上校想知道跌倒是否会造成类似伤口。我说这也有可能，但是他得撞到某个东西才行，比如说最下面一级阶梯，或是桌子的尖角。如果是这样，我们应该会在他撞到的物体表面发现血迹。

"但我们没发现，"我说，"而且也没有发现所谓的钝器，可能是凶手带走了。但很可能是钝器所伤，比如说是书挡，或是玻璃烟灰缸，或是像那边那只骆驼那种铜制装饰品。事实上……"

上校随我走到旋转书橱旁边，他要伸手去拿骆驼时，我抓住他的手。"最好不要碰，"我说，"虽然如果上头的指纹没有擦干净，我会很惊讶。不过，这上面很可能还有显微镜看得到的证据。在我看来，基座部分好像有些血迹，但是必须做过测试才能确定。"

"我的天哪，"西西·艾格伦廷说，"你该不会是说他被我们的骆驼杀了吧？"

"我想他是被骆驼打倒的，"我说，"但不是杀死。"

"你这话是什么意思？"

"我的意思是这一敲将他击倒在地，"我说，"并且流了血，而且很可能让他失去意识。最后或许会证明这是致命的，必须要解剖才能下定论，不过这一击并未立刻杀死拉斯伯恩，但凶手不愿意坐下来等待。他知道最好是再袭击一次，并且假装是摔倒的结果。所以他用了别的东西。"

"什么？"

我指向躺椅。"那个靠枕，"我说，"不，别拿起来，只要看一下就行。我想纤维上也沾了东西，我猜最后会发现这些污点也是血迹，而且是拉斯伯恩的血。"

鲁弗斯·奎普飞快地瞥了一眼。他坐在躺椅上，够得着那个靠枕，现在身体挪开了。"直到刚才为止我都听得懂，"他缓慢地说，他的声音有如睡着般黏腻，我不记得先前听到过他说话，而且几乎没看他清醒过，"但现在你把我弄迷糊了。你是说已经用骆驼打了这个家伙一次以后，凶手最后用靠枕拍打来完成工作?"

如果你能够承受得住一只骆驼,为什么会因靠枕而受伤?但是我无法这么说,而在我想出其他字句来说以前,米莉森特·萨维奇说:"真傻;他不是用靠枕打他。他是用靠枕让他窒息!"

"米莉森特,"她的母亲说,"你不可以插嘴打断别人说话。"

"她虽然打断了我,"我说,"但她说对了。这可以解释细微的点状出血。那揭露了一桩仁慈的谋杀,护士或是急着想继承财产的亲戚,会用枕头压在末期病人的脸上,好加速死亡。"

"如果靠枕上有血迹,"上校说,"那就是罪证确凿的证据了,对吧?如果拉斯伯恩是自己摔下来的,血就不会在那上头。"他的眼光投向艾格伦廷太太。"我很不愿意这么说,西西莉亚,但是这推翻了你那流浪汉的理论了。"

"我真希望是个流浪汉。"西西说。

"因为另一种可能让人无法接受,"上校说,"但恐怕在这个情形下,无法接受的却是真的。奈吉尔,现在没有什么好选择的了。你应该立刻打电话报警。"

奈吉尔吸了口气,咽下他原来要说的话——不管是什么——离开了房间。达金·利托费尔德过来察看了靠枕、骆驼,以及倒地的乔纳森·拉斯伯恩。"我不明白,"他说,"如果凶手费了这么多工夫布置得像是意外,为什么他会在靠枕和骆驼上留下血迹?他差一点就能犯下完美的罪行了,却突然变得草率疏忽。感觉说不通。"

"是吗?"

"我只是说这没道理,"他提醒我,"但是我相信你会做出解释。"

我几乎脱口而出,我相信你已经有了不在场证明,但又收了回去。"我的猜测是,意外是事发之后才布置的,"我说,"攻击一定是非常仓促,甚至是冲动的。事后凶手急于回到……嗯,管他要回到哪里。他不希望在那里逗留,随时会有人经过,发现他站在死者的旁边。他花了一分钟把拉斯伯恩摆放在爬梯的底部,让他的血流一些到地毯上,然后用靠枕让他窒息而死。他很快地擦干净骆驼,然后放回旋转书架上面。他可能没见到靠枕沾了血迹。正当谋杀发生时,有谁会去注意到有一盏灯亮着?拉斯伯恩应该不会在黑暗中浏览书架,但是他或许会在一间阴暗的房间里进行简短谈话,而杀掉一个人又需要多少光线?"

"为什么不干脆把靠枕带走算了?"利托费尔德想知道,"为什么留在附近?"

"要不然他会放哪里?他的行李箱里?或是他房间的椅子上?"

"我不知道,但是——"

"放在其他地方,总是会引起注意,"我说,"放在平常的位置上,最不起眼,就是原来他拿到靠枕的躺椅上。

即使他知道上面沾了血迹,也最好将它留在那里不动。他希望没有人会寻找血迹,警察只会草率地检查一下尸体,解剖验尸也是循例敷衍,并不完整,拉斯伯恩的死亡只会在档案里被记载为意外。"

"如果是这样,"我接着说,"他便可以自由回家。如果不是,那么除了靠枕上的血迹和铜制骆驼上的一两滴血外,还有更多拉斯伯恩的血要费力寻找。精细的法医调查可以显示四处都是血迹,足够重建出拉斯伯恩遭受袭击时所坐的正确位置。"

有几个女人似乎要缩进自己的肩膀里,以避免接触遍布她们周遭的血迹。

"其实,"我说,"我们可能应该离开这个房间,将这里封起来,直到警察到达。没有人碰了什么东西,这很好,但是我们不该留在这里。这是犯罪现场。"

"没错,"布朗特-布勒上校说,"虽然我不知道本地警察是否会像苏格兰场的警察那样处理犯罪现场,但是你说得一点也没错,先生。你对这方面的事情很有经验吗?应该是在警界服务吧?"

"也不尽然。"我说。

"难道是私家侦探吗?"

我摇摇头。"我是个爱书人,"我说,"我读了一大堆侦探小说,也看了很多电视。你知道,密室案件、不可能的犯罪、英国乡村住宅谋杀案……"

"波洛之类的。"上校说。

"就是这样。"

"我从来没想到这些东西那么具有教育意义,"他说,"血液溅洒的痕迹,细微点状出血,敲击的方向,你看起来像是真的都懂,罗登巴尔。"

我得承认,我有一点得意。有个带那种腔调的人恭维你,很难不得意。这位好心上校接着问我到底从事什么行业时,我还忙着享受这种感觉。

"事实上,"我说,"我现在没有工作。我被裁员了,企业缩编,至少他们用的是这个字眼。其实这等于要更少的人做更多的工作,而最糟的是你是其中的牺牲品。"

"英国陆军里也有过这种事,"他说,"在我们失去印度之后。"他的脸色暗下来。"如果他们称之为缩编的话,或许会让面子上好看些。你在解脱以前,为那些粗俗的贪心鬼做什么?"

"他是个窃贼。"米莉森特说。

所有的谈话都中断了。我勉强笑了一声,在那庞大的房间里显得非常空洞。"我昨晚和这个孩子开玩笑,"我说,"但恐怕她当真了。"

"你说是个玩笑,"这小讨厌说,"但我认为是真的。我认为你真的是个窃贼,伯尼。"

"米莉森特,"利昂娜·萨维奇说,"回你的房间去。"

"但是妈妈,我——"

"米莉森特!"

"没关系,"我说,"我想她没什么恶意。无论如何,也没造成什么伤害,而且——"

我停下来。奈吉尔·艾格伦廷回到了房间,眉头深锁。

"肯定是雪的缘故。"他说。

我们看着他。

"电话,"他解释道,"线路断了。肯定是雪的缘故。"

13

艾格伦廷坚持认为我们只要保持镇定就行了。他重复了好几遍,好像这些字眼是用来驱除恐慌的咒语,但是效果并不明显。

卡洛琳解救了他。"看,奈吉尔,"她说,"有坏消息,也有好消息,对吧?"

"好消息和坏消息?有吗?"

"总是会有的,"她向他保证,"假设你先给我们坏消息。"

"坏消息。"他说。

"比如电话线断了,还有其他随电话消失的东西。"

"啊,"他说,"坏消息。嗯,这时候电话服务确实是没有了。肯定是因为暴风雪。坏天气总是弄坏我们的电话。春天和秋天里的严重雷电雨后,电话也经常出故障,冬天里则有暴风雪破坏电话。"

"宣传手册里都没有提到这些。"哈德斯蒂小姐悄声对迪蒙特小姐说。

"但是有好消息,"他说着,开朗起来,"我们的电话断线通常都不会很久,我想最多几个小时就会恢复了。"

"这是好消息,"卡洛琳表示同意,"再说说其他坏消息。"

"其他坏消息?"

"下雪。"她提示他。

"啊,雪。嗯,如你们所见,积雪非常深。根据新闻报道,有两英尺多深,加上飘落的积雪,足够埋掉车顶了。乡间大部分道路都要等到铲雪车铲过才能通行,这可要花上不少时间。"

"所以,即使我们能打电话给警察,"上校说,"他们是否能抵达这里,也颇值得怀疑。"

"非常值得怀疑,"奈吉尔说,"即使我们的路清理好了,他们也无法到达我们的车道。其他人也没办法。这个时候不会有任何邮递服务,也不会有客人抵达。"

"最后这部分,"卡洛琳说,"没有客人,应该算是好消息而非坏消息。现在我们最不需要的就是在这幢屋子里再添别人了。但其他的确实是坏消息。好消息是什么呢?"

"即使没有递送供应,"他说,"我们也不必惊慌。食品储藏室里装满了食物,足够我们所有人吃得很奢侈,一直吃到四月份。里面还备有应急用的桶装水,不过我们不太用得上,因为水井的运作状况良好。还有,或许现在提太早了些,不过加特福的地窖库存丰富,我们有充裕的啤酒、葡萄酒和烈酒,足够我们喝到下个世纪。"

"嗯,那真是令人放心。"卡洛琳说。

"而且事实上,"他继续说,越来越流利,"还有更多的好消息。我们确实孤立无援,虽然是非常舒适,但是我们不会孤立太久。奥里斯向我保证只要他能操作吹雪机,他就可以清理通往桥的通道。我们的吉普车就停在桥那头,装备了强力铲雪机。只要几个小时,奥里斯就应该可以完全清除从我们的车道通到公路那段的积雪。"

"好啊,好啊!"上校说,还有此起彼落为奥里斯喝彩的掌声,奥里斯则因此低下头来盯着他的靴子,好像在测量雪会有多深。

"但是在做任何事以前,"西西·艾格伦廷说,"我想最重要的是,我们都需要吃一顿地道的英式早餐。"

"我很好奇这是什么,"卡洛琳说,"也许这是洞中蟾蜍。"她看着盘子,里面躺了厚厚一片烤白面包。面包中央挖空了,有个蛋摆在留下的圆形空间里。

"听起来你有点失望。"我说。

"嗯,没那么糟,"她说,"这有点像木筏上的亚当与夏娃。"

"那是什么,吐司上放两个煎鸡蛋?"

"嗯哼。不过这儿却是亚当掉下去淹死了,而且木筏地板上破了个洞。所以就只剩下夏娃独自撑下去了。"她咬了一口,"不过,我必须承认这还不错。虽然和我期待的不一样。"

"你期待的是什么样子?"

"我不知道,伯尼。如果听起来不矛盾的话,我猜是一种奇怪的好吃食物。像是这个黑布丁。"

"这是奇怪的好吃食物吗?"

"嗯,算是吧。"她叉了一口到嘴里,很仔细地嚼着。"很简单,"她说,"但是也很可口。而且是黑色的,这很不错,但是和我吃过的任何布丁都不同。"

"和果冻完全不一样。"我说。

"他们对布丁的想法很有趣,伯尼。看看约克郡布丁。我的意思是,那也很好吃,但是你不会冲出去,在上面淋上一大堆奶油吧?黑布丁。你认为这是用什么材料做的?"

"血。"

"认真点,伯尼。"

"我是认真的。它的另一个名字就是血肠。"

"我真希望你没有告诉我,伯尼。"

"嗯,是你要问的。"

"这并不表示你一定要告诉我。至少现在我知道为什么他们要叫它黑布丁了。如果叫血肠,就没人想吃了。那白布丁呢,伯尼?那是用什么做的,淋巴吗?"她皱着眉头,"算了,不要回答了。你还要熏鲱鱼吗,伯尼?"

"我想我已经到极限了。"

"我想我应该要表示感谢了,"她说,"他们没有在洞中蟾蜍里用真的蟾蜍。听好,如果他们上了泡泡与吱吱,帮我个忙,好吗?如果泡泡与吱吱里有什么恶心的东西,你自己吃就行了。"

"我想那应该是剩下的甘蓝菜和马铃薯。"

"那就没问题,"她说,"只要不是回收的爬虫类和啮齿类动物就可以。伯尼,你觉得是谁杀了乔纳森·拉斯伯恩?"

"我怎么会知道?"

她耸耸肩。"我只是想你可能会有预感。你证明了那是起谋杀,还找到两件凶器,真是太酷了。先用骆驼打倒,然后用靠枕让他窒息而死。这是一种什么死法,嗯?"

"嗯。"

"怎么了,伯尼?"

"我就在那里。"我说。

"我也在,伯尼。每个人都在,只是先来后到的问题。你知道吗?我们站在那里围着拉斯伯恩的尸体时,我一直忍不住盯着书架上方,看看《长眠不醒》是不是还在那里。"

"还在。"

"我知道。我也不想盯着看,但是我就是一直看,一直看。应该没有别人注意到。希望没有。"

"尸体吸引了大部分人的注意。"

"是啊,我希望我知道谁杀了他。"她皱着眉头,"你是什么意思,你就在那里?你不是指刚才。"

"不是。"

"你也不是指昨晚,我们两个都在的时候。"

"不是。"

"你的意思是他被杀的时候,你就在那里?伯尼,你没有……你该不会是……"

"别开玩笑了。"

"那你的意思到底是什么?还有,书为什么还在架子上?我以为你昨晚要去拿书。那怎么会——"

我很快地告诉她前一晚发生的事情。当我告诉她我和莱蒂丝在东厅的插曲时,她的眼睛睁得很大,下巴几乎要掉下来。"我的天哪,"她说,"真难想象有人会在新婚之夜做这种事情。"

"很多女人会在她们的新婚之夜做这种事,"我指出来,"只不过,大部分女人是对丈夫做。"

"但莱蒂丝不是。"

"我不知道她在楼上和他做了什么,"我说,"我只知道她在楼下和我做了什么。"

"你知道吗,"她说,"你在解释图书馆里发生的事情时,我看着她,发觉她看你的眼光很不单纯。"

"哦?"

她点点头。"她看起来就像只吞了奶油的猫。"她皱皱眉,"还是叫吃了金丝雀的猫,哪个好?"

"随你怎么说。"

"不管怎样,她看起来有点自鸣得意。我猜我知道为什么了。你知道吗,伯尼?我想是空气里的什么东西。"

"空气里?"

"昨晚的时候。某种性的震动或什么东西。你不会相信我做了什么梦。"

"哦?"

"真是栩栩如生。我可以发誓——"她话说一半就打住了,然后朝我们的女服务员示意,其实就是负责楼下的女服务员莫莉·柯贝特,那位见到了拉斯伯恩的尸体,尖叫声惊醒了全屋的人。"嗨,莫莉,"她低声说,"我们还可以再来一些茶吗?"

"当然可以,女士。"

"我是卡洛琳,莫莉。这位是伯尼。"

"太好了,女士。"

莫莉倒茶时,我们静静地坐着。她一走到听不见我们谈话的距离时,卡洛琳便说:"她也在里面。"

"谁在什么里面?"

"莫莉。在我的梦里。"

"哦。"

"你不会相信有多么真实,伯尼。"

"我相信。"

"你相信?为什么?你没有在梦里,伯尼。只有莫莉和我。"她做了个鬼脸,"听起来像个歌名,不是吗?《我的蓝色天堂》。无论如何,那真是难以置信的激情。现在我每次见到她都要脸红。"

"她是个乡下女孩,卡洛琳。"

"我知道。"

"完全未经世故。"

"我知道,"她说,"她认为的吃快餐就是到 DQ 连锁店吃个汉堡。这些我都知道。"她缩起双唇,"但是在梦的天地里,"她说,"这个女人真是性感极了。但我还是不知道你先前说了些什么,事情发生时你在现场?"

有那么一瞬间,我没弄清楚话题的转变,以为她的意思是我在她和莫莉·柯贝特的梦中出现。事实上我的确在那里,不过她永远不必知道这件事。

然后我说:"哦,你是指谋杀案发生的时候。我没有,不完全是那样。"然后我解释我正要进入黑暗的房间时,听到两个人在悄声说话。

"那一定是拉斯伯恩。"她说。

"其中一个人一定是拉斯伯恩。"

"而另外一个是杀他的人。"

"男人或女人。"

"没错,现在我们又回到他或她,他的或她的问题上了。你认为一个女人会做这种事吗?"

"我认为除了米莉森特·萨维奇以外的每个人,都可能做出这事,"我说,"用铜制的骆驼打昏一个人,让他的头裂开,不需要花多大力气。如果是致命的一击,或许需要更大的力量,不过像哈德斯蒂这样的运动型女人,也可能发挥出和这里大多数男人一样大的力量。不过这里的情况是,打击并非致命的,而且很可能没有打得很用力。所以我不认为可以排除任何人。"

"除了米莉森特。"

"他太高了,她够不到。"

"还有迪蒙特小姐。"

"迪蒙特小姐怎样?"

"嗯,是你先开始说的,她坐着轮椅。"她的眼睛突然睁大,"等一下,伯尼。你该不会认为……"

"我认为什么?"

"轮椅是个幌子?她其实身体很好?你是这样想的吗?"

"为什么我会这样想?"

"因为你读过阿加莎·克里斯蒂,"她说,"而且你知道在这种情况下,事情很少会像表面那样。伯尼,你必须有所行动。我希望你了解这一点。"

"我知道我应该做什么,"我说,"我应该去拿书,但这时候图书馆禁止进入，除非变戏法才能弄到手。然后我应该离开这里，不过只要我们还被雪围困，就无法离开，更别提等到由警察送我们回家了。所以我没办法做我应该做的事，至少不是现在。所以，我知道我现在要做什么。"

"要做什么？"

"我要找些书来读，"我说，"图书馆以外的房间里的书。天知道，这里有这么多房间，里面有这么多书，我应该能找到一些我想读的东西。我要带书到楼上，钻到被窝里，如果我读一读便睡着了，我也不会抱怨。"

"伯尼，那不是你该做的事。"

"我没说那是我该做的事，我说那是我现在要做的事，而且——"

"还有其他你该做的事。"

"什么？"

"你必须解开谋杀的谜团。"

我看着她。她回看着我。其他桌的谈话继续着，但是声音太低，听不清楚。外头，你可以听见有人试图发动引擎的声音。是奥里斯，我想，他正要发动吹雪机。

"这太荒谬了。"我说。

"还有谁能做到呢？奈吉尔·艾格伦廷倒酒很有一手，但是他连拼图都不会。上校以前是主管，这会有帮助，但他那种是直截了当的军人风格，怎么会知道犯罪心理？"

"知道得不多，"我说，"另一方面，我又知道什么犯罪心理呢?"

"嗯,你自己就有犯罪心理,伯尼,而且你用了好多年了。行了吧,还有谁有机会逮到杀人犯呢?"

"警察怎么样?"

"首先,"她说,"他们和奥里斯一样有强烈家族类似性的迟钝。这附近的居民都和表亲通婚几个世纪了。他们都游到基因池的'浅水区'去了,这样做往往会受伤。"

"就算这些你都知道,"我说,"这个郡的警长却是个退休的FBI探员,拥有法学学位,还有钢铁陷阱般的心灵。"

"那又怎么样?钢铁陷阱又是什么样的心灵?不管怎样,他不在这里,而且一时间也不太可能会来这里。伯尼,我们被雪困住了,而这表示他也被雪阻挡了。"

"听到了吗?"

"听到什么,伯尼?"

我指了指。"吹雪机。他本来没法启动,但是现在开始运转了。他很快就可以清除通到桥边的道路,接着他就可以上吉普车,铲除通到公路的积雪。然后,在你还没察觉到时,这里已经到处都是警察了。"

"智力不足的警察。"

"训练良好且有法律背景的专业警官,"我说,"由哈佛法学院的法学学士率领。"

"如果他有LLB,"她说,"很有可能是取自

L.L.Bean①。但即使他很厉害,伯尼,就算他是另一个雷·基希曼——"

"别说出来。"我说。

"——我们也没办法等他了。因为等他到的时候,已经太迟了。"

"什么太迟了?"

"不是什么,而是谁。"

"什么?"

"我的意思是谁,对谁而言太迟了。"

"你在说些什么,卡洛琳?"

她抬起头。"我觉得听起来不太对劲,伯尼。"

"听起来不太对劲?语法没错啊,谁是对的宾语。'对谁而言太迟了'在我听来没问题。"

"是引擎,"她说,"吹雪机。发出了很可怕的声音。"

吹雪机发出金属相互摩擦的噪声,像条机械响尾蛇。

"也许吹雪机的声音本来就是这样。"我提出了一个理由。

"不太可能,伯尼。"

"你怎么能确定?你以前什么时候听过吹雪机的声音?不管怎样,它停了。现在很安静。"

"是啊。"她说,看看周围。她用鼻子吸着空气,像

---

① 法学学士的英语是 Legum Baccalaureus,缩写为 LLB,卡洛琳利用了这个缩写,她说的 L.L.Bean 是一个户外用品的品牌。

西部片里面的牛仔那样。"太安静了，"她似有预感地说，"太安静了，而且可能太迟了，对……"

"谁。"我说，觉得自己像只文法猫头鹰。

"下一个受害者，"她说，"你为什么那样看着我？"

"我不知道，"我说，"可能是因为我无法相信我真的听到你这么说了。'下一个受害者'？你为什么认为会有下一个受害者？"

"一定会有。"

"为什么？"

"因为总是这样的。"

"总是这样？"

"你读过书啊，伯尼。"

"我们不在书里，卡洛琳。"

"不是吗？但也差不多了。现在已经集齐了所有的要素。这不是雷蒙德·钱德勒的平凡街头，也不是长镜头描写。这是他鄙视的那种场景，用热带鱼杀人的那种。"

"你怎么用孔雀鱼杀人？"我很好奇。

"可能是利用刺刀状的尾巴，"她说，"然后刺过去。我不知道。我只知道凶手已经用了骆驼和靠枕，你也无法让我相信他会就此罢手。除非我们有所行动，否则他一定会再出手。"

"我们要做什么？"

"逮到他，"她说，"揭穿他。"

"怎么做?"

"你为什么要问我,伯尼?你是专家。"

"我不是。"

"你当然是。想想看,你每次都能解开谜团,并且抓到凶手。"

"只有在万不得已的时候。每次发生这种事,都是我误闯误撞陷入一团混乱里,所以我只好摸索出来。"

"然后呢?"

"我在这里可没有搞砸,"我说,"我是来这里度假的。"

"还要偷一本书,而且你还没偷到。你还来这里忘掉一个女人,而就事情的发展来看,只怕很难忘得掉。伯尼,有些人认为这就算是搞砸了。"

"我只能说这是运气不好。"

"你想怎么说都可以。伯尼,你知道小说里都是怎么写的吗?侦探迟疑了。他有眉目了,但是不想告诉任何人,因为他想要等到有十足把握的时候。然后,凶手再次出击,他便觉得很糟糕。"

"人们称之为后悔。"

"天哪,我不是指杀手。感觉很糟糕的是侦探。'曹[①]透了,'他会说,'都是我的错,如果——"

[①] 卡洛琳本想说法文 "Sacre bleu"(意为"糟透了"),却说成了 "soccer blew"。

"曹透了？"

"你知道，曹透了。这只是一种表达方式。波洛每次都这样说。"

"你是说糟透了。"我说。

"我就是说这个，糟透了。不要问我那是什么意思。伯尼，我只知道你最好有所行动，要不然图书馆里就会有另一具尸体，然后你就会到处说糟透了。你为什么那样看着我，伯尼？"

"你是认真的，是不是？"

"我当然是。"

"你真的认为会有另一桩谋杀。"

"我敢打赌一定会有。"

"除非我有所行动。"

她点点头。"但即使你行动了，"她说，"也可能太迟了。"

"太迟而无法阻止凶手再度出击。"

"没错。"

"那会是谁呢？"

"第二个受害者？我怎么知道，伯尼？只有一个人知道，而且……天哪，你不会是在怀疑我吧，是吗？"

"我没有怀疑任何人，"我说，"我只是认为你可能拥有预感能力，仅此而已。"

她倾身向前，把声音压得更低。"会是某个留在这里的人，"她说，"某个先前在图书馆里，听你解说为什么拉斯伯恩是死于谋杀的人。某个知道重要信息，但当时没有透露的人。伯尼，很可能是此刻就在这个房间里的人。"

前面三个猜测完全正确。但是，后来发现第二位受害者并不在早餐房间里。他甚至不在屋里。

是奥里斯。

14

回想起来,我发现卡洛琳几乎四项全都猜对了。她刚说完下一个受害者可能是和我们一同在房间里的人,奥里斯就出现了,双手握着帽子,走向奈吉尔和西西·艾格伦廷坐着喝咖啡的桌子。我看到他已经脱去靴子,穿着厚羊毛袜。裤脚上沾着雪花。

和老板悄声说了几句话后,年轻的奥里斯又踩着沉重的脚步出去。有些什么——不是预感,我向你保证——催促我问奈吉尔·艾格伦廷是否有什么事情,但是我抑制住了冲动。结果根本不用我去问,因为奈吉尔走到我们这桌边,说吹雪机出了问题。引擎似乎坏了,他要去检查一下,虽然他对引擎不是特别在行,但万一真的修不好,我们也不必担心,因为机器不是最要紧的。虽然庭院里积雪很深,已经超过了三英尺,但奥里斯体格很强壮,他称自己可以跋涉穿过积雪走到桥边,并通过桥。当然桥的另一边有吉普车,而我们完全可以放心,吉普车一定可靠。

他转身离开，去向另一桌宣布这个消息，我对卡洛琳说："我打赌卡车也不会在那里。"

"我漏听了什么吗，伯尼？什么卡车？"

"哦，那是个老笑话了。"我说，然后告诉她年轻的海军陆战队员第一次跳伞的故事。教练告诉他伞会自动打开，如果伞不开，还有紧急用的拉伞索，他着陆之后，有卡车会来接他，载他回军营。于是他便跳了，伞没有开，而拉伞索也离了手，于是他对自己说："我打赌卡车也不会在那里。"

她看着我。"这是个老笑话，嗯？"

"老笑话是最好的笑话。"

"也不一定。"她说。

这一次我没有听到尖叫声。

总之，不是第一次的那种尖叫。我在会客厅里，不是莱蒂丝和我在剑角羚羊标本下行为不轨的东厅，而是西厅；当时我正坐在安乐椅上，脚下踩的是针织覆面的绒脚垫，读着一本《便携式多萝西·帕克》。便携式多萝西·帕克的主意吸引了我。你可以在旅途中带着她，偶尔她的头会跳出你的轻型旅行袋，提出机敏的评论。

我正在读一篇短篇故事，讲的是一个女人在等待电话铃响，但是我没有十分专注，因为迪蒙特小姐不停地打断我，要我帮她猜字谜。我知道一个六个字母的有袋类动物，第三个字母是 M 的吗？我可以用以 R 结尾的五个字母的词来解释"John Jacob Blank"这个句子吗？

我一直觉得非常奇怪，为什么会有人在猜字谜时请人帮忙？还有我们应该怎么回应要求帮忙的人？如果你提供了答案，那只会鼓励他们问更多的问题，但是如果你假装不知道，似乎也无法让他们死心。事实上，他们好像什么都问，即使是他们自己知道答案的也问，似乎在试探你的愚蠢程度。

可能有效的办法是将字谜从猜谜者那边抢过来，自己迅速填完所有空格（管他对还是错），然后得意扬扬地还给对方。那个早晨我该试试看这样做——我已经快生气了，虽然胃里塞满了熏鲱鱼和麦片粥，还有洞中蟾蜍（或是柳林风声，或是其他什么东西），但我就是无法对可怜的迪蒙特小姐态度恶劣。我很怕她会哭出来。那样我会觉得很糟，然后哈德斯蒂小姐会过来，把我剁成肉泥。

于是我继续读书，正当我大约第七次被打断，并且试着说"哦，这是个麻烦的问题，让我想想看"时，外面传来了一声尖叫，或者至少是一声大叫。

如我所说，我没有听到。但是奥里斯和柏克莱的树不同，即使我没有听见他倒下来，也有其他人听到了。米莉森特·萨维奇那时正在房子前头，指挥她父亲堆一个雪人，她听到了奥里斯的叫声。她父亲也听到了。"在这儿等着。"克雷格·萨维奇对女儿说,然后往声音传来的方向走去,其实是顺着雪地上奥里斯的足迹走去,雪深超过了膝盖。

米莉森特当然没有遵守她父亲的命令留下来,而是跟在他后面走过去。不过,她发现自己走得很慢,她的早熟是理智上而非身高上的,在她能够走到桥边以前,她父亲已经转过身来往回走了。他一把抱起她,带她回加特福旅舍,他尽可能赶快走,对她提出的一连串问题完全不予理会。

他抵达大门处,放下她,推开门,然后向整间屋子里的人高喊他的发现。

"是奥里斯!他掉下去了!桥塌了!他从很高的地方摔下去,而且动也不动了!他就躺在那里!我想他死了!"

我全听到了,也听到他宣布完之后有人发出的尖叫声。怎么可能听不到?那声音在佛蒙特州都可以听得清清楚楚。

如果我在白天看过这座桥,我根本不认为我走得过去。但在黑暗中,我可以说服自己相信乌贼骨溪的浅水离我的脚下只有几码远。万一我们掉下去,顶多只会全身湿透而已。

不过当我加入了疯狂而混乱的人群去看奥里斯究竟出

了什么事时,我见到的是一个深邃陡峭的峡谷,两侧几乎是垂直的。横越其上的桥从峡谷对面的连接处,像意大利面一般松松垮垮地垂落着。我们这一边的系结绳索在奥里斯到达对岸前就断了。也许在绳缆突然断裂的一刹那,他便喊出声来。也许那时他已经往下掉了。他显然掉到了至少有三十英尺深的谷底,我们看到时,他躺在一堆圆石上一动也不动,头的姿势是只有橡皮人才能摆出来的造型。

现场的人似乎想去救他。峡谷侧壁即使在好天气时也显得过于陡峭,没办法安全下降,现在更是不可能了,大雪覆盖了一切,让大家看不到哪里可以落脚。根据奈吉尔的说法,顺流而下大约一英里处有个地方可以比较轻松地穿过小溪,然后再逆着溪流而上,便可以抵达奥里斯所在的位置。当然,横越积雪两英尺深的乡野需要很多时间,回程沿着结冻的河床走,至少也要花同样多的时间,更别提有踩错位置、扭伤脚踝或跌断腿的风险了。

"让他留在那里。"达金·利托费尔德说。

"但他会死的!"有个女人哭着说。(我想那是伊尔琳·柯贝特。她的堂妹莫莉度过了一个忙碌的夜晚,在卡洛琳的梦里演出,然后在发现乔纳森·拉斯伯恩的尸体时大声尖叫。这次轮到满脸雀斑的伊尔琳了,她在克雷格·萨维奇宣布奥里斯坠落时,已经尖叫了一声;柯贝特家族似乎有一种扯开喉咙尖叫的倾向。)

"应该不会。"利托费尔德说。

"我不知道你为什么要这样说,"柯利布里太太说,"在我看来人总是会因为暴露在外而死。当他们经历严重的创伤而没有得到医疗照顾时也会因为休克致死。"

"这种情形都会发生,"利托费尔德表示同意,"但是只适用于活着的人。"

"你是什么意思?"

"我的意思是他已经死了,"利托费尔德说,他的话和说出这话的嘴一样冷酷,"他摔下去的地方很深,而且撞击得很重。他可能在那岩石上把脑浆都撞出来了,如果他没因此而死,那么脖子扭断也要了他的命。看到他躺着的样子了吗?"

"那是很奇怪的躺卧方式。"布朗特－布勒上校表示同意。

"这种姿势不难办到,"利托费尔德说,"只要你是只小鸡,而且已经有人帮你扭断了脖子。面对现实吧,这个人已经死了。他的未来已经留在了过去。任何人去救他,都很有可能和他一样摔落,最后变成一样的姿势。已经死了两个人,对乡村的安详周末来说,已经算很多了。如果有其他人愿意当第三个出局者,欢迎之至,但我认为你是疯了。"

"但是我们该怎么办?"奈吉尔·艾格伦廷问,"我们不能就这样把他留在那里,不是吗?"

"为什么不？他又不会去别的地方。"

有人提到了觅食腐肉的动物，还有几个人头朝天空看，好像看到了秃鹰耐心地在上空盘旋。上头什么都没有，只有天空。

"在这种天气里，他应该相当安全，"达金·利托费尔德说，"而且他在那里躺得越久，就越安全，因为只要他冻得僵硬，就不必担心有什么东西会来啃咬他。倒不是说他自己会为这事担心。"

一阵啜泣，悲伤得足以融化铁石心肠，伊尔琳·柯贝特哭出声来了。

这对莱蒂丝的新丈夫没有什么影响。"如果我们想到达他那边，"他继续冷漠地说，"会是件很困难的事，然后，即使我们抬出了他的尸体——这会更为困难——那又如何？"他没有停顿以等候回答。"我们还是得把他放在外面，"他说，"放在后院，像木材一样堆着，抛给他一条毯子盖着。我们可能要等上几天让外面的世界和我们联络上，他最好是摆在比较冷的外面，而非温暖的室内。"他的鼻子因为这个念头皱了起来。"否则我们把他摆在哪里？图书馆已经禁止进入，因为里面已经有一具尸体了。如果那边那位天才，"他指了指我，"没有费尽心思向各位推销拉斯伯恩是被谋杀的想法的话，我们就可以在他开始熟透以前把他移到室外了。"

"我说，"上校提醒他，"这里有女士，利托费尔德。"

"我不知不觉说了什么脏话吗,上校?'熟透'什么时候变成脏话了?"

布朗特-布勒清了清喉咙。"有点不太文雅,你不认为吗?"

他们争辩继续着,但我已经失去了兴趣。我不太想走到峡谷的边缘,但我强迫自己过去,查看那条让可怜的奥里斯送命的断绳。

我记起从帕特斯吉尼克车站载我们来这里的莽汉的话。他说那是很结实的绳子,还说雨水会渗进绳子里,结冰后会膨胀,切断纤维,然后经过融解又结冻,造成看不见的损伤,最后像他说的那样,"啪"地一声像树枝那样折断。

我仔细查看这条结实的绳索,看到了像树枝般折断的地方。然后我迅速转头,确定没有人站得离我太近。毕竟我正好站在峡谷的边缘,只要轻轻一推,我就会直直地掉下去,下场比奥里斯还惨。

而且有人会很想要轻轻推那么一下。

没有人靠近我站着,对我造成威胁,但是我还是从边缘退回来。克雷格·萨维奇正在说着什么,不过我没注意听,只是等待他停顿。他一停下来,我便抓住了机会。

"尸体必须留在原来的地方,"我说,"警察会希望这么做。"

有人想要知道警察和这事有什么关系。"有人意外死亡时,你不需要警察,"有人告诉我,"若是明显的意外,我们不需要,在这种乡下地方不需要。只要医生开一张死亡证明书就行了。"

我不知道这里的处理方式,也不确定是否真的如此。不过这不重要。

"那不是意外,"我说,"小溪这端的桥有两条绳索支撑,一条在左边,一条在右边。这是很结实的绳索,足足有半英寸粗。它们没有道理会断裂。"

"绳子又不是钢索,"哈德斯蒂小姐说,"绳子就是绳子。虽然很结实,但还是会断的。"

我开始说着什么,但是莱蒂丝发出一声喘息。"我的天,"她说,抓住她丈夫的手臂,"我们是最后在桥上的人。"

"我们只是最后过桥的人,"他纠正她,"下面那个人才是最后在桥上的人。"

"达金,我们很可能摔死。"

"我们还可能被闪电击中,"他说,"或是突然被洪水冲走。但我们没有。绳子断掉时,我们也不在桥上,我们很幸运,而那个可怜的笨蛋就没那么幸运了。"

称奥里斯是个笨蛋,虽然就事实而论可能没什么好指责的,但对我而言,这显然是对死者不敬。不过我任由他去,从伊尔琳·柯贝特阴沉的脸色看来,不难想象利托费尔德夫妇此后会得到的差劲服务。

"其中一条绳子可能会断裂，"我说，"但不是两条，不会两条一起断。"

"我觉得奇怪，"上校说，"如果其中一条绳索的结构被磨损或减弱，另外一条难道不会也受到压力吗？"

"某种程度上会，"我承认，"但是不会到两条绳子同时断裂的程度。"

"我知道你的论点，罗登巴尔。但是如果一条绳子断了，难道不会对另一条绳子造成更多压力吗？而这不足以让一条已经很脆弱的绳子断掉吗？"

"会稍慢一些，"我说，"一条绳子断掉之后，要过几秒另一条绳子的纤维才会断掉。也许有足够的时间让桥上的人逃离这场灾难。"

"也许，"他说，"如果他够机灵的话。奥里斯当然不是个低能儿，但是没有人会认为他称得上敏捷机智。他显然非常迟钝。"

"而且他每天都会过桥，"奈吉尔·艾格伦廷插话进来，"他过桥时根本就不会想到这事，而我们这些对桥非常紧张的人却会考虑。他一定是专心想着接下来要做的事——发动吉普车，铲除车道上的雪。"

"你说得对，"上校说，"他根本没有注意到第一根绳子断了。他或许听到了声音，而等他弄清楚的时候，呃……"

"发现鲍伯是你叔叔。"卡洛琳说。

"你说什么？"

"只是一种表达方式，"我说，"在我看来，应该要花比较长的时间，第二条绳子才会断裂，不过我们无法检测这个假设，所以我们就别管它了。"

"所以就没有任何理由假设这不是一件意外了。"达金·利托费尔德说。

"但是有理由。"我说

"哦？"

"绳子的末端，"我说，"我看起来不像是磨损的。我认为是有人把它割断了。奥里斯上桥时，实际上就只有一根线头撑着。嗯，两根线头，一边一根。然后绳子立刻就断了，而他才走了一两步。"

有人问我怎么知道。

"看这座桥。"我说，并且指向峡谷对面靠两根剩下的绳索悬吊着的桥。"上面覆盖着雪，"我说，"就像郡里其他一切事物一样，现在大部分雪都掉落到峡谷里了。但是你可以在其中一端见到脚印，奥里斯的体重压实了脚下的雪。他只有机会走了两步。"

这又让伊尔琳·柯贝特开始啜泣，她布满雀斑的脸现在满是泪水。

"我不是法医专家，"我说，带有那么一点似曾相识的感觉，"警方应该有人可以查看绳索的末端，并确定是否被人割断。但是在我看来确实像割断的，而这更证实了应该让奥里斯的尸体留在那里的论点。我想可以有人下去看一看,只是去确定他死了,但是我不认为这还有多大的疑问,原因是他的头呈现那种角度。"

"我觉得,"上校说,"整件事情有点古怪,不是吗?加特福旅舍这里有人设下了陷阱,谋杀了他。"

"不一定是这样。"我说。

"不一定?但是你刚才说——"

"我们先回屋里,"我说,"否则我们会冻死的,或是有人踩错了地方,和奥里斯一样掉到沟里。回屋后我再解释。"

15

"有人设了个陷阱,"我说,"这部分是真的。支撑桥的绳索被人切割过,只要施一点压力就会断掉。但这不是为奥里斯设的陷阱。"

我们回到了加特福旅舍里面,全都涌入酒吧,甚至溢出到了相邻的房间。奈吉尔·艾格伦廷正在倒酒,而柯贝特堂姐妹端着盛酒的圆盘子,给我们提供麦芽威士忌,或是品质良好的深棕色干果味雪利酒。时间还没到中午,但是没有人表示不要酒,而且大部分都直接拿了烈酒。

我得很高兴地提一下,鲁弗斯·奎普和我们在一起,还有迪蒙特小姐,她的轮椅把手现在再度握在了哈德斯蒂小姐能干的双手里。他们是这场聚会上唯一没有去过坠落桥边的成员,我也不意外她们的缺席。不论是迪蒙特小姐的轮椅,还是奎普先生的庞大身躯,都无法轻易穿过积雪。无论如何,我很高兴再看到他们,他们没有杀掉对方,也没有第三者杀死他们,我为此感到欣慰。

"我们怎么知道桥被破坏了?"我继续说,"首先,让我们设定时间。我们知道昨夜利托费尔德夫妇抵达时,桥没有坏。那大概是十点或十点半。他们抵达后雪还在继续下,因为到了今天早晨,他们的脚印已经完全被覆盖了。"我意味深长地停顿了一下。"破坏桥的人脚印也被雪覆盖了。奥里斯穿过两英尺深的新雪到桥那边。不管是谁破坏了桥,时间一定是在利托费尔德夫妇通过之后不久。"

"我告诉过你,"莱蒂丝说,抓着她丈夫的手,"我们可能会被杀死。"

"如果你们再晚些到,"我说,"又或者凶手早一步抵达桥边,或许绳索断裂时你们会在桥上。但你们不是他的目标,我认为奥里斯也不是。不是完全针对他。"

有人问我这么说是什么意思。

"他无法确定谁会落入陷阱。也许有人会从外面回来,也许奥里斯以外的其他人会率先离开。我越想越觉得他对桥造成的破坏,并非是刻意要杀害任何人。"

"那么它的作用是什么?"

"阻止大家过桥。让我们全留在这里,而世界的其余部分全留在乌贼骨溪的另一边。"

上校点头表示同意。"太远的桥①,"他若有所思地说,"那个人破坏了桥——你觉得是在什么时候,罗登巴尔?

---

① 太远的桥 (a bridge too far),指第二次世界大战盟军反攻荷兰时的一场失利战役,后拍成电影译名为《夺桥遗恨》。

在他击倒拉斯伯恩之前还是之后？"

"我不知道。"

"除非我们弄清他是谁，以及他为什么这么做，否则一切都很难说，对吧？但如果他只是想破坏桥，为什么只把绳子割断一半？为什么不干脆完全割断，一次就让桥断落掉进峡谷？"

"他可能担心桥断掉时会发出很大的噪音，"我说，"而且害怕有人在附近听到声音后当场抓住他。就我见到的绳索末端，他留下未切割的部分很少。他可能希望桥会在几个小时内因为持续积雪的重量而自行断落。如果是这样，奥里斯就还会和我们在一起了。"

最后的这句话又撕裂了伊尔琳·柯贝特的心。这可怜的人哭出声来，手捂住胸口，这项工作一只手几乎无法胜任。而她的另一只手还端着盛有两杯雪利酒的盘子，因此更加无法承担这项工作；于是盘子倾斜，酒杯翻倒，雪利酒溅在了戈登·沃波特身上。

"稍早之前，"我说，"奥里斯发动吹雪机。机器没有马上发动起来，但是启动后，他便可以清理十或十二英尺长的通道。我听到他试图发动机器，虽然我没太注意。不过机器停止时，我听得很清楚。"

"发出了很可怕的声音，"迪蒙特小姐回忆着，"好像里面的一切都被磨碎了。"

我回过头问奈吉尔以前是否发生过这种状况。他说在他看来,除了吹雪机在冷天里偶尔很难发动之外(而在温暖天气里则根本用不到它),整个冬天各方面运转都很正常。

"我是这么想的,"我说,"吹雪机可能是遭人故意破坏。我不知道是否有其他人注意到,但是我们全都冲到屋子外头时,空气中有一股淡淡的气味。"

"汽油味,"米莉森特·萨维奇说,"是奥里斯操作吹雪机时留下的。"

"我们堆雪人时,我注意到了,"她父亲确认这事,"有什么问题吗?"

"除了汽油以外,还有别的味道。"

他想了一下。"你说得没错,"他说,"气味里还有其他成分,但我说不出那是什么。"然后他皱起鼻子,好像是要通过记忆的长廊追寻气味。"米莉森特,"他问女儿,"那味道闻起来像什么?"

"我以前有个玩具烤箱,"她说,"不是有电灯泡可以加热吗?你可以烤自己的饼干的。"

"不是很好的饼干。"他想起来了。

"不像妈妈烤的,"她说,赢得了利昂娜的一个微笑,"但是我试着做糖果时,就没有那么难吃。就是那个味道。"

"也是弄得一团糟。"克雷格·萨维奇说。"天哪!"他看着我,"烧焦的糖。"他说。

"那就是我闻到的味道。"我说。

"汽油箱里有糖?"

我点点头。

"古老又可靠的东西,"布朗特-布勒上校说,"任何怀有恶意的中东人,或是心生不满的士兵都可以轻易得手。引擎发动后,运转一阵子,然后就整个毁了。如果加了糖,艾格伦廷,你就永远也没办法再发动那台吹雪机了,除非换掉引擎。"

奈吉尔只是瞪着眼睛。西西刚拿了一块布回来,要吸干戈登·沃波特身上的酒,她不明白有谁会想要破坏他们的吹雪机。"它的声音确实很吵,"她说,"但是下雪时非常管用。"

"有人想阻止奥里斯清理到桥边的通道,"我说,"也许他们认为这会避免我们踏上桥,或者至少在桥因为自身的重量断落前,延缓我们这么做。"

"但是为什么?"

"让我们留在这里。"我说。

"为什么让我们留在这里?"达金·利托费尔德发问,伸出杯子想再斟满,"我想我们可以假定给吹雪机加糖、切断桥的绳索,和杀死图书馆里可怜虫的人,是同一个疯子。"

大家点头表示同意。

"那具僵硬尸体叫什么,拉斯伯恩吗?他杀了拉斯伯恩，又穿了厚重衣服保暖，出去把绳索割断了一半，然后给汽油箱加糖。最后他偷偷溜回来，上床睡觉。看在上帝的分上，这到底是为什么？"

"也许他在杀拉斯伯恩先生以前，就先对桥和吹雪机动了手脚。"卡洛琳提了个想法。

"那似乎更诡异了，"利托费尔德说，"即使他这么做，问题还是一样：为什么？我知道，我知道，为了让我们留在这里，但是为什么要让我们留下来？除非他没有回到屋子里，而是到外面什么鬼地方去了，破坏吹雪机和桥，是为了要阻止我们跟着他。"

"桥的支撑是从我们这边切断的，"上校提醒他，"可以这么说——他在过桥之前，就把桥给烧了。"

"那我就不明白了。我根本不认识拉斯伯恩，所以我不会试着猜测为什么有人要杀他。但是我想总会有个理由。不过，一旦拉斯伯恩死了，凶手难道不会想要尽快离开这里，然后回到他自己的生活中吗？然而他和我们一样被困在这里。是不是我遗漏了什么？"

"没有，"我说，"不管他是谁，他还在这里。"

"嗯，这是为什么呢？把我们困在这里，他自己也被困在这里。为什么？"

"也许他想阻止警察过来。"利昂娜·萨维奇说。

"警察，"奈吉尔说，"我应该去叫警察。"

"但是电话——"

"电话现在可能已经恢复正常了。"他说,然后走出去察看。

他走了之后,我们讨论了各种理论和观点。阻止警察来没有道理,有人这么说,因为警察还是会在任何人可以离开之前就到达。所以有什么好处呢?我让他们充分讨论,自己小口啜饮着麦芽威士忌。这不是格兰·德拉姆纳德罗希,但是也不坏。

不过,我不想喝得太多。即使奈吉尔联络上警察,他们到这儿也还要花上一段时间。他们前面要有铲雪车清理从公路到桥边的长段道路积雪,然后他们八成要造一座新桥。距离并不是很远,所以他们或许可以横越山沟拉起一条绳索。一旦我们绑紧了绳子,他们就可以靠双手攀爬过来。

当然,他们必须是年轻警察,体格良好而且非常勇敢,或者笨得愿意尝试。我想到我在纽约认识的警察,然后想象他们任何一人在满布岩石的峡谷上方晃荡的画面。我甚至把雷·基希曼也放在这幅不太可能的画面里,那幅景象让我强行忍耐才没有笑出声来。如果不是因为拉斯伯恩和奥里斯的死,还有我们其他人都困在这里,这也不会那么不合时宜,但是要保持表情严肃非常困难。

奈吉尔回来帮了我一个忙。他自己的表情不只严肃,还显得非常困扰。

"电话还是不通。"他说。

"你去了很久。"戈登·沃波特说。

"是啊。"

"比拿起话筒然后听听拨号声所需的时间久多了。当然,拿起话筒摇晃一下,拨弄几次没有连接的按钮,这些都是很自然的事,不过即使如此,在我看来你还是去了很久。"

"是去了很久。"奈吉尔同意道。

"我知道这里没有电视,"克雷格·萨维奇说,"但一定有人有收音机。或许某个地方电台会宣布电话什么时候会恢复。"

"厨师有收音机,"西西·艾格伦廷说,"但是只能收到一个电台,而且收听状况很不好。我们大部分时候用它放录音带。"

"没关系,如果你能够转到那个电台——"

"不会有任何有关电话恢复的消息,"我说,"即使有,也不适用于我们。"

"你为什么这么说,罗登巴尔?"

我朝奈吉尔瞥去。"最好告诉他们。"我说。

"我不知道我为什么会去察看,"他说,"'你很傻。'我告诉自己,但是我没办法抛开这个念头,所以我穿上靴子和夹克走出去察看。那就是我为什么会花很多时间。你们知道,走起来很慢,因为要绕过房子的背后,而且你们也见到了,雪很深。"

鲁弗斯·奎普想知道房子背后有什么。

"那是电话线接进来的地方。"我猜。

"没错,"奈吉尔说,他沉重地叹了口气,肩膀无力地下垂,"有人过去切断了电话线。"

16

奈吉尔的发现没有引起尖叫或喘息。一般的反应并不是那样的惊慌或震惊,而是一种常见的感觉——一种无边的恐惧。有几位客人说出了想法,表示他们就是无法理解到底发生了什么事以及为什么,但那在我听起来像是自欺欺人。我们都知道是怎么回事。

卡洛琳说了出来。"这完全是出自阿加莎·克里斯蒂,大概是《捕鼠器》和《无人生还》的混合版。我们孤立无援,既无法离开也没有人能来救我们。而之所以会变成这样,是因为凶手的企图。"

"他无法安排下雪。"戈登·沃波特指出。

"是不能,"她说,"不过他可以选择一个预报有大雪的周末。或许下雪之后,他决定利用这个优势。除了下雪,其他都是他的杰作。他敲昏了拉斯伯恩,然后使他窒息,他切断了电话线,又对吹雪机动手脚毁掉了它,还有桥,让人一踏上去就断裂。他让我们困在这里的原因很明显——他的计划还没有结束。"

听到这个宣告,大家好像都深吸了一口气。我不认为这对大部分人而言是个新鲜想法,但是直到现在才有人说出来。

布朗特-布勒上校看着他手里的酒,好像在寻思那是什么东西,然后把酒放在一旁,清了清喉咙。"还会有更多谋杀,"他说,"那就是你的看法,是不是,罗登巴尔太太?"

"嗯,否则他为什么要像这样把我们困在这里?"

"你认为他还在这里,而且并非只是要阻止别人追踪他。"

"追踪?"她摊开双手,"什么追踪?谁要去追踪他?如果这个家伙想离开这里,对我来说真是太好了。我会替他付出租车钱。"

上校慢慢地点点头。"而且他确实也没有出路可以离开,有吗?雪,还有其他,还有桥。他注定要留在加特福旅舍。"

"我不认为他还能去什么地方,"卡洛琳说,同时吸了口气,"事实上,他很可能就在这个房间里。"

屋子里非常舒适,虽然没有中央暖气,但酒吧的壁炉燃着,让房间像烤箱一样暖和。然而就在那个时候,你知道了绝对零度是什么感觉,所有的粒子都静止不动,卡洛琳的话使他们静默如斯。

奈吉尔·艾格伦廷打破了沉默。"我觉得,"他说,"这有点太过分了,不是吗?'在这个房间里。'但是这个房间里,除了……"

"除了我们这些胆小鬼。"有人轻声说。

"除了我们自己,"奈吉尔勉强说出来,"只有客人和……和员工……"

"流浪汉,"西西·艾格伦廷说,"我们难道确定不会是个流浪汉吗?"

"恐怕不是。"上校说。

"哦,我多么希望是个流浪汉,"她说,"这对每个人来说都好多了。"

"不是流浪汉。"她丈夫沉痛地说。

"但是也不可能是我们其中之一啊,奈吉尔,而且——"

"不可能是,"他说,"但又一定是。这就是可怕之处。这是个蒙上帝恩宠的地方,加特福旅舍,远离世俗烦忧的天堂,只有真正善良的人会被吸引来到这里,而善良的人不会谋杀。"他收紧下巴,"或是在吹雪机的引擎里加糖,或是破坏吊桥,或是切断电话线。但是这些事情都有人做了,不是吗?显然是我们其中某个人做的。"

"真是太可怕了,奈吉尔。"

"是啊,"他同意,"这令人非常难以忍受,因此如果能归咎于流浪汉,或是波斯尼亚的塞尔维亚人,或是爱尔兰共和军,那就好了。"

"我从来没有想过他们……"

"嗯,亲爱的,你现在不必想他们。恐怕罗登巴尔太太是对的,凶手是我们之中的某个人。"

又是一阵沉默,最后卡洛琳说:"哦,管他呢。是凯瑟小姐。"

"但这真是太不寻常了,"利昂娜·萨维奇说,"你的意思是你其实知道杀人犯是谁?但是我们之中谁是凯瑟小姐?"

"我就是凯瑟小姐。"卡洛琳说。

"你的意思是……"

"不是,看在上帝分上!我不是说凯瑟小姐是凶手。"

"但是你清楚地说:'是凯瑟小姐。'我非常肯定你说了。"

"哦,妈妈,"米莉森特生气地说,"卡洛琳说'是凯瑟小姐',那是因为她很讨厌而且受够了被人叫作罗登巴尔太太。她和伯尼并没有结婚。"

"嗯,我知道,"利昂娜说,"他们俩都没戴戒指。我只是表示礼貌,因为实情是他们一起来这里,而且共用一个房间。"

"通常我不在乎别人叫我什么,"卡洛琳说,"但我们所有人都比我原来想象的涉入得还要深,因为我们其中一个似乎在忙着杀其他人。"

"没错,"上校说,"如果只是'今天天气真好'和'请把盐递过来'的交情,我们不会太在意别人叫自己什么。但是如果我们聚在一起为自己的生命奋斗,情况就不同了。"

达金·利托费尔德认为这是一种相当戏剧化的说法。"如果我们之中有凶手,"他说,"而且这种假设本身就没什么根据。我们现在要做的只是等待。没错,电话线断了,桥也没了,但是早晚会有人发现联络不到我们,然后通知有关部门,然后马上就会有架装满了州警的直升机降落在前面的草地上。那要花多少时间,一或两天?最多三天?"

没有人知道。

"就算三天吧,"利托费尔德继续说,"我知道我们有充足的食物和水,酒吧的威士忌也不会耗尽。我们来这里是要抛开一切,而我必须说,我们已经成功超越我们最狂野的梦想了。"

"但是我们现在应该做什么?"

"我们喜欢做什么就做什么,"他说,"玩填字游戏、读一本好书、坐在壁炉边。"他瞥了一眼他的新娘,而我认为他有权利那样看她,目光无礼地在她身体上游走。毕竟,他们结了婚,而且正在度蜜月。即使如此,我也不能说我喜欢这样。"我确定我们都可以找到自娱的方式。"他说,而且他的语调清楚地表明了他想到的娱乐方式是什么。

"那太好了，"卡洛琳说，"你们两位可以走开，去做一个达金与莱蒂丝三明治。在这期间，凶手可以看看他下一个要杀谁。"

这句话立刻让大家停顿下来。哈德斯蒂小姐在想下次谋杀会多久以后发生。迪蒙特小姐承认她很害怕，询问是否有任何人可以提供她一把手枪自卫，因为她既无法抵挡、也无法逃离攻击者。奎普先生原先似乎睡着了，现在则在椅子上伸直身体，看我们要做什么。

有人建议我们应该保护自己。这引起了上校的注意。"不只要这么做，"他说，"最好的防御就是攻击，不是吗？不能等骑兵队来。必须在中途和他们会合，不是吗？我们自己来找该死的凶手。"

"怎么找？"

"用烟熏他出来，"他说，"骗他入陷阱，逼他到墙角，让他苦恼直到掉下来。从右边攻击他，从左边攻击他，从中间攻击他。切断他的逃生路径，中断他的补给线。然后摧毁他。"

这真是一场绝佳的演说。你几乎可以听到背景有微弱的小交响乐团，演奏《桂河大桥》的主题曲。在一阵表示敬畏的静默之后，我说："我认为我们应该同时采取防卫和攻击。首先要做的是确保不会再发生任何谋杀。考虑这件事时，我们可以一起集思广益，贡献各自的信息。我们可能已经有了足够的信息，可以确定凶手的身份。"

"思虑周详,"上校说,"我敢说你也穿上过制服,是不是,罗登巴尔?"

这让我想了想。我知道他的意思,而答案是没有,我从来没在军中待过。但是我曾经穿过制服吗?我曾经进过一次监狱,不过我羞于承认。他们确实让我们都穿上了一样的衣服,而且也不怎么好看。但是你会把那些监狱的灰衣服称作制服吗?

然后我想起了我的童子军制服。

"那是很多年前了。"我说。

"有一种思考方式,一旦学会了,就永远不会忘记,罗登巴尔。防御与攻击,那就是关键。你心里有计划了吗?有方向了吗?"

"可以这么说。"

"好极了。说来听听。"

"首先,"我说,"我们必须确保不会再发生谋杀,因此大家要一直聚在一起。"

"你的意思是像这样,伯尼?我们全都集中在一个房间里消磨时间?"

"也不尽然,"我说,"这样有时候会不太方便。但我们每个人能够做到的是,确保从不独自一人。如果总是有人陪着我,凶手就不会因为我落单而杀了我。"

"如果你选为伴侣的人是凶手怎么办?"

戈登·沃波特提出了反对意见,而这个见解很对。其他人开始深入讨论这个议题。如果我们其中一人是凶手,而每个人都有另一个人为伴,这意味着有人会和凶手同一组。

"没问题,"达金·利托费尔德慢吞吞地说,"每个人选个伙伴,一直待在一起。下次再有人死,我们就会知道这个人的伙伴是凶手了。"

"这真是令人毛骨悚然,"柯利布里太太说,"但是比起日日夜夜和一个人绑在一起的想法,这又没有那么恐怖了。对你们这些结了婚的人——"她意味深长地瞥了我和卡洛琳一眼"——或是没结婚但关系亲密的人,这不成问题而且很好。但我们这些单身在此的人该怎么办?"

有人说了些关于葛丽泰·嘉宝的话。

"我的意思不是我想要独处,"柯利布里太太冷淡地说,"但是我绝对不想跟别人分享一张床,非常感谢你们,而我恐怕也很老派,希望在浴室里有完全的隐私。再加上我们其中一人肯定会和凶手同一组,你们现在应该可以看到问题有多复杂了吧。"

"三人行。"我说。

"天啊,你说什么!"

"不是在晚上,"我急忙补充说,"只有在醒着的时候。如果我们分为三人一组,这意味着有两个人会和凶手在一起。"

"从数量上取胜。"上校喃喃自语。

"就是这样,"我说,"如果 A 和 B 是一组,而 A 是凶手,他可以等待安静的时机,然后击倒 B。但如果还有 C,B 就没办法了。"

"睡觉的时候怎么办?"哈德斯蒂小姐好奇地问。

"这就比较复杂了,"我承认,"米莉森特,恐怕你要回你父母的房间睡了。我们其他人的睡眠安排,要再多做考虑。不过,我认为柯利布里太太关于盥洗隐私的顾虑,可以用这个方式满足。"

"如果我不想有人在浴室和我在一起,"柯利布里太太说,"你究竟为什么会认为多了两个人,我就会比较快乐?"

"因为他们会在外面等,"我说,"一方面监视着门,另一方面彼此监视。肯定有很多细节需要处理,但是我们可以办得到。我们都充满动力,而这大有助益。"

"很有道理,"上校说,"继续说,罗登巴尔。"

"好吧,"我说,然后放下眼镜,希望自己能思路清晰,"我想首先要做的事,是确定我们全都在这里。我想不出有谁不在,但我没有全部人员的名单。"我轻轻拍了拍口袋,"也没有什么东西可以做一份名单。"

"等一下。"奈吉尔说。他急忙走出房间,几分钟后拿来一个附有黄色法律用便笺的笔记板。第一张纸是空白的,但是技术娴熟的探员可以用铅笔头轻轻摩擦表面,浮现出先前纸页上的字迹。不过,有谁会想这么做,就不是我的问题了。

"谢谢,"我说,然后咔嗒咔嗒按了几下我的圆珠笔盖,在边缘试写了几下,"非常完美。不过我应该阻止你的。"他看着我。"你独自走出去,"我解释道,"大家都不应该这样做。在我们组织起来以前,我们是否同意,任何人都不能在没有别人陪伴的状况下,离开这个地方?"

"是两个同伴,"莱蒂丝说,"三人行,记得吗?"

三人行,没错。从利托费尔德太太的嘴里说出来,这个字似乎有一种特别的韵味,这让我分了一下神。"两个同伴,"我表示同意,"虽然像奈吉尔刚才那样很快地去拿个东西的情况,只要一个同伴就够了。只是要确定他自己不会单独行动。"或是她自己?或他们自己?管他呢。

"现在,"我说,又按了一下我的笔,"让我们从员工开始。奈吉尔·艾格伦廷,西西·艾格伦廷。在场,算进去了。"我写下他们的姓名。

"还有两个女仆。"达金·利托费尔德说。

"是楼上的服务员,"我纠正他,"伊尔琳·柯贝特,以及楼下的服务员,莫莉·柯贝特,都在这里,我看见了。"

"是的,先生。"

"很好,"我说,然后很快写下她们的名字,"当然还有奥里斯,应该算上他,虽然他不在这里。他的名字怎么拼?"

西西·艾格伦廷拼出来。"像鸢尾花的根那样[①]。"她说。

"他姓什么?"

"柯贝特。"西西说。伊尔琳·柯贝特发出一声绝望的呜咽,她似乎因为奥里斯的死而失魂落魄。我本来很好奇他们之间有什么关系。他们的姓氏相同,但这并不能说明他们之间的关系。他们是兄妹吗?夫妻吗?还是全都是?

我的疑惑一定显现出来了,因为奈吉尔·艾格伦廷出面说明。"这个地区有很多柯贝特家族的人,"他说,"莫莉和伊尔琳是堂姐妹,她们都是柯贝特家的人。而奥里斯是她们两位的堂哥。我说得对吗,莫莉?"

"奥里斯是伊尔琳的堂哥,先生,"她说,"但同时也是我的堂哥和叔叔,从我父亲那边算是堂哥,从我母亲那边算是叔叔。"

"我的天哪,"达金·利托费尔德说,"她们的脚上一定都有蹼。"

"或是有皇家血统,"奈吉尔说,"柯贝特家族的近亲通婚,大概和欧洲皇族的程度差不多。"

奥里斯,我已经写下来了,现在我在后面添上柯贝特。我盯着这个名字看了一会儿,然后在旁边打了个勾。我不太喜欢这个方式,但是我觉得在上面打叉会更糟糕。

[①] 奥里斯的英文 Orris 是鸢尾花科植物或其根的意思。

"这就是全部人员吗？"我问奈吉尔，"我知道有时候有些我们永远见不到的幕后人员，但他们让一切顺利进行。我有没有漏掉任何工作人员？"

"恐怕就这么多了，"他说，"我们都辛勤工作，你知道，而且工作时间很长，所以不需要很多人。"

"当然还有厨师。"西西插话说。

"哦，是呀，"奈吉尔说，"没错，不能忘记厨师。"

我扫视房间。她先前还和我们在一起，那是位有点年纪、令人感到安心的壮硕女人，她拿了一杯雪利酒，我注意到她添了两次。

"我没见到她。"我说。

"我想她是去了厨房。"

"但是每个人应该都留在这里。"

"我想她在我们决定这事之前就出去了，"奈吉尔说，"或者她认为这条规定不适用于她自己。"

"厨师自有他们的规矩。"上校同意。

"她现在可能在准备午餐，"西西说，"我知道看来我们似乎才刚吃完早餐，但其实已经过了好一阵了，而她必须准备午餐。我不想让她离开厨房。"

迪蒙特小姐想知道她是否独自一个人在厨房。她指出这一点，因为我们才刚同意没有人可以独处。

"对厨师有点不一样，"奈吉尔说，"她不在乎厨房里是否有人作陪。"

"而且我确定她在那里很安全,"西西说,"因为我们全都在这里,不是吗?"

这又带来了一阵短暂的沉默,提醒大家这句话里的"我们",是假设包含了凶手的。你可能会认为我们已经习惯了这个想法,但这个想法还是不断惊吓到我们,让大家一时无语。

"那么我还是把她放在名单上,"我说,"我想我还不知道她的名字。"

奈吉尔和西西交换了眼神。"我们只是叫她'厨师'。"西西说。

"她一定有名字。"

"当然,"她说,"但我记不起来是什么。莫莉?伊尔琳?"

"就只是'厨师',女士。"

"只有'厨师',女士。"

"她有名字,"奈吉尔说,"我可以去查,但是……"

"不是现在,"我说,然后在我的名单上写下厨师,然后抬起头,"她的姓不会也是柯贝特吧,"我说,"是吗?"

奈吉尔摇摇头,莫莉向我保证厨师不是柯贝特家的人,也不是柯贝特家的亲戚。

"只是随便猜想一下,"我说,"加特福的拥有者和员工就这么多了?接下来是客人。"

伯纳德·罗登巴尔

卡洛琳·凯瑟

克雷格·萨维奇

利昂娜·萨维奇

米莉森特·萨维奇

安妮·哈德斯蒂

格洛丽亚·迪蒙特

"我很好奇,"迪蒙特小姐说,"我不认为我应该这么说,但是……"她意味深长地停顿了一下,看看周围。没有人催促她继续说,她气恼地朝她的伴侣瞥了一眼。

"或许你该说出来。"哈德斯蒂小姐亲切地说。

"嗯,我只是在想,当然厨师在厨房里很安全,如果我们其他人,包括凶手,全都在这里的话。但是如果凶手不在这里呢?"

"怎么可能?"布朗特-布勒上校追问,"如果我们在这里,而凶手是我们其中一人——"

"除非是厨师,"迪蒙特小姐说,然后垂下眼睛,"这话真是太愚蠢了。"

听到这句话,达金·利托费尔德翻了个白眼,利昂娜·萨维奇则闭上眼睛。上校说他有点怀疑厨师是否有能力敲昏一个男人并让他窒息,然后再去切断电话线和桥梁支撑,并且破坏吹雪机。

"当然，她很轻易就可以拿到糖，"克雷格·萨维奇说，"食橱里一定有很多糖。她完全可以拿一杯，再拿个漏斗将糖倒进吹雪机的油箱里。"

"任何走进厨房的人，都可以拿到糖，"奈吉尔说，"早餐和晚餐房间的每张桌上也都有糖罐。如果要漏斗，嗯，把糖倒进汽油箱会有多困难？"没有人承认这种动作会对自己造成困难。"无论如何，"他说，"我确定她不会做这种事。"

"你凭什么这么说？"迪蒙特小姐表示怀疑，"你甚至不知道她的姓名。"

"还有，你真的要将她剔除在可能的凶手名单之外吗？"戈登·沃波特问，"因为如果我们开始像法院律师那样，用先制性反对来排除嫌疑犯，我们很快就会排除所有人了。艾格伦廷，你说厨师不是那种会犯罪的人。嗯，这幢房子里的其他人也都不是，我很确定。我们都是高尚、正直的人。这很明显。然后同样明显的是，和我们一样高尚、正直的人士，目前为止必须为两件命案负责。所以我建议任何人都不能从我们的嫌疑犯名单中剔除，除非有正当理由。不能有先制性反对。"

这番话进入了大家的心里，我们又彼此对看了一番。在我看来，我们之中有些人以怀疑的眼光看我，即使我正以怀疑的眼光回看他们。

"让我继续。"我提议，挥舞着我的圆珠笔和笔记板。

戈登·沃波特

贝蒂娜·柯利布里

达金·利托费尔德

莱蒂丝·利托费尔德

爱德华·布朗特－布勒上校

"我只是在想,"上校插话说,"关于厨师的缺席。首先,这看似违反了我们一开始制定的安全程序,但其实是非常安全的。"

"为什么这么说?"沃波特问他。

上校清了清喉咙。"如果厨师不是凶手,而且这种可能性很大,那么凶手就是我们其中一人。如果是这样,厨师在厨房里就没有危险,因为我们全都在这里。"

"我不是说过了吗?"西西大声地质疑。

"但是,"他继续说,"如果有那么一点可能,厨师是凶手,那么我们也都相当安全。因为我们在这里,而她在别的地方。"

"在厨房里。"柯利布里太太说。

"很可能是。"

"为我们准备午餐。"

房间非常安静。格洛丽亚·迪蒙特小姐打破了沉默。"她可能会对我们所有人下毒,"她缓慢地说,"我们会像苍蝇一样掉在地上,永远不知道是什么击倒了我们。"

"或是痛苦地打滚,"她的同伴表示赞同,"知道我们被下了毒,但是没办法拿到解药。"

"一种无色无味的毒。"迪蒙特小姐说。

"一种不会留下痕迹的毒。"哈德斯蒂小姐说。

"哦,好了,"卡洛琳说,"毒药会不会留下痕迹,到底有什么差别?如果有人发现我们全都四处躺在屋里死了,你以为警察会怎么想?有人说了什么太惊人的话,让我们全都心脏病发暴毙而亡?"

"此外,"小米莉森特说,"我不认为有那种不会留痕迹的毒药。"

"在我看来,大部分有毒物质,在解剖时都会留下证据,"我说,"但一般而言,你要刻意寻找才行。"

"你怎么会知道,伯尼?"

我是从"午夜时分"重播的《昆西》剧集里知道的,但我不想说出来。"我们是在乡下,"我说,"而一个乡村警察走进来发现满屋子的尸体,身上却没有伤痕,可能会记录为不良的暖炉导致的一氧化碳中毒。"

"但这里没有中央暖气。"

"他可能不会想到。不管怎样,我们现在有多少人,十五或十六个人在屋子里?在数量上是保险的。"

"你这话是什么意思,伯尼?"

"我的意思是很多人在离奇状态下死亡,会引发大规模的调查。州警会赶来,还会有完整的毒物检测。如果我们被下毒，一定能检测出来。"

"嗯，那真是让我放下了心头重担，"达金·利托费尔德说，"我简直无法形容听到这话我有多么安心。"

"我想说的只是——"

但是他不想听。"看在上帝的分上，"他说，"如果厨师正在我们的麦片粥里添加老鼠药，她一开始就不会用骆驼和靠枕杀人，还有一杯糖。如果轮椅上的格洛丽亚那么担心毒药，我志愿替她吃她的午餐。如果我们真要吃饭的话。"

"哈！"鲁弗斯·奎普突然探出头，小眼睛闪闪发亮。"午餐，"他说，"早餐已经过了几世纪了，却没有人提供午餐。午餐呢，艾格伦廷？"

"我肯定午餐不会等很久。"奈吉尔说。

"如果我们不能马上吃午餐，"奎普说，"我不知道为什么不能至少让我们吃点早茶。"

"早茶？"

"通常是在十一点供应，"奎普讽刺地说，"你们或许可以从字面上猜出来。当然，现在已经太晚了，所以你们可以叫它别的名称，或是什么称呼也不用，只要有机会可以吃就行了。比如说，一杯咖啡，一块司康饼，或是一些烤面饼。只要是能让人度过早餐和午餐之间的东西都可以。"

"奈吉尔，"西西说，"也许有人可以为奎普先生拿一杯咖啡。"

"还有司康饼。"奎普说。

"对，还有司康饼。"

"或者来一个牛角面包，"这个胖男人提议，"如果有的话，再来一些姜汁泡的大黄蜜饯。"

"是的，那些很可口，不是吗？我们肯定还有，奎普先生。奈吉尔，干脆我就去替奎普先生拿些东西？"

"不要自己去。"她丈夫说。

"哦，但是如果我只是走到厨房……哦，但是……"她皱了眉头，很困扰。"哦，"她说。

"我不想小题大做，"鲁弗斯·奎普说，"而且如果午餐马上就好了，那么，我不想坏了我的胃口。"

"不太可能。"卡洛琳低声抱怨。

"但是如果午餐还得等上一段时间，"他接着说，"那么我就需要一些能让我熬过一段时间的东西。我得顾虑我的血糖，你们明白吗？"

我发现自己正在思考奎普先生的血糖，不知道那是否能让吹雪机丧失战斗力。我正在想这些时，上校掌握了指挥权，派巡逻队担任侦察任务。西西·艾格伦廷由柯贝特堂姐妹护送到厨房询问厨师午餐还有多久才能准备好。如果我们预计的等候时间比三十分钟短，她们就会空手归来；如果要更久，她们就会带些东西让我们填肚子。

她们一走出房间，拉菲兹就出现了，一路挤进来边走边让人抚摸，咕咕地逗弄，还引起了一阵骚动。"哦，那是拉菲兹。"莱蒂丝说，过去搔它的耳背。她丈夫问她为什么知道猫的名字，她说她一定是听到有人这样叫它。

什么时候，他觉得奇怪。昨夜或是今晨，她说，还有他为什么想知道？因为这是他第一次见到这只猫，他回答，而且他很好奇，她怎么有机会见到这只猫，并且和它混熟了。

"别这样，达金，"她说，勾着他的臂弯，"别告诉我你嫉妒他。他不过是只小猫！"

"你怎么知道它是公的？"

"因为它喵喵叫的声音很低沉，"她说，"亲爱的，我怎么知道？我只是假定叫它这个名字的人，也会用男性代名词称呼它。"

"它是住在这里的猫，是吗？它的尾巴怎么了？"

"它是只马恩岛猫，"米莉森特提出有用的说明，"而且它不住在这里。它是和卡洛琳与伯尼一起来的。"

"嗯，我不认为它是凶手，"利托费尔德说，"它有可能打倒图书馆里那个呆子，用爪子弄断了支撑桥的绳索，但是我无法想象它怎么对吹雪机动手脚。"

"它的指甲被剪掉了。"米莉森特说。

"我放弃了，"利托费尔德说，"它是无辜的。"他又开始说些其他事情，但是停了下来，或许和房间里其他人都停止讲话的原因一样。西西·艾格伦廷从厨房回来，站在门口。柯贝特堂姐妹就站在她身后,好像要缩到她的背影里。

她穿过房间望向她的丈夫。有那么一阵子她没有说半句话,然后她说:"奈吉尔,我和厨师说过话了。"

"她说什么,亲爱的?"

"恐怕她没有说任何话。"

"很难从她口里问出什么话来,我向你们保证。你有没有问她午餐什么时候会准备好?"

"没有。"

"没有?为什么?"

"我没办法,"她嘴唇颤抖着说,"奈吉尔,你要知道,虽然我不是绝对确定,但是——"

"但是什么?"

"哦,奈吉尔,"她说,然后叹口气,"奈吉尔,我想她已经死了。"

17

"她是个好厨师。"西西·艾格伦廷说。

萨基有个短篇故事就是这样开头的。她是个好厨师,以厨师而言;厨师走了,她也走了。这个统辖加特福厨房的壮硕女人,确实曾经是个好厨师,甚至算得上是杰出的厨师,而她也像那虚构的人物一样走了。她已经离开了人世,虽然她并未离开厨房。

她还跟西西与柯贝特家女孩发现她时的模样一样,坐在六个炉头的瓦斯炉左边的巨大橡木扶手椅里。后面一个炉头开着小火,上面正煮着一大锅炖肉。关不紧的水龙头里有水滴落到大型旧式水槽里的咖啡杯里,水槽里还有几只汤匙和一根烤肉叉。厨房里有台收音机,音量调得很小,混合播放着乡村音乐和静电干扰。

"她总是坐在那里,"西西说,"每次也都是这个姿势。我以为她只是打瞌睡,你知道,烹饪书摊开放在她的膝上。但我跟她说话时她没有回应,你知道的,我就碰了她一下,然后轻轻地摇摇她,然后——"

"慢慢说,西西莉亚。"

"其实我相当好,奈吉尔。"她的眼光朝我寻觅,"她死了吗,罗登巴尔先生?我不觉得她能睡得这么熟,可能吗?"

对女人来说,她的手大了些,现在放在膝上,其中一只手的手指还绕在一把木制调理汤匙的柄上。我用手尖压一压她的手背、上臂,以及她宽阔的前额。

"恐怕她已经死了。"我说。

但是比起先前两位死者,她的情况就难以理解得多。看到前两位死者,我们至少知道正在处理的是什么事件。厨师看起来却像是睡着了,而她的体温虽然显然比一般的三十七摄氏度要低,但是还没有跌到像午餐肉那样的低温。我猜她的体温不久就会降到那个程度,厨房很温暖,这会花上一段时间。

"她为什么——"

"我不知道,"我说,"没有任何暴力的迹象。她没有被枪击,或刀刺,也没有从高处摔下。"我翻开她的眼睑查看了一下,没有见到任何点状出血的迹象,或者其他东西,只有无神的眼珠。我阖上她的眼睑,站直身子。

大家立刻开始说起话来,空气中充满了疑问和建议。听到西西的话,我们都一起赶到这里,虽然我无法确定有没有人在中途溜走。

"也许是自然死亡。"我听到有人说。

"在这里,"另一个人表示反对,"谋杀就是一种自然死亡。"

"休克,人不是会死于休克吗?"

"如果被闪电击中的话,或是触电。"

"我是指那种会让你心脏病发的休克。她的心脏可能不好,而且我也不认为她会注意吃低脂食物。由于前面两起命案造成的惊骇——"

"厨师甚至没有说任何话,"西西回忆道,"或是看起来很困扰。第一起命案后,她准备早餐,第二起命案后,她来到这里开始准备午餐。"

"而且是一顿很好的午餐,从味道上来看。"鲁弗斯·奎普已经往前挤到炉前,掀起锅盖嗅闻着。"炖小羊肉,"他宣布,"加了迷迭香和百里香调味,还有,那会是新鲜莳萝吗?她哪里弄来新鲜的莳萝?"

"不是当令的季节。"有人说。

"这里还有一锅可口的米饭,"他说,"看起来既完美又松软,柜台那里还有用大木碗装的沙拉,只等着搅拌。"他将锅盖放回炖锅。"我想我们应该吃饭,"他说,"我认为我们全都吃饱了,才更有精力应付。"

有一阵表示同意的喃喃声,但是卡洛琳把脸凑到厨师那里,然后退后一步摇摇头,声音就停下来了。"没有用,"她说,"我试着闻她的呼吸,但是她没有呼吸。"

"你为什么想要闻她的呼吸?"

"我想可能会有苦杏仁味,伯尼。"

"如果她吃了氰化物的话,"我说,"但是她看起来不是非常安详吗?一点也不像氰化物中毒的受害者。"

"我不知道,伯尼。氰化物会让你痛苦地翻滚吗?如果她被下毒了,一定是某种不会引起剧痛的东西。"

利昂娜·萨维奇指出了其中的讽刺。几分钟前我们还在讨论我们被厨师下毒的可能,现在看来厨师自己却可能被下了毒。

"而且她拿了把汤匙,"她的丈夫观察到,"一把调理汤匙。我想我知道发生什么事了。"他比出姿势,模仿动作。"她在火炉前,搅拌着炖肉,尝了一口。然后毒发——"

"毒?"

"在炖肉里。也许一开始她只是觉得要多加一点盐,但后来毒性发作了,她的腿脚发软,必须坐下来。"

"毒药会有这种效果吗?让你的腿变得虚弱无力?"

"这得看毒药的种类而定,"他说,"无论如何,她没有觉得太难受,然后坐了下来。显然这是一种温和的毒药,而且一定是让她打瞌睡,然后在睡梦中杀死她的。"

"厨师不喜欢有人到厨房里,"莫莉·柯贝特说,"如果有人打算放任何东西到她的炖锅里,她会非常生气。"

奈吉尔确认了这一点。"如果你想挨骂,只要去掀她的锅盖就行了。我无法想象如果有人替她加了盐,她还会站在那里不动。"

"她或许不知道,"我说,"因为事情发生时,她不在这里。"

"但她总是在厨房里。"

"但是稍早的时候她和我们一起在吧台,记得吗?当我们在争辩某些事情时,她离开去了厨房。有人注意到她是什么时候离开的吗?"没有人注意到,"嗯,她站在后面,可以非常谨慎地溜出去。"

"然后有其他人跟在她后面溜走、毒死她,然后再溜回来吗?"

我摇摇头。"应该是更早的时候发生的事,"我说,"她并不是几分钟就把这些炖肉弄好了。她一定是在我们吃早餐时,就已经开始准备。这已经煮了一个早上了。奥里斯发生意外,而伊尔琳的尖叫声大到几乎可以唤醒他时,厨师大概离开了厨房,出去看发生了什么事。"

"她在外面,"上校想起来了,"我记得我注意到她了,那时我们正在权衡搬回可怜的奥里斯尸体的优缺点。"

我想那又让伊尔琳哭了起来,但或许她已经开始从伤痛中恢复。"在那之后,"我说,"她最后来到吧台。所以她离开厨房有一段时间,她不在的时候,有人可以到厨房,然后把任何东西放到那锅炖肉里。"

卡洛琳说:"比如什么,伯尼?莫菲太太的工作裤?"

大家都盯着她看,而她说,"像那首歌,'谁把工作裤丢到莫菲太太的杂烩锅里?'哦,得了吧。我应该不可能是唯一记得这首歌的人。"

"当然有可能,"我说,"至于凶手在炖肉里放了什么东西,我无法随意猜测。我对毒药所知不多。"

"蘑菇,"迪蒙特小姐说,"炖肉里有蘑菇吗?"

"我希望有,"鲁弗斯·奎普说,"有哪个头脑清醒的人,不会在炖小羊肉里放蘑菇?"

"毒蘑菇,"迪蒙特小姐大叫,"颠茄!"

"那不是毒蘑菇。"戈登·沃波特说。

"不是吗?"

"不是。但有很多有种毒蘑菇、毒菌,或者随便你想怎么称呼的东西。比如迷幻蘑菇毒性就尤其大。其中有一种叫死亡天使——那可能就是你想说的那种。但在这种天气下,是没办法到外面摘蘑菇的。而且现在也不是当今的季节,就算是,你也永远无法在雪堆下找到它们。"

"如果颠茄不是一种蘑菇,"迪蒙特小姐说,"那它到底是什么?"

"一种藤蔓,"沃波特告诉她,"是番茄和马铃薯的近亲,更别提还有茄子了。"

"为什么别提茄子?"

"这里有番茄,"鲁弗斯·奎普宣布,"当然也有马铃薯,还有蘑菇和大麦。"如果还有某种由空气传播的毒的话，依照他那种闻嗅的方式，我猜他的时日也不多了。"我不认为有茄子，这在炖小羊肉里不常见，虽然加一些应该也没关系。我确定这里没有什么东西是我们要找的。为什么有人要对一锅美味的炖小羊肉下毒？"

"为什么有人要杀厨师？"卡洛琳回问他，"或是破坏吊桥和吹雪机？或是杀死拉斯伯恩先生？"

"我确定我一点也不知道，年轻的女士。我现在只是胃里空空、非常饥饿，而我想要的就是一碗炖肉。"

"但是如果下了毒……"

"如果有益健康，"他说，"那么我们应该吃。如果有毒，我们应该保持距离。但是我们怎么知道到底有没有毒？"没有人有答案，于是他自己盛了一碗。"我们需要一个试尝师。有人吃了一碗炖肉，如果他活着，每个人都可以自由加入飨宴。如果他死了，那么，至少其他人逃过一命。"他张开臂膀。"我就是这个人。"他说。

"但是奎普先生——"

"行了，"他说，"我心意已决。"

"但是如果你死了……"

"你们会把我留在我倒下的地方，这好像已经成了这幢房子的惯例。如果你们真的将我好好埋葬，那么墓碑上应该可以刻上：他试吃，为了让别人活命。给我那边的碗好吗？可以的话，还有那把勺子。"

在餐厅里，奎普坐在一张双人桌边。他塞好餐巾，拿起一只叉子。"'比起我曾经做过的事,'"他说,"'这是我做过最好、最好的事了。'恐怕我能记得的就只有这句了。我应该做饭前祷告,但是如果炖肉里真的加了砒霜,那也不是什么咱们没料到的事情。所以我就不客气了……"

他用叉子戳了一小块,放进嘴里,细细咀嚼,然后又咬了一口,咂了咂嘴。

"好了,"他心满意足地说,"你们都看到了——"

他的话中断了,鲜红的脸上满布一种警戒的神情。没有拿叉子的那只手移到胸部中央,就在心脏上方。他的下唇颤抖,然后跌坐在椅子里。

我为什么没有阻止他?我怎么能让一个人像这样杀死自己?哦,在某种意义上,他已经这么做好几年了,用刀叉挖掘他的坟墓,但是……

"哈!"他在椅子上坐直,发出一声不大的笑声,显然看到我们的表情而感到愉快。"哦,天哪!"他说,"哦,天哪!哦,天哪!我太坏了,我知道,但是我没办法克制。你们会原谅我的小玩笑,会吧?"他将叉子投入那碗炖肉。"味道太美妙了,我敢保证,"他说,"而且不可能伤害任何人。我请你们每个人都自己添一碗,加入我的行列,好吗?"

"我们无法确定是否安全,"哈德斯蒂小姐说,"有那种发作较慢的毒药,不是吗?"

"如果厨师是被下了毒,"奎普说,"毒性应该是以光速发作的。但是也许你是对的。炖肉含有发作较慢的毒药，而我注定会死。在五十年内，我一定会完全断气。"他转动眼珠。"在这种时限里，小米莉森特或许不想吃。其他人大可尝试一下。"

柯利布里太太说她想等一下，不是五十年，嗯，大概十五分钟，只是要确定安全。其他几个人也喃喃表示同意。奎普说随便我们，但是他可能会盛第二次，甚至第三次，"还有，莫莉或伊尔琳可以为我拿一盘那个沙拉吗？"他说，"还有那种七种谷物的面包，我相信还有剩。当然还有奶油和啤酒，我想会比配葡萄酒好。我们还有那种很棒的褐色麦酒吗，奈吉尔？"

18

"乔纳森·拉斯伯恩,"奈吉尔·艾格伦廷说,一边把他的长手指尖交叠在一起,"我大概一点也不了解他。他这个星期稍早时候打电话来问,是否可以来此短暂停留。你们都是昨天抵达的,对不对?拉斯伯恩先生比你们早到一天,他到达时是星期三,下午稍早的时候。"

"他怎么来的?"

"我不记得他提过这事。如果他是开车来的,车应该会停在桥的另一边。但是我们没办法过去看,即使我们看得见车,也不知道是否就是那辆,对吗?"

"我们甚至看不到车,"我说,"被雪盖住了。"

又开始下雪了,虽然没有先前那么大。卡洛琳和我在大图书馆里,还有奈吉尔和布朗特-布勒上校。那个房间和我们离开时几乎一模一样,连《长眠不醒》都好好地搁在书架的最上层。然而,有一个很重大的变化。乔纳森·拉斯伯恩不再倒卧在图书馆的爬梯底下。爬梯还在,他的血玷污了地毯，但是拉斯伯恩不在了。

他并没有死而复生，也没有神秘失踪。移开尸体的决定是大家一起做的。在满足地饱餐了一顿炖小羊肉、沙拉和七种谷物面包的午餐后（虽然起初是令人不安的午餐），这个决定没有经过多少争论就通过了。各人依照自己的偏好，就着新堡褐麦酒、加州馨芬葡萄酒，或者鹿园牌矿泉水，把午餐冲下了肚。我不确定是谁，但有人提出我们现在有两个房间因为有尸体在里头而被禁止进入。虽然无法进入图书馆只会造成一点点困扰，但是无法使用厨房就很令人苦恼了。

再者，有人指出我们最初放弃图书馆，将其留给已故的拉斯伯恩先生，是基于警察会很快出现的想法。现在电话不通，桥也断了，雪又在继续下，根本无法推测警察到底什么时候会出现。与此同时，两具尸体也都会随时间而腐坏。

"拉斯伯恩开始腐坏了，"上校报告说，"厨师也很快就会步上他的后尘。小奥里斯很不幸，但是他所在的地点确实比另外两位合适得多。"

现在，下午大约过了一半，拉斯伯恩和厨师也被放在合适的地方了——虽然不是谷底，而是在户外。他们被并排安放在加特福旅舍后面的草地座椅上。两人身上都盖了条床单，床单上又覆盖了新下的雪。

在移动尸体前，我们拍下了犯罪现场的照片。克雷格用了萨维奇家带来的拍立得相机，从不同角度替每个人拍了半打相片。他向我们保证，他的房间里还有胶片，但他认为应该保留一些。为下一个受害者保留，我想。

有人建议移动尸体前画下轮廓，用粉笔或是胶带，但我们没有这两种东西。也没有人能说清画出尸体的轮廓有什么用处。我们都在电视上看过，所以才想到也许应该这么做。

图书馆清理好，我们便开了扇窗户让空气流通，然后聚集在里面三人一组。上校建议他和卡洛琳与我组成一队，然后我们三个人开始调查，轮流询问其他人，问询在第一件命案现场的图书馆里进行。"我有一辈子的军旅生涯经验，"他说，"还有过去几年军事法庭审理的经验，而罗登巴尔具有调查经验。"

有人很好奇是哪一种调查经验。米莉森特——上帝保佑她的心脏——又跳出来说我是个窃贼。"也许是警察调查他的时候，"她说，"他也协助警察调查。"

"别胡扯，"卡洛琳告诉她，"如果你想要知道伯尼是做什么的，他就是那种所谓的业余侦探。你们拥有这种房子，但居然没有聘请一位业余侦探经年常驻，实在令我惊讶。"有人想知道业余侦探到底是什么，还有他们做什么工作。"有时候他们是爱管闲事的人，"卡洛琳解释，"但有时候他们只是像伯尼这样的平常人，只管自己的事，却阴错阳差地卷入谋杀案的调查中。那就是伯尼一直遇到的事情。他连到乡村度个安静周末,都免不了要因为踢到尸体摔倒。"

"然后他解决了犯罪谜团吗?"

"我过去是有些运气。"我承认。

"那是一种爱好吗?"有人想知道。我想说不被逮捕入狱是个爱好,而解决别人的罪行可以让我不用进监牢。但我只是低下头,想要看起来谦卑一些。

调查开始进行了。我们从奈吉尔开始,从问话中了解到他对拉斯伯恩所知不多,但奈吉尔想到他曾经在电话上说,他是从纽约打来的,但是他在房客登记簿上写下的却是"马萨诸塞州波士顿"。"当然,即使他住在波士顿,他也可以从纽约打电话。"奈吉尔加上一句。

"或者他可能在电话里说了谎,"卡洛琳说,"到了登记的时候却记错了。最后我们发现,他其实来自爱荷华州的安密斯。"

"我不认为我们曾经有过来自爱荷华的顾客,"奈吉尔说,"那和奥马哈不是一个地方,对不对?"

上校问他第一次谋杀发生时,他在哪里,而奈吉尔说他不知道谋杀是什么时候发生的,但是他认为当时他一定是睡着了。"在我们的私人房间里,"他说,"恐怕不是在那些有命名的房间,西西和我在厨房的另一边有一间套房。"

"在一楼?"

"是的。"

"你知道自己那天晚上几点休息的吗？"

他皱着眉。"很难说得准确，"他说，"你该记得我们昨夜小品了一下格兰·德拉姆纳德罗希威士忌。"我说我记得很清楚。"我记得够清楚了，"他说，"但是我发现在几个小时里喝了很多之后，夜晚的最后时光就有一点不太记得起来了。细节变模糊了，总是这样。"

"不必抱歉，"上校说，"主教也会这样的。"

"我记得在楼下四处漫步，"奈吉尔说，"察看屋内各处状况准备上床。我回到房间时西西已经在床上了，我也上了床，嗯，我一定是立刻就睡着了。接着我知道的就是早晨了。"

他说莫莉·柯贝特发现尸体时，他已经醒来穿好衣服，但是还没有离开卧房区。"我们有自己的成套卫浴，"他解释道，"希望你们不必向其他人提这件事。因为所有房客都必须共用，而他们可能很讨厌这点。"

"这是你的房子，奈吉尔，"上校说，"你一年待在里面十二个月。我无法想象任何人会嫉妒你拥有自己的浴室。你醒来时西西在那边吗？"

"她在我之前醒来。但她在我们的房间里，没错。"

"而夜里你们两个都没有离开卧室吗？"我问。

"嗯，我们没有这个需要，不是吗？我们的套房里有卫浴和一切设备。"

* * *

下一个是西西。除了在拉斯伯恩登记住宿时刷过他的信用卡之外,她几乎没和拉斯伯恩有过接触。不过,她很快便向我们保证,他似乎是个非常好的人。她接着说,所有房客都是好人,正因如此才令人难以相信。

"我知道你们都很肯定不是流浪汉,"她若有所思地说,"而我也明白为什么,相信我。但是如果真是流浪汉的话,不是太好了吗?你们明白的,是吗?"

我们表示同意。

"因为在加特福旅舍的所有人,包括房客和员工,毫无疑问都是很善良的人,你们明白吗?而这不应该是善良的人会做的事情。"

卡洛琳和上校问各式各样的问题,以判断各种活动发生时谁在什么地方,而我则思索着这个论点。我发觉自己正思考着近年来的各种谋杀犯,试着判定其中是否有任何人,你可以合理地称之为"善良"。无论如何发挥想象,谋杀本身都不善良,但是在我看来,谋杀偶尔是由善良的人犯下的,或者至少是由表面上显得善良的人犯下的。

我自己的经验就是这样,而且我读的书中绝大部分也确实如此,尤其是牵涉到英国乡村住宅时。在我看来,场景设定在英国乡村住宅的书,其吸引力有很大一部分来自一个事实,就是我们不会被迫读到那种我们在真实生活中不会想要交往的人。所有角色都一如你期待的那样善良,不过,最后你总会发现四处都是尸体。

"艾格伦廷太太,"我说,"或者我应该称呼你西西莉亚?"

"或者西西,"她说,"每个人都这样叫我。"

"西西,"我说,"我相信你是个很有观察力的女人。要经营像加特福旅舍这样的事业,你必须如此。"

"我们必须睁大眼睛。"她表示同意。

"所以你肯定注意到了某些不寻常的行为。"

"不寻常的行为?"

"也许有些房客不像表面上那样。"

"不像……"

"或者比表面上看起来还要多些什么。"

"我不确定我明白你的意思。"她说。

"其他人注意到了一些事情,"我说,"不一致的、奇特的行为。"

"有吗?"

"而且告诉了我们。"

"哦,天哪,"她说,皱着眉头,"但你们只跟奈吉尔谈过,不是吗?"

"先前和其他人有过一些私下的讨论。"

"原来如此。"

"而我无法违反保密原则,但是——"

"不,当然不能。"

"但是如果有任何人能替拼图多加一片,整幅图像可能很快就会出现了。"

"是的,我明白你的意思,"她说,"确实是有些事。"

"我想也是。"

"但那真的没什么,你知道的。"

"嗯,当然会看起来没什么。"

"是吗?"

"总是这样。"

"啊,"她说,"我知道了,这些事总是看起来无关紧要。"

"总是这样。"

"嗯,"她说,"他看了她一眼。"

"看了一眼?"

"其实是瞄了一眼。瞄了另一个人一眼。"

"谁瞄了一眼?"

"拉斯伯恩先生。可怜的拉斯伯恩。"

"而他瞄了——"

"萨维奇太太。"

"利昂娜·萨维奇。"

"是的,米莉森特的母亲。"

"也是克雷格的妻子,"我说,"拉斯伯恩先生瞄了她一眼?"

"是的。"

上校清了清喉咙。"男人总是会瞄女人,"他说,"虽然随着岁月流逝,我越来越记不住这是为什么。但男人都是这样,萨维奇太太是个有魅力的年轻女人,拉斯伯恩先生是个有活力的年轻男人,或者曾经是。所以,如果拉斯伯恩先生瞄萨维奇太太的方式,是男人瞄女人——"

"肯定只是这样吧。"西西·艾格伦廷说。

"哦,"卡洛琳说,"你不确定,是吗?"

西西叹口气,缩紧了肩膀。"不,"她承认,"我不确定。那根本不是那种眼神。"

"应该不是,否则你就不会提起了。那是哪一种眼神?"

"就只是瞄一了眼,"西西说,"没有什么其他含义,但是当时我想到的——"

"怎样?"

"——是他们彼此认识,而且他们不想让其他人知道这件事。但肯定是我想多了。肯定是她的某些特征让他记起了几年前认识的人,但只是从某个角度看。当她转过头之后,那种相似之处就消失了。这种事常常发生,不是吗?你以为认出了某人,但是你再看一眼,就会发觉一点都不像。"

"沃波特那个家伙,"鲁弗斯·奎普说,"他说话像个律师。你们可能注意到了。"

"每个人说话都像律师,"卡洛琳说,"我想是电视里播的法庭剧造成的,还有辛普森杀妻案的审判。"

"也许的确如此,"奎普叹口气说,双手紧握,放在他胖胖的肚子上,"事实上他不可能是律师,对吗?因为律师都忙得要命,而沃波特还有时间来这里度长假。"

"他曾提到要多留几天。"我想起来。

"我们现在都得多留几天了,不是吗?不论喜欢与否。也没有电视可看,不管是法庭剧还是其他节目,所以我们的沃波特先生会丧失他律师的那一面,如果他的律师特质是来自电视的话。"他吸了一下鼻子,"他打扮得确实不像个律师。他的衣橱里没有布克兄弟的西装。胳膊肘处有补片的斜纹软呢外套比较像他的格调。他对毒药很了解,你们注意到了吗?"

"至少对蘑菇是的。"

"什么都知道,简直可以当教授了,衣着也像个教授,你们不觉得吗?手里应该还要把玩着一支烟斗,总是拆开来清理。完全符合形象。"

"你不喜欢他?"卡洛琳说。

"也没有不喜欢他,"奎普说,"事实上,无须对他有什么感觉。确实没有必要说些对他不满的话,但是你们要问有什么可疑之处或细节的话,"他倾身向前,"我会告诉你们是什么,我观察过他吃东西。"

"是吗?"

"是的,他把食物挑来挑去。我从来不相信挑剔食物的人。"

"迪蒙特小姐能走路。"米莉森特·萨维奇告诉我们。

"我想她说过,"我说,"她曾告诉我,因为轮椅的缘故,她的房间在一楼。如果实在需要的话,她也可以爬楼梯,但是有人得帮她将轮椅搬上去。如果她能爬上一整段楼梯,我想她应该能走路。"

"她在跳舞。"这孩子说。

"跳舞?"

"在她房间里。她独自一个人,房门锁着,窗帘放下来。"

"如果门锁着,而且窗帘放下来,"上校说,"那你怎么可能看到她?"

"或许我记错了,门是开着的。"米莉森特猜想。

"也可能不是,"卡洛琳说,"也许你是从钥匙孔看到的。"

米莉森特咯咯地笑起来。"也许是的。"

"我说,"上校说,"那可不是良好行为,年轻的小姐。"

"我知道,"她说,"但我只有十岁。如果大人这么做,那就更糟糕了。而且要不是因为有音乐,我也不会这么做。"

"音乐?"

"她跟着音乐跳舞。音乐非常梦幻,既感伤又浪漫,我听到声音从门后传来,所以我就看了一下。"

"我不相信你,"卡洛琳说,"我打赌你经常从钥匙孔偷看。"

"也不是每次都看。"这小鬼咯咯地笑着,"你会很惊讶这样能看到些什么。"

"那这次你看到了什么?"

"迪蒙特小姐在跳舞,而且非常优雅。她的手臂伸出去,好像是和舞伴在跳舞,但是只有她一个人。除非她是在和鬼跳舞。但我确定她不是。"

我不打算深究这一点,但是卡洛琳想问她为何如此确定。

"因为那样会很不体面。"

"和鬼跳舞?"

"不是。"

"那是什么?"

"裸体,"米莉森特说,"迪蒙特小姐没有穿任何衣服。"

鲁弗斯·奎普任何时候都很容易入睡。这可能是肥胖性心肺功能不全，也可能是呼吸暂停。还有可能是假装的——有时候他似乎是睡着了，但是他后来说的话显示他小憩时听到了我们正在进行的谈话。

有人看到哈德斯蒂小姐在和厨师急迫地谈话，是克雷格·萨维奇提起的，他认为这次谈话与迪蒙特小姐的饮食需求有关，而我们能想象到那应该相当复杂。不过他回想时，觉得哈德斯蒂小姐显得有些焦躁，而厨师有一点不太高兴。

我曾见到乔纳森·拉斯伯恩在图书馆的桌子上写东西，也有其他人见到他在屋里其他地方做同样的事情。但对于他在写什么，各人有不同看法。我倾向于认为他是在写信，因为人们总是在英国乡村住宅里写信，但有人说他是在写便笺，还有人认为他是在写日记。在他身上并未发现信件或日记，这可能意味着它们被凶手带走了，或是他被谋杀时没有带在身上。

没有人承认在拉斯伯恩抵达加特福旅舍之前，曾经遇到过他。几乎没有人记得曾经和拉斯伯恩讲过一句话。几个人说他总是显得心事重重，而利昂娜·萨维奇也曾见到他在写东西，她认为他可能是个作家。"努力要写出一本书或一篇故事，"她说，"他有那种气质，好像他要来乡下解放自己的创造力。"

"而她从来没有见过他，"上校在她离开房间后说，"但是西西·艾格伦廷看见拉斯伯恩意味深长地瞄了她一眼。"

"西西可能看错了,"卡洛琳说,"或者拉斯伯恩认出了利昂娜,但是利昂娜没有认出他来。或者他以为自己认识她,但其实不然。"

"或者她在说谎。"我说。

"或者她在说谎,任何人都可能就任何事说谎,不是吗?你们知道那种派对游戏吗?有一个人是凶手,而当你询问所有参与者时,除了凶手以外的每个人都得说实话。嗯,那和这里的情形很像,但又不是这样。"上校看起来很困惑,我想我也是。"因为他们每个人都可能说谎,而这无法证明任何事,"她解释道,"不止如此。假设乔纳森和利昂娜二十年前一起担任亚赫赛①营队辅导员时,曾经疯狂了一下。那么他就有足够理由意味深长地瞄她一眼,而她也有理由坚持从来没有见过他,而这与谁杀了他无关。"

我们反复讨论这一点,最后同意了她的话。每个人都可能说谎,不是只有凶手。听起来似乎不太公平,但事实就是如此。

这让我开始思考我们努力的重点。我刻意在询问西西的时候换了一种方式,从针对不在场证明和作息时间的严肃询问,换成一种闲聊式的问法。在她离开后,我解释了

---

① 亚赫赛(Yahrzeit),非营利性的犹太慈善组织。

为何这么做。

"你把我说成是个业余的侦探,"我告诉卡洛琳,"的确,我们三个其实都是业余的。我们都有一些可能会有用的经验,但我们不是警察。专业的做法对我们不适用。但是用业余的做法,大家会告诉我们那些他们做梦也不会跟警察说的观察和推论,嗯,这可能会有收获。"

从某方面来说,确实有所收获。我们已经从奎普那里得知,戈登·沃波特很挑食,因此不可信任;而在适当的时候,我们从沃波特那里得知伊尔琳·柯贝特,这位因为奥里斯之死而悲伤的女服务员,连续几个早晨病得很厉害。"这不表示这个女孩有家族特征,"他说,"或者是奥里斯惹得她这样,即使是,也不会让他们或其他任何人在此事件中的角色变得复杂。"我们曾说想知道他看到了什么,于是他就告诉了我们,他曾听到她连续三个早晨作呕。

但是我们知道了这件事情又如何呢?知道迪蒙特小姐裸着身体跳舞,或是米莉森特·萨维奇透过钥匙孔偷窥,到底有什么好处?如果哈德斯蒂小姐和厨师说过话,或者达金·利托费尔德被人瞥见看莫莉·柯贝特看得入神,那又有什么大不了的?

说出利托费尔德显然对楼下女仆感兴趣的是柯利布里太太。莱蒂丝接着却评论道莫莉是个俊俏的辣妹,随时准备好要投入任何穿长裤的人的怀抱(最有趣的是卡洛琳对此的反应:她低头看看自己,确定她不是穿着裙子)。"我自己的丈夫没有注意到这个小浪女,"莱蒂丝又说,"但我们是来度蜜月的,所以有所不同。我敢肯定其余男士都注意到了。如果有人曾经和她抱在一起打滚,我也不会惊讶。"

如果达金曾经在楼上转着诱惑楼下女仆的念头,他也没有说出来。根据他的说法,他没有太注意员工,或是其他客人。他对我们的探究,或是不得不在加特福旅舍里停留更久时间的做法都没有兴趣。

"到了早晨,"他说,"我们就要离开这里。"他晃了一下头,一定有人曾经跟他说过,这种姿势可以展示他波浪状的头发。"我知道如果往下游走一段,有个地方可以过溪而不会跌断脖子。接下来,只要找到公路就可以了。现在尝试太晚了,但是等到太阳出来后,莱蒂丝和我就要这么做。"

"但是发生了谋杀案,"上校告诉他,"我以为大家都同意在警察来之前,我们全都留在这里。"

"或许那是你们的想法,"达金说,"但是那又怎么样?我可没同意任何事情,你们每个人对我也没有任何约束力。一旦我们离开这里,会立即通知警察,然后他们就会马上到这里,这不就是你们想要的吗?"

"是的,不过——"

"真不明白当初我为什么会来这里,"他继续说,"这是莱蒂丝的主意,别问我她是从哪里冒出的这种念头。这个地方应该是非常高级又独特的那种旅馆,但我见到的就只是一堆荒废的砖头,由一个头脑不清的主妇和酒醉的丈夫经营。现在你到每个地方都有卫星电视,有五十或一百个频道,而这个烂地方居然连一架有兔子耳朵天线的移动式黑白电视都没有。哪个头脑清醒的人会来这种地方?"

"艾格伦廷太太非常沉稳,"上校说,"而艾格伦廷先生也不会只因为他对麦芽威士忌很有品位,就是个酒鬼。而且没电视也有别样的乐趣。至于什么人会愿意来这种地方,我可以说我很高兴每年自己在这里待上六个月。"

"我无须多言,"达金说,"你们的调查注定会失败,大家都编成三人一组的古怪念头也是。我要和我妻子在一起,我们两个会一直在一起。其他人都不要靠近我们。到了早上我们就走了,我要告诉你们,我很高兴离开这座疯人院。"

我明白他的意思。

"没有希望,"我宣布,"我现在手里有本写满了字的笔记本,但情况比起刚开始时好不到哪里去,我还是无法指出凶手。警察侦办这件案子时,会分析不在场证明,问难堪的问题,分析物理证据。这些我们都没法做,我们没有权力。而大家告诉我们信息后,我们也不知道该怎么办。我们唯一能期望的是让剩下的人活下来,直到警察抵达,而我也不知道那是什么时候,其他人也不知道。天哪,又下雪了吗?"

"我想这只是风把雪吹起来了。"卡洛琳说。

"嗯,我不认为是这样。我想这是新下的雪,而且正在下雪,可能会这样下一整晚。我不知道该怎么办。"

"坚定不移。"布朗特－布勒上校建议道。

"我一定会努力,"我说,"但是……"

传来敲门声。我过去打开门,拉菲兹走进来。它通常是用抓的,而且抓得不太好,我正在猜想为什么它能够敲门,结果发觉莫莉·柯贝特站在那里,等着在说任何事情前得到允许。

"什么事,莫莉?"我说。

"对不起,打扰了,先生,"她说,"还有你,女士,还有你,先生——"

"怎么了,莫莉?"

"晚餐好了,先生。我不想打扰你们,但是晚餐已经备妥,大家都在餐厅里。除了在酒吧喝餐前酒的人。"

"餐前酒。"我说。

"是的,先生。艾格伦廷先生说,可以让胃口更好。"

"嗯,那么,"我说,"我们最好也来一杯,你们说好吗?大家都知道不能相信挑食的人。"

19

结果，晚餐是西西·艾格伦廷和柯贝特堂姐妹合作的成果。冰箱里还有一些剩下的火腿，她们把火腿和马铃薯泥、煮熟的甘蓝菜、胡萝卜丁和培根油，以西西所谓的古老英格兰配方混在一起。这显然是柯贝特家族的主食。"你用上手边所有的东西，"伊尔琳解释道，"然后全部煮在一起。如果大家真的很饿就会吃。"

只要你坐下来大嚼，就会发现其实食物相当可口，虽然样子一点不诱人。如果取个怪名字，或许会有帮助——比如说狗早餐，或是柴堆里的太妃糖。结果客人们走进餐厅，考虑了一下后便决定先到吧台。一到了吧台就会流连很久，依靠麦芽威士忌来提起吃晚餐的胃口。

不过最后大家都就座了，结果主菜比看起来和听起来都好得多。不过除了鲁弗斯·奎普以外，没有什么人取用第二次，而即使是死亡天使毒蘑菇，奎普可能都会来上第二盘。对其他人而言，一份就相当多了。我偶尔瞥向戈登·沃波特那边,但是就我所见,这一次他和其他食客比起来,并没有显得比较挑食。

桌上有很好的面包,还有某种牛奶蛋糊做的点心,就是咖啡淡了些。

上校找到我们,宣布要早点休息,当时我们正端了新煮的咖啡在图书馆里。"我要回到特里维廉①的世界了,"他说,"钻进一个比较简单的世界里。"

我问他想通过哪一道门回到那个世界,特里维廉的单册《英格兰史》,还是比较专业的《斯图亚特王朝统治下的英格兰》。

"恐怕两者都不是。我正在读他的三卷本《安妮女王时代的英格兰》。正读到第二册的中间部分。"

"《雷米里斯与合并苏格兰》。"我说。

他显得很惊讶。"没错,"他说,"你怎么会知道?"

"只是运气好猜对了。"

"绝对不是。我想你是个英国史学者。"

"修过一些大学课程,"我说,"好几年前的事了。我其实从没真的读过安妮女王王朝的那三册。我只记得书名。"

---

①特里维廉(Trevelyan,1872—1951),英国历史学家。

"马尔伯勒与尤金尼王子,"他说,"西班牙王位继承战争——布兰罕战役。"

"著名的胜仗。"我说,模仿了罗伯·索西的诗。

"曾经很著名。现在被人遗忘了。我不该觉得惊讶,我不知道现今的年轻人记得些什么,但别奢望他们会记得早于前天的事情。特里维廉的历史令人感动,你应该找时间读读。"

"这几天吧。"

"嗯,"他说着,缩紧了肩膀,"你们会原谅我破坏分组吧,会吗?我知道我们应该保持三人一组,但是我确定我在自己的房间里应该很安全,而且也确信你们两位可以照顾彼此。所以,如果你们不反对的话……"

我几乎无法反对。他们先前全都欣然同意编成三人一组,但是随着白天过去,这项安排也逐渐失去了效力,到了晚餐结束后,甚至没有人把这当一回事了。我曾经听到米莉森特·萨维奇因为必须和她父母待在露辛达房里,不能单独留在罗杰叔叔房里而哭泣。到目前为止,克雷格和利昂娜似乎能够坚持,但是我觉得这个小孩最后会按照自己的方式行事。

"没有人当真,"我跟卡洛琳说,"我不明白。已经有三个人死了,而且不知名的凶手就在我们中间,但他们宁可抱怨晚餐,也不想确保自己能活着吃到早餐。这些人到底是怎么回事?"

她想了一下。"我想他们只是很善于调整。"她说。

"调整?"

"我是这么认为的,伯尼。他们先前确实受到了惊吓,那时我们发现厨师在厨房里变得冰冷。到处都有尸体,而没有人知道到底谁会是下一个。"

"尸体都还在,"我说,"而他们也还是没有任何头绪,但是突然间没有人在乎了。"

"没错。他们已经调整好了。拉斯伯恩和厨师都在外面,没有人会看到他们,而奥里斯在峡谷底下。你知道他们怎么说的,伯尼。眼不见,心不烦。"

"尸体是看不到,"我说,"而我们其他人都失去了理智。"

"人会适应,"她说,"比如你和我吧。昨夜的咖啡很浓,又完全煮开了,我们很享受。今晚咖啡很淡,我们依然很享受。"

"我们并没有适应。"

"几乎可以说已经适应了。"

"我们在里面放了威士忌,卡洛琳。"

"那就是我们调整的方式,"她说,"而且我必须说,我们做了很好的调整,伯尼。你不会注意到咖啡淡而无味。你知道,这或许是让咖啡撑久一点的好方法,一种比较经济的做法。用比较少量的咖啡,然后掺威士忌来调味。"

"经济的做法。"我说。

"嗯,如果咖啡存量非常短缺,或者比如说我们和巴西打仗了。"

"我们为什么要这样?"

"为什么人会做任何事情?"她皱着眉,"我在干什么?"

"你正在喝掺酒加料的咖啡。"

"掺酒加料,"她说,"这个字眼真好。我想在咖啡里放单一麦芽威士忌是违反自然的罪行,但是这种咖啡一开始就是违反自然的罪行,而我猜这样就彼此抵消了。至少我们没有用德拉姆纳德罗希威士忌。"

"天理不容。"

"我希望我们能赶快离开这里,伯尼,但在那之前我要再尝一次德拉姆纳德罗希威士忌。不管怎样,'我在干什么?'这个问题的答案,应该是我正在谈论人们会适应。"

"适应谋杀。"

"啊哈。他们不再关心这件事了,伯尼,不像原先那样。有些人还觉得根本就没有谋杀案发生。"

"那这些尸体是从哪里来的?"

"乔纳森·拉斯伯恩从爬梯上跌下来,奥里斯跌到桥下,而厨师——"

"跌到了深沉无梦的睡眠里,"我说,"瞧,她现在还在睡。看在上帝的分上，这真是荒谬。"

"我知道。"

"厨师的情况可以解释为中风或是心脏病突发，"我说，"虽然在我看来这不太可能。但是奥里斯和拉斯伯恩是被谋杀的，简单明了。如果他们的死是意外，那你如何解释吹雪机油箱里的糖，还有切断的电话线？难道是上帝的作为？"

"他们说他的行为总是非常神秘。我听到有人说坏天气里电话总是会断。而有人说吹雪机很可能只是很平常的机械故障，毕竟没有人真的闻到了烧焦的糖味。"

"这真荒谬。"

"我知道，伯尼。"

"我应该从吹雪机的油箱里取杯汽油出来，"我说，"让他们都尝尝。"

"我们可以明天再弄，"她说，"拿来当甜点，如果蛋奶糊没了的话。听着，不是每个人都认为这些死亡事件是意外。他们只是认为循环已经完成。"

"循环？"

"三起死亡事件，伯尼。死亡总是成三出现的，记得吗？现在厨师死了，大家可以松口气了。"

"这没有什么道理。"

"我知道。但这又有什么关系呢，伯尼？我们似乎也无法解开谜团。你自己说的，今天下午我们询问人得到的零星片段,对我们一点用也没有。"

"我没说一点用也没有。我只是说我们没有进展。"

"很接近了。所以我们就耗在这里,而上校可以读英格兰史。嘿,你从来没有上过大学,怎么会知道那些关于安妮女王的事情?"

"我根本不知道安妮女王的任何事,"我说,"我书店里有一套书。我正想着我应该读一下内文,结果有人来买走了。"

"嘿,这种事经常发生。她是同性恋,你知道。"

"安妮女王?"

"对啊。跟莎拉·丘吉尔有过一段,她丈夫就是上校刚才提到的马尔伯勒公爵,你为什么那样看我,伯尼?这是'她史'①。"

"她史?"

"女人的历史。不管怎样,你可以读关于安妮女王的书,或任何其他的,这里有这么多书瞪着我们看。我们可以喝掺了酒的咖啡,反正警察早晚会出现来解救我们。然后他们就可以做那些复杂的测试,DNA检测和血迹喷溅,还有解剖,他们还可以调查所有房客的背景,还有——"

"还有鲍伯是你叔叔。"我提议。

"嗯,差不多吧。"她叹气,"你知道吗,伯尼?我从

---

①卡洛琳把历史(history)变了一个字母,改成了herstory。

来没想过我会坐着希望警察出现,但我现在就是这样。因为就在此刻,我真的会很高兴见到那扇门突然打开,然后雷·基希曼吵闹地走进来。我……"

"怎么了,卡洛琳?"

"什么?"

"你的话讲到一半停住了,然后开始瞪着什么看。"

"是门。"她说。

"门怎么了?"

"我还以为门就要突然打开了,"她说,"而他就会在那里。"

"谁,雷吗?"

她点点头。"愚蠢的念头,伯尼。他甚至不知道我们在这里,不是吗?"

"我想他甚至不知道我们出城了。"

"不管怎样,这说明了我的精神状态。你知道这到底是什么意思吗,伯尼?"

"不知道。"

"这意味着业余侦探的日子已经结束了。如果有什么案子是为业余侦探量身定做的,这就是了。一幢雪封的英国乡村住宅,尸体比雪堆积得还要快。我们就在这里,却束手无策。"

"我很高兴我们放弃的只有破案这件事,"我说,"第一眼见到今天的晚餐时,我的心直往下沉。你觉得那道菜有名字吗？比如柯贝特大惊奇。"

"哦，你倒是提醒了我，"她说着，站起身来，"我答应要帮忙的。"

"帮什么忙？"

"厨房里。"

"你说的不是什么事，"我说，"而是在哪里。"

"我说我要帮忙清理。"

"你？"

"为什么不？"

"嗯，有个理由，"我说，"那不是你的工作。另一个理由是，你偏偏最讨厌在厨房里帮忙。"

"这是紧急状况，"她说，"她们缺乏人手。厨师死了，还有其他种种。"

"其他种种？"我说。

"所以我想我该帮忙。"

我注意到她在回避我的目光，于是灵光一闪。我问她要帮谁的忙。

"在厨房的人，"她说，"听着，我只是——"

"莫莉·柯贝特。"我说。

"是的，她可能也在那里。那又怎么样呢？"

"还有她堂姐伊尔琳吗？"

"她可能有别的事情要做。"

"所以莫莉一个人在厨房里。"

"可能是,"她说,"既然你提到了,这状况可不太安全。所以我就更应该去和她做伴了。"

"或许我也应该去。"我说。

"不需要,伯尼。"

"两个人会有危险,记得吗?如果莫莉刚好是凶手呢?"

"真可笑。"

"或者万一你就是凶手。"

"更可笑了,伯尼。"

"我只是不希望你走错一步,"我说,"我知道你梦到了她,但是——"

"那是梦,你根本不知道。"

哦,不一定吧?"她是个乡村女孩,"我继续说,"生活在相对封闭的环境里,而且,她可能根本就不知道什么是女同性恋。"

"你没见到她看我的方式。"

"嗯,你很有异域风情,"我说,"很时髦而且很都市,而且——"

"而且是同性恋,"她说,"而她是柯贝特家的人,这意味着她可能没有多少事没做过了。我唯一异域风情的地方就是我不是她的血亲。听着,我并非打算对她动手动脚,只是去厨房陪她。"

* * *

我想不出任何其他我想要与之为伍的人,无论是在厨房还是其他地方。我在这里唯一的情感所系是莱蒂丝·利托费尔德,但我不太确定现在我对她到底还有多少深情。无论如何,他们正在度蜜月,而且房子里有个凶手,所以她那冷嘲热讽的丈夫肯定会把她拴得牢牢的。

我真正想做的是逃离,而且有一种可靠的方式可以不必真的离开,就能够达到效果。我想起了艾米莉·狄金森[①]有关这个问题的论点:没有比书本更快的快速帆船了。"快速帆船。"我说,或多或少是吧,然后走到图书馆。

我抬头看雷蒙德·钱德勒的书,看图书馆的爬梯,看骆驼和靠枕,寻思着是否真有人能够坐下来,想出一套利用骆驼和靠枕的谋杀计划。我断定那一定是临时起意,否则这整件事情就有一种难以置信的巨蟒[②]调调了。

我想,我潜伏在门边时,没听到这个房间里正在进行的悄声谈话,真是可惜。其中一个人几乎可以肯定就是乔纳森·拉斯伯恩,而另一个人就是用骆驼和靠枕杀死他的人。假使我再偷偷往前走一点,可能就会发现他们到底在做什么了,而且也可以知道另一个人的身份。相反的,如果我大声地闯进去,打开灯后再为闯进来道歉,我或许就阻止了谋杀。而且,如果这第一次谋杀并未发生,或许其

[①]艾米莉·狄金森(Emily Dickinson, 1830—1886),美国女诗人。
[②]巨蟒(Monty Python),英国的六人喜剧团体,是英式幽默的代表。

他的谋杀也都不会发生了。

我想,我本来可以解救他们。只要我再鬼祟一些,或者更鲁莽一些就好了。两种极端都可以扭转局面。就是这种不进不退的蠢事,引发了一切麻烦。

好吧,诚如艾米莉·狄金森所说,"快速帆船"。这是我扬帆离开的最好时机。我走到书架那边开始找书。

我留在图书馆读了一会儿书,然后走到楼上回奥古斯塔姨妈房,在走廊上遇见了米莉森特·萨维奇。她赢了,她得意扬扬地告诉我。她得到允许留在罗杰叔叔房里。我告诉她,她应该和父母在一起。

"为什么?"她反问,"方便你闯罗杰叔叔房的空门吗?"

"除了烟斗和拖鞋外,还能偷什么呢?"

"而且烟斗很难闻,"她说,逐渐有了兴致,"拖鞋上有洞。"

"可怜的老罗杰叔叔。"

"不,是可怜的麦塔维什小姐!麻烦的老罗杰叔叔。"

"我还是认为你应该待在你父母的房间。"我说。

"为什么?"

"我只是觉得这会是个好主意。"

她看着我。"你认为还会有谋杀发生,"她说,"但是你不愿直接说出来,因为你不希望我害怕。但是如果我不害怕,我就会继续留在自己的房间。"

"这是个难题。"我表示同意。

"我想你是对的,"她说,"我认为还会有人被杀,但我不会是受害者。"

"你怎么确定?"

"因为我只是个小孩,"她说,"没有人会找麻烦来杀我。你才是应该要害怕的人。"

"我?"

她严肃地点点头。"有人今晚要被杀害,"她说,"而且可能是你。"

一个小时左右之后,我在另一间起居室里。这一间的墙上没有夸张的羚羊头,只有一对锋利的武器。其中一把是大约八英寸长的波浪状刀锋的剑,我从墙上取下来把玩。我无法举剑发誓,但是它看起来像是把马来短剑,也是剑角羚羊和瘤牛的同类字谜里的常客。我用拇指沿着刀锋摸了一回,断定它锋利得足够割人头了,然后又挂回墙上。

我先前在吧台停留,为自己倒了一杯酒,然后在账簿上记下适当的标记。这是我今晚最后一杯酒,只是每读几页书,滋润一下嘴唇,我正在读伊夫林·沃夫的《独家新闻》,这是本有关驻非洲新闻记者的小说。刚开头有一个段落写到有位新闻记者回忆曾经制作一艘独木舟，但是完成下水时，却像颗石头般沉入水底。细节我有点模糊了，但我记得我第一次看这本书时，笑了十分钟，我不知道这回什么时候会看到这一段，还有点担心不会觉得那么有趣了，而且我最后一定会奇怪，我第一次看时为什么会觉得有趣。

不过，比起担忧被断桥、毒蘑菇、骆驼和靠枕杀死，担心这个问题要好多了。虽然我无法肯定我最喜欢的段落是否还会有趣，但到目前为止，这本书是个绝佳的选择。当然，书架上就算没有几千本，也有几百本书我没有读过，但今晚应该读些靠得住的东西。我想要逃离，但是得循着熟悉的路离开。

我先前在楼上门廊遇见了拉菲兹，它那副德性会让你回想是否自己做了什么惹它生气的事。它根本不理我，如果它有尾巴的话，一定会高高翘起，径自前行。我阅读了半小时之后，它再度出现，这段期间，它似乎接受了性格移植手术。它走过来磨蹭我的脚踝，在我的腿边缠绕，而且大声打呼噜，连我的膝盖都可以清楚地感受到震动。

当我听到脚步声，抬头见到卡洛琳时，它还在那里，发动它的马达。"你知道吗？"我说，"我有一本好书可以读，还有一杯好威士忌，以及一张舒服的椅子。我有一只猫非常亲切地表现出它好像很爱我，即使我们知道这不太可能。这种生活不错，我希望我不会被杀。"

她瞪着我。"你为什么要这样说?"

我告诉她米莉森特说了什么。

"哦,得了吧,"她说,"她只是个让人头皮发麻的小孩,又不是灵媒之友网站上的第一把交椅。"

"我知道,"我说,"但还是会令人毛骨悚然。这给我一种奇怪的感觉。"

"别这样说,伯尼。"

"为什么?"

"这听起来不吉利,就是这样。而且我已经够害怕了。我刚刚上楼去,发现我们房间的门锁上了。"

"嗯,当然了,"我说,"那是因为我们两个都不在里面。"

"我知道。"

"你有钥匙,对吗?我们每人都有一把。你没有遗失钥匙吧,有吗?"

"当然没有。但是我不敢用它。"

"为什么?"

"我害怕里面会有什么。"

"比如说一具死尸?"

"或者一个活人,等着要杀我。我不知道我在害怕什么,伯尼。我敲了门,希望没有人会开门,也确实没有人,然后我下楼来找你。"

"我就在这里,"我说,"我们上楼吧。或许明天会好些。"

"大家总是这么说,"她说,"但都不会成真,不过这一回几乎肯定会好些。也许警察会来,我们全都可以回家。但我确实喜欢这里,至少是在有人被杀以前。"

"等一下,伯尼。"

她拉住我的衣袖时,我们正经过图书馆朝楼梯走去。我停下来,而她迅速进去。她出来时脸上有我在日本电影上看过的表情——武士切腹自杀前一刻的表情。

"伯尼,"她透过紧咬的牙关说,"进去!"

"为什么?我已经拿了一本书。"

"照做就是。然后看看书架。"

"什么书架?"

"那个书架。"

我进去看了,已经知道我会看到什么。书架本身没什么令人惊奇的,但书架上也没有《长眠不醒》,只留下有人拿走书之后的空位。

20

"我不惊讶,"我说,"我不太想谈这件事,真的,但是我不能说我很惊讶。"

"也许这真的没那么重要,伯尼。有人在这儿和那儿被杀,与之相比一本稀罕的书不是那么重要。但是书居然就这样消失了……"

"你说得没错,"我说,"那不重要。"

我们回到自己的房间,我不想谈论《长眠不醒》,于是便问起莫莉·柯贝特的事。卡洛琳的表情变得满怀渴望。

"她很可爱,"她说,"而且她有很多关于这边乡间的故事,以及一直追溯到革命战争时期的柯贝特家族的故事。但是我觉得她比我想象得还要天真,伯尼。"

"你的意思是,她只和堂兄弟睡觉?"

"差不多吧。记得我先前告诉你,她用什么样的目光看着我吗?嗯,我开始明白了,只不过她看每个人都是那样。这是柯贝特家族的传统。"

"所以我想你不会半夜里偷溜出去,到仆人房那边拜访一下了。"

"只有在梦里,"她微笑着说,"而且如果今晚的梦有昨夜的一半好,我就没有什么好抱怨的了。"

准备好上床睡觉还算不上是个问题。有时候我们会在深夜留在彼此的公寓里,所以即使是在狭小的房间里换睡衣也不会那么尴尬。但睡在同一张床上就比较奇怪了,而且只要我想起昨夜她的梦境,就更奇怪了。

我坐起来看书,希望伊夫林·沃[①]能够让我的心思远离眼前正在发生的事,卡洛琳坐在我旁边,读她自己的书,而我很好奇谁会先关掉床头灯。然后,当然,门上传来抓挠的声音。

"拉菲兹。"她说。

"恐怕你说对了。"

"你要让它进来吗?"

"如果我们让它进来,"我说,"回头又得放它出去。"

"我们不能让门就这样开着吗?昨夜就是这样的。"

"好啊,"我说,"在一幢目前已经有三个人被谋杀的房子里。"

[①] 伊夫林·沃(Evelyn Waugh, 1903—1966),英国作家。

"你以为锁上门就可以阻止凶手吗?"

"我比较偏好一串大蒜,"我说,"但现在这个时间我不想走到厨房去拿。我不知道锁上门是否真能阻止决心要进来的人,但是一扇打开的门就像是邀请:'我在这里,来杀我吧。'"

"那就锁着吧,伯尼。也许它会走开。"

可能性不大。接下来几分钟,抓挠声重复了五六次,然后我起身开门让它进来,并且让门开着。

它走进来四处溜达,吃了一点干粮,要人抚摸,抓抓耳朵后面,接着便离开了。我看着它走后,然后盯着开着的门看了很久。

然后我继续看书。

"伯尼?我先前不是和莫莉在厨房吗?我原以为可以知道一些事情,帮助我们想出谁是凶手,可是一点进展也没有。"

我合上书。

"我彻底糊涂了,"她说,"束手无策。我猜你也一样,是吗?"

"不完全如此。"我说。

"你是什么意思?别告诉我你知道是谁干的。"

"嗯,"我承认,"我有一点眉目。"

"大声说出来吧,让我们听听看!"

我摇摇头。"不是现在。"

"你是什么意思,不是现在?"

"只是一种预感,"我说,"有可能完全弄错了。我还没有完全想清楚。"

"那又怎样?伯尼,除了你我之外,这房间里没有其他人,没有人会告你诽谤。"

"我知道。"

"所以呢?"

我考虑了一下,还是摇了摇头。"可能是错的。"

"伯尼!"她抓住我的手臂,"你看不出来你在做什么吗?你在拒绝行动。"

"是吗?"

"我读了几百本书,"她说,"里面的侦探就像你这个样子。而且说的就是你刚才说的那种轻率的话,什么'现在说出来还为时太早'之类的。接下来马上你就会发现又有一具尸体在地板上了,然后他就会对自己说'他妈的,都是我的错。我等得太久了。'你就是在干这种事,伯尼。你等得太久了。"

"但这只是预感,"我说,"而且我可能错了,这张拼图还有太多部分没找到。"

"他们都这样说。"

"而且现在是半夜。"

"他们倒是没有说这句话,但这又怎么样?"

"即使我是对的,"我说,"也不能现在跑出去采取行动。所以现在谈这个有什么用呢?"

"有用,让我不至于发疯。"

"或许吧,但如果我一开始就什么都没说,也许会更好一些。"

她摇着头。"你一定要告诉我,伯尼。假设那个让人头皮发麻的小孩说对了,你今晚会被杀,如果你没有告诉任何人,你的秘密就会和你一同死去。"她举起食指,没有特别指向什么东西。"那是另一个每次都会读到的桥段,"她说,"有人全弄清楚了,却不告诉任何人,然后他成为了下一个受害者。"

"我不想成为下一个受害者。"我说。

"不准这么说,伯尼。"

"是你说的。你真的认为我有危险?"

"可能有。任何人都可能有危险。"

"你真的认为如果我告诉你,就会比较安全?"

"我只知道,"她说,"除非你告诉我,否则我永远睡不着。"

她睡着了。

我是先关掉床头灯的人,但是我连瞌睡都没打。我躺在黑暗中，倾听这幢老房子吱呀作响的呻吟。卡洛琳放下她的书，关掉灯的时候，我一点睡意也没有，直到她的呼吸变得又慢又深，我依然清醒。

她在我旁边翻动，从她那边翻身过来时，我就算没真的睡着，也至少是想得出神了。她的手臂伸出来缠绕着我，然后靠得更近，准备要在梦境的场地上开始打垒球。

我轻轻地、小心翼翼地脱身而出，安静地下了床。卡洛琳的手臂没了可以攀附的身体，朝空气里摸寻。我拿我原来用的枕头，塞进她的臂弯里。她推拒了一会儿，似乎在衡量枕头作为莫莉·柯贝特代用品的好处，最后决定抱住枕头。

我在黑暗中迅速而安静地穿上衣服。我注意到门还半掩着，而游戏正在进行。

我溜了出去。

21

卡洛琳·凯瑟醒来时,大约是早晨七点。她的眼皮还没完全张开,穿上浴袍后沿着走廊到浴室。直到从浴室回来,她才发现床是空的。

"嘿,伯尼,"她说,"你到哪里去了?"

她瞥了一眼老友昨夜挂衣服的木椅,是空的。她穿上衣服又回到走廊,见到贝蒂娜·柯利布里在隔了几道门的地方,将钥匙插入锁孔。

"你见到伯尼了吗?"她问道。

"伯尼?你的那个朋友?"

"是呀,我的那个朋友,伯尼·罗登巴尔。你见到过他吗?"

"我没见到任何人,"这女人说,"我现在正要下楼吃早餐——如果那里真的有早餐的话,考虑到厨师不在了。"

"我不管早餐了,"卡洛琳说,"我只是担心伯尼。"

"为什么,看在上帝的分上?"

"为什么？因为他是我这个世界上最好的朋友，这就是为什么。"

"友谊真是美妙的事，"柯利布里太太说，"但你为什么要担心呢？如果他不在你的房间里，就很可能自己下楼去了。"

"希望你说得对。"

她匆忙下楼，她的心理状态一定非常明显，因为每个遇见她的人都问她怎么了。"我正在找伯尼，"她告诉他们，"我不知道他在哪里，我很担心。"

她在楼下走过一个又一个房间。到处都找不到伯尼·罗登巴尔。她查看了早餐房、晨房、大图书馆和各式各样的客厅，问了她遇到的每一个人。

没有人见过伯尼·罗登巴尔，自从昨晚就没见过了。没有人知道他可能会在哪里。

"也许他逃离了这个地狱，"达金·利托费尔德提议道，"等我们的早餐结束，这也是我和我妻子计划要做的事。那是我昨天告诉他的计划，也许让他产生了这个念头。"

"他不会这么做，"卡洛琳坚持，"而且一定不会不跟我说一声就离开了。"

"嗯，你对他的认识要比我多。"利托费尔德说，脸上带着一种暗示她其实一点也不了解罗登巴尔的嬉笑神情。

其他人一起帮忙，对楼下做了比较系统的搜寻，一无所获。布朗特－布勒上校对罗登巴尔的消失显然很困惑，虽然他的性情使他显得没有卡洛琳·凯瑟那么激动。"你说得对,"他告诉她,"罗登巴尔是个冷静的小伙子。他不像是会这样不跟任何人打招呼就消失的人。"

"我很害怕。"卡洛琳说。

"依照常理,"布朗特-布勒说,"我们不必担心发生了什么可怕的事。但是在目前的情况下,已经有了三起可疑的命案——"

"哦,不,"她叫道,"不要是伯尼!"

"他那么有活力,"莱蒂丝·利托费尔德说,"我无法想象他已经——"

"别说那个字。"卡洛琳央求道。

莱蒂丝的话就此打住。米莉森特·萨维奇穿着连身罩衣和兔子拖鞋,替她完成了这个句子。"死了。"她说。

每个人都看向她。

"我告诉过他,他可能会是下一个死掉的人,"这孩子说,她的下唇颤抖着,"我不知道我为什么会那样说,那个想法就这样浮上心头,我想也没想就说出来了。现在却变成了真的!"

那不一定会变成真的,大家跑过去告诉她,而且即使是真的,也不是她的错。米莉森特看起来不太相信。

这在人群里引起了不小的骚动。奈吉尔·艾格伦廷抓起电话拨弄着键盘,好像希望切断的电话线在夜里不知怎么的就自行接回去了。卡洛琳抓着布朗特-布勒上校,问他是否能做些什么,而他控制了场面,刻意地清清喉咙让群众安静下来,然后为大家概述目前的情况。

他告诉大家,就伯尼·罗登巴尔的状况而言,目前有两种可能。一种是罗登巴尔离开屋子回家了,却没有对他的忠实伙伴或任何人说。第二种可能,是罗登巴尔在房屋或附近的某处,但是听不见他们的叫喊声,因为他睡得很熟,或者被下了药或是被绑了起来,或者……

"或者死了。"米莉森特·萨维奇说。

上校说,现在要做的事就是集合大家,然后对这幢房屋做系统的搜查。西西·艾格伦廷拿出了一把万能钥匙,可以打开二楼的每间卧房,包括原本由去世的乔纳森·拉斯伯恩居住的小乔治房。

"都是这个狗娘养的搞出来的糟心事。"达金·利托费尔德在去往小乔治房的走廊上评论道。他的妻子莱蒂丝提出反对,指出拉斯伯恩是受害者,他被杀死了。"那是他应得的报应,"利托费尔德告诉她,"看看他引起了什么。看看他造成的一团混乱。"

但是拉斯伯恩的房间里没有一团混乱。里面非常干净整齐,不像其他大部分卧房,里面的房客会为脏乱的状态感到抱歉。"请你们原谅里头的杂乱,"鲁弗斯·奎普冷冷地说,"因为我并未料到会有访客。"而莱蒂丝·利托费尔德打开他们新房的门时,立刻冲到窗户边一把推开,好像这个房间在任何人踏进来以前,必须先紧急让空气流通一下。"那是什么味道?"米莉森特·萨维奇想知道,她父亲退缩了一下,她母亲则要她安静,而莱蒂丝则红透了脸。卡洛琳注意到,她丈夫稍事打扮,看来对自己很满意。

搜寻转移到顶楼的仆人区和储藏区,然后回到一楼,包括迷宫般的公共房间、厨房和餐具室,还有迪蒙特和哈德斯蒂小姐共用的客房,以及艾格伦廷夫妇的私人套房。这一大群房客与员工穿越一个个房间,像是到白宫的日本观光客,什么都要看一下。

他们没有发现罗登巴尔。不管是死的还是活的,一点痕迹也没有。

"他不在屋里。"上校告诉大家,"看来他自己先走一步了,但是我不知道原因和方法。"

"也许他去寻求帮助了,"卡洛琳提议,"但是他独自一人?在半夜里?没有对任何人说?"

"这很难令人相信,"布朗特-布勒同意,"但是我们已经找遍了每个地方,如果他不在这里,一定在别的地方。这是基本的逻辑论点,不是吗?"

"除非……"

大家都望向卡洛琳。

"除非他发生了什么事,"她勉强说出来,"而且他和……"

"和?"

"和其他人在一起。"她说。

"其他人。"有几个人重复她的话，很是困惑，然后先前错失了上面两层楼的搜寻，而在一楼玩游戏般自己坐轮椅晃过一个个房间的迪蒙特小姐说："哦，当然。其他受害者。"

"事实上，"克雷格·萨维奇说，"我想过这一点。"

"你想过？"他的太太说，非常惊讶。

"这像是一个有强迫症的凶手会做的事，把所有受害者聚在一起。所以我看了后门，我们摆放尸体的地方，而他们还在那里。"

"没有人碰过。"有人说。

"就我所见到的是如此，我们用的那些草地长椅，每张上面都有具尸体，上面盖着床单。事实上，因为积雪，我无法保证尸体甚至床单还是原来那样。不过那是我们昨天摆放的样子，而今天看起来也还是那样。雪地上有三张草地长椅。"

"三张。"有人说。

"没错，三具尸体，三张草地长椅。"

"应该只有两具尸体。"柯利布里太太说。

萨维奇转动眼珠。"一个是乔纳森·拉斯伯恩，一个是奥里斯·柯贝特，第三个是厨师。我还是不知道她的名字，但是她是第三个，而且——"

"奥里斯掉到了桥下。"有人说。

"所以我们把他留在了那里。"另一个人说。

最后这句话让伊尔琳·柯贝特发出一声条件反应式的叫喊,但是没有人特别在意。"我的天,"克雷格·萨维奇说,"我想是三起命案,三具尸体。但是如果奥里斯还在谷底,这意味着——"

他们全都跑过去看这到底意味着什么。

三张草地长椅,三具尸体裹在床单里,覆盖着雪。他们聚集在周围,没人有胆量掀开长椅上的床单,看看里面是什么。"哦,谁来做些什么吧!"卡洛琳叫道,上校清了清喉咙,抓住一张床单猛地掀开,雪花四散飞舞,露出乔纳森·拉斯伯恩被冻僵的尸体。

第二张床单也同样掀开了,露出的是死去的厨师。

"我受不了了。"卡洛琳呻吟着,上校掀开第三条床单。有人尖叫起来,但不是卡洛琳。她最糟糕的恐惧没有实现。

因为虽然第三张椅子上确实有具新尸体,但不是她的朋友伯尼·罗登巴尔。

是戈登·沃波特。

是罗登巴尔干的。

这是明显的共识。伯尼·罗登巴尔显然是个疯狂的连环杀手,向众人宣布了他的第四个受害者。他假装带头进行调查,同时等待机会为他的连环谋杀添上新的受害者。

"这不可能,"卡洛琳说,"你们不认识他。他是个善良、高尚的人。"

"他证明了拉斯伯恩先生是被谋杀的,"西西·艾格伦廷记起来,"那时我们全都认为那是意外。他为什么要这么做?"

"让别人不要怀疑他。"她的丈夫提议道。

"但是没有任何人怀疑。奈吉尔,"她说,"直到他告诉我们那是谋杀。你觉得会不会……"

"不,"他肯定地说,"不,亲爱的。根本就不是流浪汉干的。"

"罗登巴尔确实指出拉斯伯恩是被谋杀的受害者,"上校说,接下了话题,"而且他甚至挺身带头调查,如果我们的业余努力担得起这个称号的话。这人面颊上一片血红!"

好几双眼睛转向沃波特,眼睛的主人只听懂了上校这话的字面意思①。但死人的面颊上没有血迹。然而,他的喉咙上有勒痕,显然是被勒死的。

"而现在他走了,"鲁弗斯·奎普说,"消失了,人间

---

① 上校的意思是指伯尼厚颜无耻,但大家以为是在说沃波特。

蒸发。"

"为什么？"卡洛琳追问。

"为什么？"

"是呀，为什么？如果他是这个残忍的杀手，一边敲死人，一边还假装调查，他为什么要放手逃跑？有人看到他杀了沃波特吗？"没有。"我们都没有任何理由怀疑他。所以他为什么不留下来，继续玩游戏？"

有人问她想要得出什么结论。

"真相，"她说，"伯尼在这里的某个地方，一定在。他不会杀任何人，而且他不会扔下我独自离开。"

"如果他还在这里，"达金·利托费尔德说，"也许你能够为我们指出他在哪里。"

"我以为他在第三张长椅上，"她说，"你们其他人也都是这么想的。结果发现是沃波特先生时，我们都非常惊讶。"

"我也很惊讶，"米莉森特突然说，"但我不认为那会是伯尼。我以为那是奥里斯。"

每个人都看着她。"奥里斯死了。"她父亲耐心地说。

"我知道。"

"他在峡谷底下，"她母亲插进来说，"你认为有人会不辞辛苦去移动他吗？"

"我以为他是走过去的，"米莉森特说，"你知道人有时候会梦游吗？嗯，或许有时候他们死了也会这样。电影里很常见。"

"你不应该看那些电影,"克雷格说,但是卡洛琳睁大了眼睛,双手伸开挥舞着。

"梦游,"她说,"就是这样!伯尼一定是睡觉时梦游了。"

"而且当他在梦游时,"鲁弗斯·奎普喃喃道,"他还进行了某种梦中勒杀。"

"他一定是认为他要去求助,"卡洛琳继续说,"而他一定忘记桥已经断了,而且——大家往这边来!赶快!"

她跑出去,他们也跟着出去。

"看!"

他们已经在看了——看峡谷底下一个皱成一团的东西。它躺在离另一个扭曲的形体几码远的地方,后者是奥里斯·柯贝特未被雪覆盖的部分。新的扭曲形体上面有少许积雪,但是没有多到完全模糊了身影,可以见到长裤、外套和鞋子。

"那是他的外套,"卡洛琳叫道,"那是他的长裤,还有他的鞋子。哦,我的天,那是他!"

关于接下来该怎么做,有相当多的讨论。有人认为罗登巴尔可能还活着。虽然同样是摔落,奥里斯跌断了脖子,但峡谷的新受害者着陆的方式可能不同,也许只是断了几根骨头后昏迷过去。但是他会因为暴露在外而死吗?或者他仍然还活着,只要行动迅速或许就可以避免他因为低温而死?

"在你们救他以前,"伊尔琳·柯贝特顽固地说,"你们一定要先救奥里斯,奥里斯是先掉下去的。"

"但是奥里斯已经死了。"有人指出。

"那不是问题,"伊尔琳说,"关键是要讲求公平。"

"等一下,"卡洛琳说,手指着,"那是什么?"

"什么是什么?"

"像是有东西刺穿了他的外套。你看到了吗?像是钓鱼竿。"

"可能是根树枝,"有人说,"或许树枝被他摔落的力量折断,跟着他掉落,最后掉在他身上。"

"在我看来不像是树枝。"卡洛琳说。

"不是。"上校同意,从他的外套口袋里拿出一副双筒望远镜。他透过望远镜观看,旋转旋钮调整焦距。"哎呀!"他说。

"那是什么?"

"奈吉尔,"他说,"看一下,来啊。"然后他将双筒望远镜递给艾格伦廷。

"哎呀!"奈吉尔·艾格伦廷说。

"的确。"

"那不是——"

"我相信是,没错。"

"骨质把手安装在钢刀上,还裹着铜线,我看来也很像。"

"没错,是呀。"

"末端较细的刀柄,有一点闪光。"

"一点闪光,是呀。"

"还有刀刃。虽然只能看到两英寸,但那是……"

他的手在空中做成扇形。

"波浪状,"上校说,"没错。"

"我说是。"奈吉尔说。

"但你没有说,"卡洛琳叫道,"或者你们真的说了,但我无法理解你们说了些什么。那个从伯尼身上穿出来的是什么?"

"那应该是一把马来短剑。"奈吉尔·艾格伦廷说。

"褶痕[1]?你是说那是他外套上皱褶部分的阴影?在我看来不只是那个而已。"

"K——R——I——S。"上校说,"那是一把短剑,马来联邦的传统武器。我过去见过,在沙捞越[2]、槟榔屿[3]和

---

[1]褶痕(crease)与短剑(kris)的英文发音相同。
[2]沙捞越(Sarawak),马来西亚州名,位于婆罗洲北部。
[3]槟榔屿(Penang),马来西亚岛屿和州名。

其他东方地区。如果你遇见一个家伙鬼鬼祟祟带着一把那玩意儿游荡,你就知道他没安好心。"

"我从来不知道那是什么,"奈吉尔插嘴道,"直到上校跟我说明。那是跟房子一起买下的,你知道,就像其他所有装饰一样,我们买下这个地方时就已经挂在了墙上。我认为那就是我们的马来短剑——虽然在这种光线和距离下,我无法百分之百确定。但是这看起来像是有人拿了剑,刺入了罗登巴尔先生的身体。"

大家的反应正如你的期望——很奇怪,卡洛琳·凯瑟小姐除外。除非你很仔细地观看,否则就不会注意到,但是有那么一刻,她的神情真正地放松了下来。

22

至少这是我猜想当时发生的状况。

哦,行了吧。你不会真的以为那就是我吧,对吗?在峡谷底下?别告诉我你以为我惹上了那种过时的身体穿刺狂热,而马来短剑就是我的时尚宣言。

不,当然不是。离奥里斯·柯贝特几码远的扭曲躯体不是我。那是个假人——请别当笑话——用我的衣服塞了从乔纳森·拉斯伯恩的房间拿来的枕头,迅速制作完成的产物。我从先前注意到的墙上取下了马来短剑,从我那件无辜的皮外套背后刺下去时,心中还有些悲痛。我在碗盘橱里找到了一卷钓鱼线,然后把渔线的一端绑在假罗登巴尔身上,将它——他?——放到峡谷底下。

我割断了线,将手上的那一端丢到深渊里,估计应该没有人会看到。我当然也看不到,那时我也很难看清楚假人;我在布置这些场景时,周遭一片漆黑。而我那支随身带着的手电筒是在黑暗的公寓里窥看抽屉和保险柜用的,而不是用来察看几乎不见底的溪谷的。手电筒微弱的光抵达谷底的时候，大都已经消散了。

我这样做有个理由。

而且是很好的理由。这不仅是一种像汤姆·索亚那样，想出现在自己丧礼上的冲动，或是像马克·吐温那样，想要确认有关我死亡的报道，真的是夸大其词。

如果我死了，我就可以自由地四处行动了。

公认死亡，即被一般人认定为死了。如果每个人都理所当然地这么认定——我毫无生命迹象地倒卧在溪谷的冰冻河床里——我就可以在这个地方四处走动，没有人会怀疑我在哪里，以及我在做什么。

因为这种逼仄感快要把我逼疯了。

乍看之下，我在加特福旅舍会感到拘束似乎相当奇怪。我是个纽约人，我也不像蒙大拿州的大农场主一样需要那么大的空间。我住在一间单室小公寓里，而且在一家杂乱拥挤的书店里消磨白日时光，每天搭地铁列车来来去去，经常和我的市民同胞并肩挤在一起。

另一方面，加特福旅舍的房间比任何人知道的都要多，有好几英亩的土地，四周有广袤的乡野。这片广阔之地只有零散的几个房客和少数员工，而且这个人类团体的人数还每天都在减少。我为什么还会有幽闭恐惧症？

嗯,你看,在纽约你四处见到的都是陌生人。他们不认识你,你也不认识他们,所以即使你像沙丁鱼一样挤在高峰时段的地铁里,你其实还是单独一人。大家都是匿名的,只是没有隐身。

所以我习惯于在城市里奔走,冲来撞去,在办公室和住家里溜进溜出,不一定总是让房主知道或得到允许。那就是我的行事方式。那也是我的谋生方式,而且当我有几回陷身杀人案件时,也应付得相当自如。

卡洛琳称我为业余侦探,如果我真算得上是个侦探的话,那肯定是业余的。但在另外两个领域我算是内行人:偷盗和卖书,我也知道业余和专业人士之间的差别,扮演侦探时我不会挂出招牌。我知道侦探做些什么——我应该知道,因为读的相关书籍太多了。他们敲门进来问些无礼的问题,检查不在场证明并搜集证据,还会做一大堆我不怎么在行的事。

我不会这么做。我只是四处溜达,暗地里到处摸索,然后翻出一些事情,有时候事情就会解决。

但是在加特福旅舍,所有的人就在那里。根本没有把嫌疑犯聚集在一起的必要,因为他们不会分散得很远。事实上是无法走远。桥没了,电话线也断了,整个地方都被埋在深雪里。

那么我做了什么?嗯,我尝试了像个真正的侦探一样处理这种状况,逐个询问,但是没什么进展。即使如此,到一天结束时,我脑海里还是多了几个念头在嗡嗡作响。我甚至对凶手的身份有强烈的预感,但是看来又不太可能。我需要更多的信息,但这些人全都在这里,让我没有办法获得信息——哪怕我看着他们的行动,他们也盯着我的一举一动。(谁又能够责备他们呢?就他们所知,我是杀人凶手,而他们是我名单上的下一个人。)

所以我采取了不同的做法。当屋子里的其他人都睡着时,我拿着手电筒偷偷摸摸地四处走,就像第欧根尼①寻找不诚实的人那样。但在这么做之前得先假装我已经死了,在一个不方便进行检查的地方留下一具明显的尸体。这让我有机会在白天也能继续鬼鬼祟祟地行动。

在我们关掉各自的床头灯之前,我把心里的想法解释给卡洛琳听。起初她以为我要躺在谷底装死,而她很担心我会得重感冒,最后变成肺炎。

"我甚至可能会被冻死。"我告诉她。

"那就不要这么做,"她说,"为什么要冒险,伯尼?这不值得。"

我告诉她在谷底的不是真正的我,这消息让她安心了,我把整个流程告诉她几次之后,她说她已经彻底记清楚了。"最难处理的部分,"我说,"就是要让人到峡谷看一下。"

---

①第欧根尼(Diogenes,前412—前323),古希腊犬儒学派哲学家。

"为什么我不干脆说:'嘿,朋友们,他可能掉到谷底了?'"

"可能行得通,"我同意,"但是最好是有别人能想到。"

"所以他们才不会认为是骗局。"

"没错。"

"我会想办法,"她说,"我们四处走动搜寻整幢房屋时,你会躲在某个地方吗?"

"像只虫子躲在地毯里一样舒服。"我说。

"可还有好几个小时。从现在到那时,你要做些什么?"

"布置舞台,"我说,"去一些地方,做一些事情。"

"去哪里?做什么?"

"这里和那里,"我说,"这个和那个。"

"而且你不想告诉我凶手是谁。"

"直到我能确定。"

她打了个呵欠。"要不是我这么累,"她说,"我会跟你争论这事的。你不累吗,伯尼?"

"筋疲力尽了。"

"我可以问一个蠢问题吗?你怎么能够整夜不睡觉,在黑暗里鬼鬼祟祟?你明天就累死了。"

"别管明天了,"我说,"我今晚就会累死了。"

"所以何不干脆别管了,伯尼?好好地睡一觉。睡晚一点,明天白天可以打个盹儿——如果到时候警察还没有出现——你明天晚上就可以熬夜了。"

"你在诱惑我。"

"所以呢?就做每次我遇到诱惑时会做的事。"

"投降吗?"

"嘿,"她说,"那对我有效,伯尼。"

我说我会让身体决定。我阅读了几分钟,然后关上了灯,有一阵我几乎就要睡着了,但那个时刻过去了,而我知道不会再发生了。不过在我离开床前,我得等卡洛琳睡着,舒服地窝在墨菲斯[①]或莫莉·柯贝特的臂弯里。

然后我在黑暗中穿上衣服,离开了房间。但是我已经告诉过你这部分了,不是吗?

我有事情要做,而且很忙。第一站是小乔治房,在走廊的另一端。我不担心有人会看到我,因为我所做的事情没那么可疑。大不了就说我在找一间没有人的浴室或是伸伸腿脚,但是我没有遇见任何人,所以没什么关系。

唯一不好解释的事情是打开拉斯伯恩房间的锁进到里面;为了降低被人发现的机会,我尽可能减少这项工作所需的时间。先前我已经用自己的钥匙试了这把锁,如果有用的话我也不会太惊讶。其实,这些旧式房屋的钥匙经常可以互

[①] 希腊神话中的梦魇。

换着用，尤其是锁本身已经非常老旧而且磨损严重的时候。

钥匙没有用，我把锁撬开了，而且比转动钥匙多花不了多少时间。我闪身进去将门关起来锁上，正想摸弄电灯开关时，停了下来。没有必要让灯光从门底漏到走廊上。一般人永远不会注意，但我们中间有个杀人犯。他是可能会留意的人，而我最想避免的就是引起这个人的注意。

我大约待了一个半小时，彻底搜查乔纳森·拉斯伯恩的物品，寻找他可能遗留下来的手稿。我发现了足以让我感兴趣的东西，这时整幢屋子应该已经入眠。然后我抓取了衣橱里的衣服，从床上拿了枕头离开了房间。

想起马来短剑时，我正要往楼下的门口走，只隐约记得剑在哪个房间，但是不确定该怎么走。我有点想拿其他国家的产物代替，比如说南非的长矛，或是剑角羚羊的角。不过还是在适当时机找到了马来短剑。接下来，我搜索了一间餐具室，找寻麻线或绳索，结果顶多只能找到一卷棉线球。在我看来这线不太牢固，然后我又找到了钓鱼线，把两种线都带走了。

我需要用钓鱼线将假人放下去，但棉线在缝合假人的时候派上了用场。我用枕头将拉斯伯恩的一些衣物进行填充，然后将他的一双鞋带绑在裤脚的地方，再把外套的衣袖口绑上我自己的一双手套（就算他有手套，我也没找到）。我没办法把头弄得像真的一样——那只是一团衣服，用线绑成圆形——结果像个稻草人一样虚假，现在想起来还真挺像稻草人的。

我提醒自己没有人会仔细查看它,但我还是重新绑了一次。我用一件深色衬衫围绕在顶部,让它看起来像是顶部的深色头发,底下是看上去应该像脸部的白色汗衫。把这个蠢货降下去是一件说起来容易做起来难的事,而且还因为以下原因而变得更加困难:(一)我趴在峡谷边,双手伸出去,嘴里还咬着手电筒;(二)我依然非常害怕摔下去。另外也得慢慢地将假人放下,因为我知道它的制作方法有多么不专业。如果遭受重击,它肯定会散掉,虽然真人从高处掉下去也会四分五裂,但我觉得依目前的状态,结果不会令人信服。

于是我缓慢小心地降下这个假人,忍住落地之后想拉扯钓鱼线调整位置的冲动。接着抛弃了钓鱼线,将小手电筒从嘴上拿到手中,看着我的杰作。

这可以骗得了人吗?

很难说。它骗不了我。怎么可能呢?毕竟我很清楚那是什么。当然,它看起来像是一团破布,但是可怜的奥里斯死后的躯体也很像。它看起来像尸体吗?

如果有路过的动物用脚搔弄,就像疯狂的洗衣妇一心要分开白色和有色的衣服一样,那最终就会不像了。

如果有任何人真的仔细观察,那就不像了。

另一方面,万一我的小伎俩被人识破了,会怎么样?在我看来,符合逻辑的假设应该是我造了这个假人。我为什么要做这种事呢?显然因为我是"谋杀犯",因为我很着急,一心想拖延别人的追查。

在这种情况下,他们会假设我已经离开了旅馆,而就我的意图而言,这是除了死亡之外的次佳选择。

不过,没有时间思考了,没有时间忧虑和寻思。我还有事情要做。

我非常忙。

我先前在奥古斯塔姨妈房里躺在卡洛琳身边时,一度都快睡着了,但是一旦起身穿衣,我的精神又来了,而且持续了很久。东方天空开始显示出迹象,表明永恒的黑夜并未降临这个星球,这时我还精神奕奕。确实会有黎明破晓,而我似乎正好能赶上晨曦的到来。

我注意到东方的微光时,离加特福旅舍的前门大约有五十码。你或许以为这般景象会让我振奋,但其实只是让我警觉到时间不早了,而且提醒我已经几乎二十四小时没睡了。我浑身又冷又湿,并且精疲力竭,如果不赶快钻到温暖的床上,很可能会在半路上晕睡过去。

我走完余下的通往前门的路,经过遭人放糖破坏的吹雪机,以及红色的小推车。我用开锁工具将锁拨弄开,但门却动也不动。我仔细一看发觉了原因——有人将沉重的门闩插上了。

很难理解为什么。我们在这里,在一个没有人知道的地方,完全与世隔绝,还遭大雪围困。即使西西·艾格伦廷一直执着于她那几乎已成格言的论调——有经过的流浪汉存在,我却有预感离此最近的贫穷徒步旅人,正在波士顿广场向路人乞讨,筹措到迈阿密的巴士钱。所以,为什么要把门拴起来?

我猜是出于习惯。我先前出门,前门就已经拴上了,显然有人在夜里经过,注意到我留下没拴的门,便把门栓推了回去。

总是还有厨房门,可能拴上了,也可能没拴,但我没有去查清楚。在我到达厨房前,事实上正在我刚经过三张草地长椅和上面承载的可怕负担时,我来到了一扇镶嵌了玻璃的门廊。那是可以享受阳光,却不必忍受新鲜空气的房间。门上装满了小片玻璃,而且这种门上没有太多可装设固定装置的地方,任何想进来的人都可以打破玻璃进来。所以门锁是什么样你应该能想象得到。一个聪明的女人用根发夹就能打开。我用了我的开锁工具。这扇上也装有门栓,是那种钩状扣式的。只要拿张皮夹大小的塑料月历卡伸进门与门框之间,然后向上一拨,让钩子离开钩眼,就能打开,我就是这么做的。

我进来后锁上门,将钩子扣回钩眼。随即,我见到三张草地长椅,每张都承载着我们这个小团体的过世成员,我低头表示敬意。然后轻松地离开了这间小日光浴室,开始穿越这些迷宫似的房间。

屋子里并非完全寂静。可以听到一些奇怪的叽叽喳喳声,偶尔还有脚步声。有那么多人同在一个屋檐下,几乎不太可能有一个时刻会没有任何人发出任何动静。如果这意味着我在回到拉斯伯恩的房间以前,有可能遇见谁的话,同时也意味着我自己也完全可以踏错脚步,撞到发出叽嘎声的桌子,而不至引起怀疑。如果有人听到我的走动声,那也没关系,只要没有人清楚地见到我就行了。

于是我保持侧身躲在阴影里,进入每个房间前都先察看一番。楼梯和楼上的走廊是危险区域,既开放又没什么躲藏处,我打算用最少的时间穿越过去。

我上楼梯走了约三分之二时,才突然想起,三张草地长椅?

我继续走。

为了节省进出时间,我没有锁上拉斯伯恩的门,认定没有人会刚好过来改变现状。我进了房间,关上门,然后集中精神拨弄,将锁锁上,基本上和开锁的过程一样,虽然可以理解一定会少了些刺激。这让我心里有事可想,不会去思索第三张长椅的含义。但是这没花多少时间,而把小门栓推回去根本不费时间,于是我便安全地藏在了拉斯伯恩的房间里,有的是时间考虑那第三张长椅为什么会在那里，而上面又会是谁的尸体。

我寻思着自己为什么会没有察觉到三张长椅。嗯，我告诉自己，我度过了漫长的一天和一个忙碌的夜晚，确实是精疲力竭了。而且说我没有注意到长椅，也并非完全正确。我显然注意到了，否则我现在也不会为此烦恼了。我真正没有注意到的是多了一张上面有尸体的长椅。

这意味着什么？

或许这一点意思也没有。或许那里本来就一直有三张长椅，其中两张被迫承载了拉斯伯恩和厨师的尸体，而另一张上则是完全无关紧要的东西。比如说草堆和园艺用品。也许三张长椅原来就都堆满了杂物，其中两张上面的东西被移到了第三张长椅上，接着放上尸体，然后三张都盖上床单。

我判断这有可能，但不太像。看来最可能的情况是第三张长椅和其他两张一样，上面有具尸体。

但会是谁呢？

答案可能必须等待才能知道。就我所知，那可能是任何人的。我可以确定排除的唯一的人是伯尼·罗登巴尔。我最后一次见到他，可怜的家伙，他是在谷底。

我需要的是睡上一小时。

嗯，不对。我需要的更多，应该是八小时，但那是不可能的。既然如此，只能退而求其次，一小时左右的睡眠至少能让我的工作效率高一点。这当然没有办法让我养精蓄锐，让我在玩这场游戏时有最佳表现。但没有关系，毕竟我并没有计划要开车或操纵机械。我只想要解决几桩谋杀案，然后回家。

拉斯伯恩的财物似乎不包含旅行用的闹钟。而加特福旅舍也不是那种你能够通知前台、请他们打电话唤醒你的酒店。我想我或许可以躺在床上闭着眼睛休息，但不睡觉，不过我马上就知道了这不会奏效。

所以我干脆放弃，随它去。我通常睡得很浅，要是卡洛琳发出警报，我应该会醒来。嗯，如果没有的话，我应该能听到他们关门的声音。门闩能让他们进不来，而他们不会想到是拴上了，他们会以为是钥匙没用，而这时候……

我不知道我以为接下来会发生什么。因为我想到这个地方的时候已经睡着了。

我睡了一个半小时，没有什么特别的事情吵醒我。可以听到一些声音——人的走动声、楼梯的吱嘎声、老旧水管发出它本该发出的声音——但是这些都没有嘈杂到足以吵醒人。不过有人说每个人都有自己的生物钟，而显然，我的"闹钟"有效。

我在门旁倾听，很肯定卡洛琳还没有展开她的行动。由于无法察觉任何不寻常的事情，所以我拉开门闩，想轻轻推门打开一条缝，当然我无法办到。因为我将门锁上了。现在我可以将锁再拨弄开，一两分钟后再锁上，但为何要这么做？因为这样我可以看到鲁弗斯·奎普摇摇摆摆穿过走廊去浴室？这似乎不太值得。

我抓了把椅子，坐在上面。我想，如果有一对无线对讲机就简单多了。我可以呼叫卡洛琳起床，然后开始行动。她一开始动作，我也就可以行动了。我可以展开工作，我可以做事情，我可以到浴室。

啊，是了。那就是本·富兰克林从乔治·赫伯特[①]那里偷来的一些东西："由于缺枚钉子，马蹄铁便没用了，由于缺块马蹄铁，马便没用了，由于缺匹马，骑士便没用了。"我不知道有多少骑士——以及多少战役和战争——真的因一枚钉子便失败，但是我曾经偶尔寻思，历史的进展有多少时刻仅仅因为某个人想去小便，就改变了方向。我不知道这种结果会不会比马蹄铁缺了枚钉子还要悲惨，但我觉得这种情况比较常见。

如果加特福旅舍对古雅气氛的费心关注包括了床底下的夜壶，那就太好了。但是即使真有这种东西存在过，那也已经被小乔治房以前的某位房客带回家当成有盖汤

[①] 乔治·赫伯特（George Herbert, 1593—1633），英国十七世纪宗教诗人，玄学派代表人物。

碗了。

当然，如果卡洛琳能不要再梦想她那难以企及的女仆，而是为她失踪的最好的朋友发出警报，问题很快就可以解决。一旦所有人都聚在一起，我要做的就只是等到这一群人到楼下去，然后就可以到浴室了，但是在那之前，踏到走廊上都还不安全。

而事实上，人到底可以忍耐多久？

我不想继续耗在这个问题上，这是不太有礼貌的谈话，但我也不想引起你们好奇寻思。

所以我可以就这样说明，有那么一刻，我开了窗拿了一只原本属于乔纳森·拉斯伯恩、而他今后不会再用到的鞋子，伸到窗外。我将鞋子翻转过来，然后又拿进来，关上窗户。

就是这样。现在我只要等卡洛琳醒来就行了，希望她没有忘记她应该做的事。首先，我们两个人在早晨都不是处于最佳状态，而且卡洛琳前一晚多喝了那么一点麦芽威士忌。我可以想象她会奇怪我到哪里去了，然后耸耸肩抛开这个疑问，一头栽进丰盛的早餐里，像是燕麦粥里的苍蝇，或者诸如此类的英国传统料理。

"你的那个丈夫罗登巴尔在哪里？"

"你是指伯尼？咦，我没有……哦，我的天，我们要去找他！他失踪了！"

她会做好的，我向自己保证。而在她开始之前，我只能等待。

没问题。我有东西可以读。

结果,一点问题也没有。卡洛琳确实醒来了,而且记得她的台词,还成功地将她佯装的惊慌传染给了屋里的其他人。我的门(或拉斯伯恩的门,或者也可以称之为小乔治的门)在他们过来时,已经打开了门闩,但还是锁着,让钥匙一转就轻易打开了门锁。

"没有人在这里。"奈吉尔·艾格伦廷宣布,然后众人聚在一起,准备到别的地方去。我在这群人里分辨出不同的声音——卡洛琳的声音像是在惊恐的边缘,利昂娜·萨维奇则喃喃说着安心的话——然后达金·利托费尔德的声音像个破钟般响起来。

"别这么快,"他说,"没有人检查过衣橱。"

"别麻烦了,"卡洛琳迅速地说,"他不在这里。他在衣橱里要做什么?"

"让体温降到室温,"利托费尔德说,"如果他死了,一定会有人把他藏在某处,而衣橱是个好地方。如果这个房间值得查,那衣橱也不例外。"

"让我来,"卡洛琳说,"伯尼?伯尼,你在里面吗?"

"如果他死了,"利托费尔德告诉她,"你要等到回应可就要很久了。为什么不打开门?"

"门卡住了。这真荒谬,他不在这里,我们在浪费时间,而他可能——"

"卡住了?"利托费尔德用表情丰富的声音说出这个字眼,明显在表示无法打开衣橱的门不仅显露出身体虚弱,还透露了心灵与道德上的衰弱。"让我们看看到底是怎么卡住了。"他说,并且一下子打开了衣橱的门。

23

传来了一声可能是卡洛琳松了口气的声音,然后是利托费尔德失望的轻哼声。"什么都没有,"他宣布,"只有可怜的拉斯伯恩的衣物。他净买些垃圾,不是吗?"他吸吸鼻子。"里面闻起来有点臭,像是有人在他的鞋子里撒尿了。可能是那只该死的猫。"

"拉菲兹受过上厕所的训练。"卡洛琳说。

"那很好。无论如何,要是这里面有具尸体变臭,那会比这个难闻得多。我们在浪费时间。"

然后他们离开了。最后一个人关上了门,很明显的没人费心去上锁,这可以替我省下一两分钟,并且减少了我的工具损耗。

我又等了一分钟,确定没有人会回头再看一眼,然后从床底下爬出来。

* * *

看吧，根本就不用担心。你没有被愚弄。你已经知道在众人看到溪谷底下的假人时，他们还在找我。所以利托费尔德打开衣橱时，你的心头没有突然一紧。

卡洛琳倒是吓了一跳。她确定我在拉斯伯恩的房间里，因为我跟她说了我可能会在里面。他们很可能根本就不会搜寻这个房间，但是我告诉她，即使他们察看也不会发现我，因为我会藏在某个地方，可能在衣橱里。

我不知道我为什么会藏在床底下。或许是因为我不愿意和拉斯伯恩的鞋子分享一个密闭空间。更有可能的是我想起了这几年来躲藏过的衣橱，想着如果再玩一次这种老把戏是否会把运气用完。我先前已经到过拉斯伯恩的床底下一次，寻找那并不存在的夜壶，因此知道我挤得进去，而且很舒适。所以我就在那里了，而且感觉不赖。

如果我事先想到的话，就会让衣橱的门大开着，他们不必越过门槛就能够知道房间里没人，看一两眼就会离开。但如果我关上了衣橱的门——拉斯伯恩的鞋子和这个举动或许有些关系——就足以引起利托费尔德的兴趣。卡洛琳以为我在衣橱里，所以让门关着。对我来说，我希望他们打开那该死的衣橱，然后满意地离开，以免有人动起要看看床底下的念头。

后来，当他们发现三张草地长椅上的尸体时，卡洛琳甚至不必假装也非常害怕。因为如果我不在拉斯伯恩的衣橱里，她也不知道我在哪里，我就完全有可能会在其中一张草地长椅上。

他们一检查完卧房，就在一楼展开了对我的搜寻，这时便轮到我占了上风——翻乱他们的卧室。我用和多年前几乎一样的方式，一扇门接一扇门地开，那时有个叫路易斯·刘易斯的家伙卖给了我一把万能钥匙，可以打开塔夫旅馆的每一扇门。我曾经考虑每回偷袭五六个房间，每次间隔一两个星期，但这是过去的想法，当时青春之火在我的血液里燃烧。我迫不及待。我想要立即的满足，一刻也不想等待。

所以我在塔夫旅馆用专门为此选择的姓名登记住宿，并且让一位侍者把我的两个大行李箱搬到房间。我在下午三点入住，第二天早上七点离开，而那时我已经比《圣经》里的基甸去过的房间还要多了。塔夫是一家规模庞大的旅馆，不可能偷袭每个房间，但是我尽了最大努力。我会走到门前轻轻敲门，等一会儿再敲一次，然后开门进去。搜寻旅馆房间花不了多少时间——房客待在里面的时间不够久，不会累积一大堆杂物——所以只要检查抽屉和衣橱，翻遍行李，然后翻寻衣橱里衣服的口袋就可以了。

经常没有什么东西可拿。但我偶尔会发现一些值得偷的珠宝，而有时候会找到现金。晚间稍早的时候，我去的房间大部分是空的，但是随着夜深人静，房客都回到旅馆上床睡觉。有些人会对我的敲门声咆哮或是前来应门，只要道歉便可以让他们回到床上；有些人没有听到我敲门，也没听到我打开他们的门，在他们铺了地毯的地板上蹑手蹑脚地走动。房客在里面时我的造访比较短暂，但是也比较有收获，因为如果他们在家，他们的皮包和皮夹也在，我也不必费力翻寻。

然后回到我的房间藏好我的收获。再次出动，手里拿着我的万能钥匙，就像圣诞节早晨的孩子般急切，好奇下一个漂亮的包裹里面有些什么。

啊，年轻！第二天早晨我离开时，抛弃了昨天为我的行李增添重量的电话簿，两只箱子都装满了丰富的收获。我不知道在数过现金，并且卖掉了赃物后，我最后能得到多少，但那肯定不会比如今我从一次不错的邮票或钱币收藏买卖里获得的净利要多，不过那还是一次相对成功的夜间工作。我觉得自己像个英雄，一个名副其实的窃贼。我可以夜复一夜，不只完成一件工作，而是完成几十件。

当然，如果你有把钥匙的话，就没有多大困难。

但这一次我没有钥匙，而毫无疑问，钥匙能够加快工作的速度。无论你使用拨弄和探测工具开锁有多快，有了钥匙都会更快。不过有几位房客忘了锁门，稍微平衡了一下游戏的整体难度。即使有点困惑，但我还是很感激。我想这其实很好——假设其他房客和你一样诚实——但是当周围陆续有人被杀死时，这种幻象不是会变得越来越难维持吗？我猜一个有教养的凶手应该还是会避免进入别人的私人领域的，但即使如此……

我着手我的工作，还得提醒自己不要偷窃——老习惯很难改掉——但因为情势相当急迫，足以让我专注于手边的事。我确定自己和其他人隔了一层楼，听到有人在楼梯上时，我便躲藏起来。他们都在一楼时，我飞快地看了一下楼上的员工区。稍后我从窗户见到他们沿着通道朝断桥那边走，便抓住这个时机进入了一楼的几个房间。

我从艾格伦廷的套房出来时，知道剩下的时间不多了。外面很冷，而且他们匆忙出去也没有穿上厚重的衣物，所以他们会想尽快回到屋里。我还指着这点呢——他们在外头觉得越不舒服，就会花越少的时间查看死去的伯纳德·格林姆斯·罗登巴尔。

但是我想看一眼那些草地长椅。

先前的声音过于低沉不清，我无法知道什么事情让他们那么激动，虽然我猜或许是因为屋后的草地长椅。那些长椅上有一具新尸体吗？如果是的话，会是谁呢？

我找到路来到日光浴室，透过窗户见到了三张长椅，而我知道我不是唯一注意到的人。覆盖的雪全都抖落在旁，遮盖他们的床单被掀开过了。

但是，哎呀，床单又盖回去了。虽然现在上面没有覆盖着雪，但是仍然遮盖了长椅上的东西。

三具尸体。在适当光线下仔细地看，我只看出来了这么多。但是最后一位受害者是谁？

我必须出去看一下，但我已经可以听到他们正回头朝屋里走，每个人都在说话，他们的声音形成不协调的一片模糊。等到我走到门外，跑到长椅那边，然后看一眼——

没有时间了。

我奔向楼梯。

回到小乔治房，我发现自己逐渐不再把这里当成乔纳森·拉斯伯恩的房间，反而当成了自己的，我坐在床沿思索下一步该怎么做，接着拿起面前的纸在上面画了张草图，有一大堆圆圈、叉叉，以及箭头。这张图代表了凶杀案发生的顺序，若看一眼我的手稿，可能会认为凶手曾经当过几何学教师。没有其他人能明白其中的意思。

我没有看着图，或者望向虚空的时候，就是在看手表上的时间。我早晚都得离开这个温暖而狭小的掩蔽处，出去面对世界，至少是在加特福旅舍里有较多人的区域出现。我的假死为我争取到了不少时间，而我又把其中一些花在了令我收获颇丰的逐房之旅中。现在我已经掌握了可能拿到的所有资料，而且已经想出了是怎么回事。

嗯，几乎想出来了。

大概吧。

现在我认为时机最重要。我不想过早采取行动，也不希望太迟。比如说,早餐之后,但要在他们分散到屋子各处之前。而且一定要在任何人可以逃之夭夭以前。

很棘手。

所以我一直看表,而这是没什么效果的动作,因为我没有办法告诉你,我要等到什么时候。于是就像这样一直坐着,我清楚地发觉,我不能让自己享有一直等到该离开的时候才走的这种奢侈。

我需要用浴室。

嗯,看在上帝的分上,这种事确实会发生。这不会在阿加莎·克里斯蒂的书里发生,我也记不得这曾对像菲利普·马洛这种世俗的家伙造成过任何困扰,但是内急时这些全都帮不上忙。

你可能会想,这个问题先前发生过,而我也处理好了,即使不怎么优雅,至少很有效。难道我不能和先前一样再做一次吗?而且最好就只是做,但别再提起了?

相信我。我宁可不去提它。而且直截了当地说,我只能说这回我需要执行的功能和先前不同,那种鞋子加窗户的伎俩就是没有用处。

我想过这个事情,在我看来,人在这种情况下的行为和他所处状态的急迫性有关。比如说,如果我在遭受战火荼毒的比利时躲避纳粹分子,我会弄脏我的小窝,并学会安居其中。但我现在没有那么绝望。我不知道谁会在我门外的走廊上埋伏,但我相当确定那不会是盖世太保。

我轻轻推开一条门缝，探头看了一眼。看不到任何人，而能够分辨的唯一的人类活动声响，是在一层楼之外。我把门再推开一些扫视一下长廊，眼角余光处捉到了一丝动作的痕迹。一般在比较不迫切的时候，可能会引发我再次确认的动作，但是我不能等。我沿着走廊跑到浴室，冲进去，然后，嗯，看在上帝的分上，让我们暂时将帘幕拉上一会儿，好吗？

谢谢，我已经觉得好多了。

我离开时当然关上了卧室门，但没有浪费时间锁门，所以回程时也就不必花时间开锁。我溜进去，长舒一口气，拴上门栓。我再度坐在床沿，尝试回忆在自然的召唤发生前，我在想些什么。

时机，这是其中一部分。还有关于一连串谋杀案的细节。一个念头浮现出来，我皱着眉头，试图将它固定下来仔细思索。我已经通过老派的推理得出了一些结论，然后拉菲兹磨蹭着我的脚踝，开始呼噜呼噜叫，我的思想列车便转向了侧线。

我拍拍膝盖，明确地邀请它跳上来，但它似乎没有注意到。它的呼噜声变大了，而且非常忙碌地用头摩擦我的脚踝，这如果不是意味着它非常高兴看到我，就是它的耳朵发痒，而这是它所能想到最好的挠痒方式。

当然，我想这两种可能性并不相互排斥。它可能耳朵痒，同时还对这个用混合猫粮喂它的家伙怀抱着坚贞不渝的情感。对我而言，我满足于发现自己很高兴见到它。所以我弯下腰将它一把抱起来，猛然放在大腿上，而它则继续发出非常响亮的呼噜声。

"乖乖，老拉菲兹，"我大声说，并且抓抓它的耳后，"昨夜没怎么看到你。你跑到哪里去了？"

它没有回答，不过它也从来没回答过。我继续看着它，拍拍它，然后想到了另外一个更令人不安的问题。

它到底是怎么进入房间的？

它可能是在我去厕所时进来的。因为在那之前，它确实不在房间里，而现在它却活生生地在这里。

但它是怎么办到的？

很简单——它跟在我后面进来。我在浴室完事后，它已经在走廊上了。我没有注意到，因为我扫视这个区域时没有看着地板，我警戒的是比较高等的生物。

它办得到吗？轻巧地跟在我身后，不让我发觉？

不，我认为不会，我应该会注意到。

我先前把门推开一条缝，或是我溜出去时，它也没办法进来。之后我就关上了门。

难道我非常不智地让门留了道缝吗？如果是这样，它就可以进来了。但是我回来时，门确实是关着的。它应该不会关门，更别说是用足够力量让门卡上、关好。

为什么我要想这么多？步骤非常清楚。一、我离开房间，以为关上了门，但没有关紧。二、拉菲兹发现有门缝，跑进来。三、一股气流让门关上了，比我离开时关得还要妥当。四、我回来，发现门关着，以为我离开时就是这样。五、我进来，关上门，拉上门栓，接着不知所措地发现自己膝头有只猫。

我想有可能是这样，然而可能性不大。然后我记起了"排除绝对不可能的事情"的老格言。这么做了之后，留下来的任何可能性——不论如何难以想象——都一定是真相。

我排除了所有其他的可能性了吗？

我打了一阵寒战，还察觉到一种我没有排除的可能性，因为我压根没想到。我深深吸了一口气，然后吐出来，我没有转头，尽可能地只转动眼睛搜寻一遍房间。接着我以我认为有力而低沉的声音说："现在该是从衣橱里出来的时候了。"

没有回应，甚至拉菲兹也没有出声。

"我说真的，"我说，却怀疑自己是否如此，"你现在可以从衣橱出来了。"

"我出不来，"有了回答，声音细小而尖锐，"我在床底下。"

然后她咯咯地笑了，这个小鬼。我站起来。我的膝头这个安乐窝消失时，拉菲兹不情愿地跳出去，十分稳当地四足着地,看了我一眼。接着就像我先前曾经做过的一样,真令人难以想象,米莉森特·萨维奇从床底下爬了出来。

24

"你不是鬼魂,"她说,"至少我认为你不是,对吗?"

我考虑了一下这个问题。"不,"我说,"我不是。"

"如果你是的话,你会告诉我吗?"

"这很难说,"我承认,"谁知道鬼会怎么做?"

"我不知道,"她说,"我甚至不知道自己是否相信有鬼。我在走廊上看到你的时候,并不认为你是个鬼。"

"为什么?"

"我不认为你死了。事实上,我认为你就在这里,在小乔治房里。你知道我父亲怎么称呼这间房吗?——'乔治男孩房'。"

"他可能不是唯一这样称呼这里的人。为什么你认为我没死?"

"因为我看到你在床底下。"

"你看到了?"

她点点头。"利托费尔德先生想打开衣橱门,而卡洛琳不想让他开的时候。我好像看到了你在床底下。我见到床下有东西,但不知道那是什么,除非我趴在地上检查一下,不过因为爸爸牵着我的手,所以我没法那样做。"

"他真好。"我说。

"然后利托费尔德先生打开了门,"她继续说,"里面没有人。然后我几乎就要说出来了。"

"我很高兴你没说。"

"'看看床底下。'我几乎要说了。但是我不想帮利托费尔德先生。我不喜欢他。"

"我也是。"

"再说,"她说,"我又怎么确定那是你?"

"可能是任何人。"

"我甚至不确定那是人。"

"这是重点。那很可能是个怪物。"

她翻了个白眼。

"嗯,也许是个食人魔。"我说。

"他们住在桥下,"她说,"不是床底下。"

"我承认我弄错了。"

"屋子后面的长椅上多了一具尸体,"她说,"我还以为那是你,所以先前我看到你在床底下一定是弄错了。但结果长椅上的不是你,而是你杀的人,所以……"

"我没有杀任何人。"

"你确定吗?"

"完全确定。"

"因为每个人都认为……"

"我知道每个人怎么想,但我没有杀任何人。"

"过去没有?你一生都没有?"

"嗯,"我说,"我还很年轻。"

她咯咯地笑起来。"我相信你,"她说,"因为你说的话很有趣。我想凶手不会说有趣的事,你认为呢?"

"不会,"我说,"鬼也不会。"

她想了想,耸耸肩。"不管怎样,"她说,"反正你已经'死'了。有人刺杀了你,把你的尸体扔到峡谷里。我不应该看,但我看了。"

"然后呢?"

"然后什么?"

"怎么样,看起来像吗?"

"我看得不是很清楚,"她说,"我猜那看起来像尸体,而且有人认出了衣服。但是你知道我一直在想什么吗?"

"什么?"

"褶皱。"

"褶皱?哦——"我在空中画了个波浪形,"是马来短剑。"

"我就是说这个。"

"我知道。它怎么了?"

"如果我刺杀了一个人,"她说,"我不会把他的尸体一路拖到悬崖，然后推下去。而如果他已经站在了悬崖边缘，我就不会刺他了，干脆把他推下去就行了。如果我出于某种原因还是刺了他，但是又想把他推下悬崖，以便装得像是他摔了下去，我就会拿走短剑，然后挂回墙上。"

"马来短剑可能是有点玩过头了。"

"我只是一直在想这个事情，"米莉森特说，"然后我开始想在床底下的应该就是你。然后我又想，也许床下的是个鬼。你知道这种想得越多就越茫然的感觉吗？"

"哎呀，当然知道。"

"每个人都回到屋里后，我等没人注意，便上了楼，将耳朵贴在这个房间的门上，很吃力地听着。"

"你听到了什么？"

"什么都没听到。"

"哦。"

"我很害怕，不敢开门。所以我沿着走廊回到自己的房间，坐在门口那边观看。我很有耐心。"

"这是年轻人少有的特质。"

"嗯，反正我能做到。你探出头时，我正在看。我很快缩回去，所以你看不到我。但是我看到你匆匆忙忙顺着走廊跑到了浴室。"

"其实也没有多快。"我记起来。

"我很确定那是你，而不是鬼。你知道为什么吗？"

"为什么？"

"鬼不必上厕所。"

"他们当然会上。"

"不会。"

"他们一定会。你收过邮递包裹吗？你打开的时候，里头不是有些东西防止里面的物品打破吗？"

"所以呢？"

"像拇指那么大的白色小东西，"我说，"别人可能告诉你那是保丽龙①。"

"那确实是保丽龙。"

"不对。"

"那么是什么？"

"鬼大便。"

我以为这会让她发笑，但是她只是翻了个白眼。"不管怎样，"她凝重地说，"你在浴室里时，拉菲兹跑了过来，然后我猜它会知道。"

"我是否是个鬼。"

"没错。所以我抓住它，带着它来到这里。本来我们都在床底下，但是你开门时，它跑出去看是怎么回事。我可以问个问题吗？"

"我不认为我能阻止你。"

"为什么你要假装死了？"

---

① 保丽龙，即泡沫塑料，具有质轻、隔热、吸音、减震等特性。

"因为我要抓住凶手。"

"你知道凶手是谁吗?"

"是的,我想我知道。"

"告诉我!"

我摇摇头。"不是现在,"我说,"但是你要告诉我一件事。"

"什么?我什么都不知道。"

"你知道最后一个受害者是谁。"

"是你,"她说,"或者至少他们以为是你。在溪谷底下。"

"那只是障眼法。"我说。

"障眼法?"

"嗯,是衣服和枕头,在下面的不是真的我,米莉森特,也不是其他任何人。"

"我知道。"

"但是有一个真正的最后受害者,"我说,"在屋子后面的那些长椅上。有乔纳森·拉斯伯恩,有厨师,第三张长椅上还有个受害者。"

"所以呢?"

"所以告诉我那是谁。"

她似乎明白了。"你不知道?"她说,"每个人都认为你知道,因为大家都认为是你杀了他,或者至少在发现你也死了之前,他们是这样认为的。但是你没有杀他,即使你自己也没有死,而且……"

"没错。"

"所以你不知道。"

"但只要你告诉我,"我说,"我就会知道。"

她看着我。

"怎么了?"

"我知道谁被杀了,"她说,带着一种唱歌般的音调,"而你不知道。你知道谁是凶手,而我不知道。"

"要谈一笔交易了,是吗?"

她严肃地点点头。

"好吧,"我说,"你告诉我谁在长椅上,然后我会告诉你谁把他放在了那里。"

"他?"

"你的意思是那是个女人?"

"也许,"她说,"也许是个女人,也许是个男人。而我知道。"

"我是要搞清楚,"我接着她的话,"而我的方法,是让你告诉我。"

"然后你会告诉我是谁干的。"

"没错。"

"好吧。"她说。

"一言为定?"

她点点头。"一言为定。"

"所以呢？"

"所以怎样？"

"所以告诉我。"

她皱皱眉。"我想你应该先讲。"

"为什么？你不信任我吗？"

她什么也没说，但这已经是明显的答案了。我可以先说，但是如果她不信任我，我为什么要信任她？我翻寻我的皮夹，寻找碎纸片，最后抽出了两张纸币，递了一张给米莉森特。

"在华盛顿头像旁边的空白处，"我说，"把受害者的名字写在那里，我也会写下凶手的名字。"

"我以为在钱上面写字是违法的。"

"如果他们为此逮捕你，"我说，"告诉他们是我的主意。现在，别作弊。不要写'米老鼠'来骗我。好吗？"

"我才不会那样做。"

"你肯定会，"我说，"我也会，但是今天不要。就这么定了？"她点点头，我写下了我最有把握的嫌疑犯，用左手护着不让人看到。我写好后，将纸币折好，再折一次，然后拿给这个孩子。我另一只手拿着她递过来的纸币，也同样折起来。我们双眼对视，然后她数到三，接着立即完成了交换。

我摊开纸币，看她写了什么。我看着米莉森特，发现她也看着我。

"你确定吗?"

她点点头,眼睛睁得很大。"我原以为会是你,"她说,"结果却是他。"

"戈登·沃波特。斜纹软呢外套,胳膊肘处有补丁,还有……"

"那是他。"

"而且他死了。"我皱着眉头,"你认为是意外吗?也许他非常后悔,就拉了一把椅子坐在他杀的两个人身旁,然后在那看着看着就睡着了,结果被冻死了。"

她白了我一眼。"不管怎样,"她说,"他的脖子上有痕迹。他们说他是被勒死的。"

"勒死。"

"有谁检查了他的眼睛吗?我很好奇他是否有细微点状出血。但是可能只有在窒息而死时才会有。等一下,勒死?也许他吊死了自己。也许他因悔恨而死——"我似乎一直执着于这句话,"——然后他在一根杆子或什么东西上吊死自己,然后——"

"然后什么?"

"然后割断绳子,走出去,坐在一张草地长椅上,身上盖着一条毯子。别在意。戈登·沃波特,看上帝的分上。你确定是他?你当然确定了。"

"而你确定他是凶手?"

"嗯,不,"我说,"几分钟以前我确定,现在我什么都不确定了。"

我站起身来走到抽屉柜旁，拿起我先前在读的书捧着，好像能因为吸收书中精华而得到力量。戈登·沃波特，我好不容易让自己相信他就是连环杀手，却被说服有其他人杀了他。

我打开一个抽屉，把书放进去。我打开衣橱门，闻到一阵拉斯伯恩的鞋味，然后关上门。

"时候到了。"我说。

"什么时候到了。伯尼？"

"行动的时候到了。你知道钱德勒怎么说的吗？当事情变得步调缓慢，就招来一群手上拿着枪的人。"

"你有一把枪吗？"

"不，"我说，"而且我只有一个人，但现在正是我发现有几条麻烦的大街要穿过的时候。我要你下楼去，米莉森特。"

"把你和拉菲兹留在这里？"

"你可以带着拉菲兹，"我说，"我主要是希望你把他们都叫到一个房间。"

"哪个房间？"

"图书馆，"我说，"那是所有事情开始的地方，也是应该结束的所在。"

25

他们全都在图书馆。

我不知道她是怎么办到的,但是她把他们全集合起来了。他们或是坐在椅子和沙发上,或是靠着墙和书架站着,或是三五成群地谈话,可能正奇怪她为什么把他们全叫来了。

我的开场白很可能就是这样的。"我想你们正奇怪为什么她把你们全叫到这里来了吧。"我完全可以这么说。

但是我没有。我只是走过门槛,并注意着他们的反应。

大家确实反应强烈。他们眼睛睁大了,下巴几乎要掉下来,有几个人变了脸色或是变得更加苍白了。迪蒙特小姐的手紧紧握住轮椅扶手,柯利布里太太抓住一个书架支撑身体,而布朗特-布勒上校的上唇少了那么一点僵硬。房间里惊叹声此起彼伏,但是没有人真的说出什么,直到莱蒂丝·利托费尔德大喊:"伯尼!真的是你吗?"

"正是本人,"我说,捏了一下自己,"看到了吗?你们不是在做梦，我也不是鬼。"

"但是你已经——"

"在峡谷底下，身上插了把马来短剑，"我说，"只不过那不是真的我。而我像这样突然出现，是想弄清楚谁是那条不吠的狗。"

这引来了一些不解的眼神。"《银斑驹》，"我解释道，"福尔摩斯觉得蹊跷的是狗没有叫。嗯，如果有人看到我出现，却不抽搐、气喘，或脸色发白，这就意味着他一点也不惊讶。而有谁会看到我仍然活着，却不觉得意外呢？就是知道我没有死的人。而除了那个没有杀我的人以外，有谁会知道得更清楚呢？"

"说得好。"上校承认，有几个人也点头表示同意我的逻辑。

然后利昂娜·萨维奇说："我没有杀你。"

"什么？不，你当然没有，而且——"

"我没有杀你，"她坚持道，"但是我看到你在这里非常惊讶，因为我看到了溪谷底下，以为那是你，并因此认为你死了。我不是那个特定的没有杀你的人，但我确实是许多没有杀你的人之一，而且我还是很惊讶。幸好我没有心脏病发作。"

"真是太好了，"我同意，"我很抱歉惊吓到你，但是——"

"事实上，"她继续逼近，"这里没有人杀了你，因为你还活得好好的。所以我不认为——"

"哦，看基督的分上，利昂娜，"克雷格·萨维奇说，"你总是这样。"

"我总是怎么样？"

"那样，"他说，虽然用词不精确，但感觉上很清楚，"你知道他的意思是什么，或者你应该知道。这个房间里有人是凶手。他杀了拉斯伯恩、奥里斯和厨师，后来又杀了戈登·沃波特，我们其他人都假设他也杀了罗登巴尔。而不管凶手是谁，他知道自己没有杀罗登巴尔。"

"因为凶手一定会记得他杀了谁。"贝蒂娜·柯利布里温和地说。

"因此他应该不会惊讶，"我说，"但是我看了你们每个人的脸色，你们全都很惊讶。"

"我知道，"西西·艾格伦廷说，她的脸色变了，"我们每一个人都是无辜的。终究还是某个肮脏的老流浪汉干的。"

奈吉尔叹了口气，而我想他不是唯一叹气的人。

"没有那么简单，"我说，"理由之一是，即使凶手知道我还活着，他也不一定能料到我会像这样突然出现。卡洛琳知道我还活着，因为我告诉了她我的计划。但是几分钟前我看她的脸，她几乎和你们其他人一样惊讶。"

"嗯，你吓到我了，伯尼。"

"我吓着了每个人，"我说，"这很公平，因为在几分钟以前——发现戈登·沃波特的事情时——也吓着了自己。而且我恐怕会吓着你们的事情还没有结束。"

迪蒙特小姐说她希望不会再有那么刺激的事情了。达金·利托费尔德翻了个白眼,对他的新娘低声说些听不清楚的抱怨,低声谈话似乎已经变成了今天的准则,直到卡洛琳大喊:"大家安静!他知道是谁干的。是吗,伯尼?"

我知道吗?我想要预留后路,含糊其辞,闲聊瞎扯。

"是的,"我笃定地说,"我知道是谁干的。"

很长的一段沉默,然后奈吉尔说:"那么,"而我知道,他们全都盯着我看。

"抱歉,"我说,"我只是觉得这么说听起来更果断一些。你知道这整个该死的事件一开始就错在哪了吗?太过于英国味了。"

"太英国味?"

"太有礼貌、太温和可亲、太喋喋不休。所以当然西西会一直希望凶手是路过的流浪汉,不然就必须得相信是我们其中一人干了这些肮脏的勾当,但我们都是如此高尚的人,所以令人非常难以置信。而我也用同样高尚认真的英式做派来调查谋杀案,起初试图扮演波洛,然后变成业余侦探,问些愚蠢的问题,寻找动机,推敲不在场证明,好像这会告诉我任何线索。"

"没有吗?"

"没有,因为这根本就不是一件惬意的英国谋杀小案。它既无情又冷酷,不能像简·马普尔小姐或彼得·温西爵爷那样轻巧地四处走走就解决。这是菲利普·马洛那种风格的案子。"

"菲利普·马洛?"上校说,"我完全不知道这个名字。"

"他是雷蒙德·钱德勒的侦探,"我说,"他很清楚鄙陋街头的事,而一旦剥除表面的虚饰,我们在这幢屋子里遭遇的事也是这个类型。我们离任何街道都有好几英里远,不论是否鄙陋,但结果都一样,不是吗?"

"我不知道,伯尼,"卡洛琳说,"看看那些谋杀工具——一开始是骆驼和靠枕,然后是油箱里的糖,还有波浪状刀刃的短剑。在菲利普·马洛的案子里,他们大都只是互相枪击,不是吗?"

"是这样,不过——"

"而且他被打到头,从楼梯上摔下来。没有人遭到枪击。除非你爬上图书馆的梯子,否则也不会从楼梯上摔下来。依照事情进行的方式,如果下一个人是被热带鱼杀死,我也不会惊讶,而你知道钱德勒对这种事会怎么说。"

"那都是细枝末节,"我说,"当你面对真正发生的事时,就会发现那其实相当直接而残忍。而且里面半条热带鱼也没有。"

* * *

"乔纳森·拉斯伯恩,"我说,"他独自一人来这里,住在小乔治房中,举止像个满怀心事的人。他在笔记本上涂涂写写,坐着写些没有人看过的信。他还盯着人看。有人说曾注意到他奇怪地盯着利昂娜·萨维奇看,但这不是因为他们是失去联络很久的恋人,或是出生时就分开的双胞胎。拉斯伯恩只是偶尔会这样试探性地盯着别人看。"

"我只猜他对人有兴趣。"西西·艾格伦廷说。

"还有另一个客人对人也有兴趣,"我说,"戈登·沃波特。他和拉斯伯恩非常不同,穿着比较随便且不动声色;拉斯伯恩则苦思冥想,惹人注目。但是他也是独自来此,对其他房客也很热心观察,他也喜欢讲一点闲话。"

"那倒是真的,"哈德斯蒂小姐想起来了,"他对每个人都有一大堆问题,而且会发表枯燥的评论。"

"不过,算得上是个令人开心的伙伴,"上校插嘴说,"似乎是个体面的家伙。"

"但他很挑食,"我说,"不是吗,奎普先生?"

"他翻拣食物,"鲁弗斯·奎普同意道,"在他的盘子上推来推去。"

我朝莫莉·柯贝特看,以便得到确认。"他一向吃得不多,"她说,"而且总是说食物很好,但我收他的盘子时都还剩下一半。这让厨师有点困扰。"

"也让我困扰,"奎普说,"我从来就不信任挑食的人。"

"嗯,这个人死了,"克雷格·萨维奇说,"所以我想我们可以原谅他胃口不佳。也许他只是很在意体重。"

"但是他很瘦。"利昂娜说。

"嗯,亲爱的,也许那就是他保持苗条的方法。抗拒像匹马一样大吃的诱惑。"

"他不是在抗拒诱惑,"奎普坚称,"他没有受到诱惑。这个人就是不在乎食物。"

"也许缺乏胃口真有某种天然的可疑之处,"我说,"或许没有。我也说不清楚。让我注意到的不是戈登·沃波特永远没有资格进入光盘俱乐部。我比较感兴趣的是他对这点说谎。"

"你是什么意思,伯尼?"

"那时候你也在场,"我告诉卡洛琳,"我想那是我们和他第一次谈话。沃波特说他已经延长了在加特福旅舍的停留时间,而且可能会进一步延长,因为食物非常可口。他甚至拍了拍肚子,而且提起了他的腰围。"

"也许他得了厌食症,"米莉森特说,"我看过一个讲这种事的节目。那些女孩让自己挨饿,但还是认为自己很胖。"

"不知怎的,"我说,"我就是不认为他符合这种说法。中年男性很少会得厌食症。不,我认为这里头涉及一个根本原则。我不知道你们有没有注意到,每当政客回答一个你没有问的问题时,他就是在说谎。戈登·沃波特基本上也是在做同样的事。他在加特福旅舍停留得比计划中要久,而没有人要他解释时,他自己却提了出来。而且这个解释还不是真的——让他留下来的不是食物。这说明有其他事物让他留下,而他想要掩饰这一点。"

"真聪明,"达金·利托费尔德冷冷地说,"只可惜你没有在他被某人在脖子上打了个结之前,跟他要个解释。"

"你说得完全正确,"我告诉他,"我做的是业余侦探通常会做的事——等到我可以绝对确定凶手是谁的时候。我想在书里这可能是必需的,否则第七十八页就要结束了。我应该硬挤进去,问一些粗鲁的问题。但是我没有,而某人勒死了他。"

上校清了清喉咙。"所以引起你怀疑的是沃波特。"他说。

"没错,"我说,"我知道当时有某个人就在这个房间里,和乔纳森·拉斯伯恩在一起。我正要回床上去,而他们就在这里面。"

"你从来没有提过。"奈吉尔说。

"对,我没有。"

"你看到他们在这里了?"莱蒂丝说,"嗯,别让我们悬着心,伯尼。那是谁?"

"灯关了,"我说,"里面一片漆黑,所以我没有看到任何人。我可以听到里面有人在谈话,但是声音太低,无法分辨说话的人是谁,当然我也不想偷听。"

"要是我一定无法抗拒,"莱蒂丝承认,"你难道一丁点儿也没有听到吗,伯尼?"

"半个字也没有,我也没有逗留很久。我累了,而且喝了一小杯德拉姆纳德罗希威士忌。此外我当时教养良好,有英国风范,那样做会很失礼。很可惜我没有更靠近一点听,或者干脆大胆地走进去打开灯。我或许可以阻止一桩谋杀。"

"或是看着它发生,"迪蒙特小姐微微喘着气说,"如果你走进去的时候,凶手正在挥舞骆驼——"

她停住,因为这个念头的恐怖而全身颤抖。

"那可能会很棘手,"我同意,"但是这并未发生,而这个周末在加特福旅舍真正发生的事,已经够棘手了。我们一开始是什么样子?在一幢完美而令人愉悦的英国乡村住宅——"

"你这样说真是好心。"西西低声说。

"——还有一群虽然有点不稳定,但是志趣相投的房客。"

这句话使上校发出表示同意的哼声。

"有两个人却似乎不太相称,"我继续说,"拉斯伯恩,带着能穿透人的目光,以及狂乱的涂写;还有沃波特,既称赞食物,又在盘子上推来推去。就像奎普先生给他的称号,一个挑食者,而且不能信任。我的第一个想法是其中一人杀了另一人。"

"沃波特先生杀了拉斯伯恩先生。"西西说。

"嗯,几乎不可能是另外一种状况。"她的丈夫指出来。

"我之前也是这么想的,"我说,"但是我无法确定。我知道拉斯伯恩是怎么遇害的——骆驼和靠枕——我也知道为什么,但是——"

"为什么?"卡洛琳追问。

"为了封口,"我说,"他来这里找人,而且知道一些事情,而他对拥有秘密的某人是个威胁。我猜沃波特有个秘密,不然他为什么要掩饰自己在这里流连的原因?所以我猜是拉斯伯恩意外发现了秘密,或是他挖了出来,而沃波特杀了他以便保守秘密。这似乎很符合逻辑。"

"你知道,"达金·利托费尔德说,"我从来没想过我会听到自己这样说,但是我应该为你鼓掌。在我听来,你好像已经破了案。沃波特是凶手。"

"但是沃波特自己也被杀了。"利昂娜·萨维奇表示反对。

"但那是谋杀吗?"

"否则还会是什么?"

"自杀,"利托费尔德说,"你同意我的这种说法吗,罗登巴尔?沃波特杀了拉斯伯恩,好让他住嘴——顺便说一下,你有没有刚好发现拉斯伯恩发现的秘密是什么?我猜沃波特不止有胃口不好这一个秘密。"

"我也是这么猜的,"我说,"而且还以为我或许会在拉斯伯恩的房间里找到提示。毕竟他清醒的时候,一直都在写笔记和信。但是除非他发现了一个很好的藏物地点,不然就是凶手在我抵达前已经全拿走了。"

"所以秘密和拉斯伯恩一起走了,"利托费尔德说,"嗯,无论如何,这有什么关系?拉斯伯恩知道一些事情,而沃波特想继续掩饰,所以他杀了这个家伙。依照常理,他应该在第二天早晨就退房回家,但是桥断了,让他无法离开。最后他非常后悔,而且可能发觉自己早晚会被逮到。谁知道他心里都在想些什么。"

"谁知道?"

"所以他杀死了自己,"他说,"选择了一条更为轻松的路——自杀了事。"

"但是他的脖子上有痕迹,"有人指出来,"显示他是被勒死的。"

"或是企图吊死自己,"利托费尔德说,"你知道那些割腕的人为什么会留下犹豫的痕迹吗?他们鼓足勇气的过程中会留下的细小的割痕。在我看来,如果你试图鼓起勇气吊死自己,也会有类似的状况。比如说你站在椅子上,脖子上绕了绳套,在踢掉椅子以前你弯下膝盖,只是想试试那会是什么感觉。绳套拉紧了,你发觉这不好玩,所以决定活下去比较简单。但那时你脖子上已经烙下了绳子的痕迹,或是勒痕,随便你叫它什么。"

"那他是怎么死的?"卡洛琳想知道,"他最后坐在拉斯伯恩和厨师旁边的草地长椅上。他是怎么死的?又是怎么到那儿的?"

"他还是想自杀,"利托费尔德说,"即使他没有勇气再用绳子。他走到屋后,坐在他杀的人旁边的椅子上。"

"如果记得没错,"上校说,"厨师在中间的椅子上,沃波特和拉斯伯恩在两旁。"

"这有什么差别?他可能也杀了厨师。或者她是因为他没有吃完晚餐而沮丧致死,而他因为让我们其他人没有像样的餐点可吃而自责。无论如何,他拉了一条毯子盖住自己,然后死了。"

"怎么死的?"

"谁知道,"利托费尔德说,"我猜他在打算吊死自己以前,已经喝得愁眉苦脸了,他离开房子以前,可能又喝了更多的香槟,接着坐在两个僵硬的人旁边。要不了多少时间,他就会打瞌睡,然后因暴露在外而被冻死。"

"这种事情经常发生。"我表示同意。

"或者他吃了毒药。他不是很清楚什么蘑菇能毒死人吗?我不认为他会跑来跑去收集雪堆下的毒蘑菇,不过他可能知道一些其他东西,能让你吃了就睡着,永远醒不过来。他也可能用毒药杀了厨师,还留下一剂给自己。"他耸耸肩,"直截了当地看,这有什么区别?他杀了人,现在他自己也死了,如果我们能找到方法离开这里,我们就都可以回家了。"

"如果是这样就太好了。"我说。

"完全没错,"利托费尔德说,"而且我已经准备好要这样做了。太阳出来了,雪也停了,所以我想这是莱蒂丝和我上路的时候了。我倒不是说来这儿一点趣味也没有,只是——"

"奥里斯!"

大声叫喊这个名字的是伊尔琳·柯贝特,而其音调和音量会让你以为奥里斯死而复生,摇摇摆摆地进了图书馆。整个房间一片死寂,我们全都盯着伊尔琳看,而她布满雀斑的脸有礼貌地泛红了。

"看在上帝的分上,"利托费尔德说,"让他安息吧,好吗?你跟你堂兄显然有一腿,而且我猜你肚子里还怀了他的种,不过你一直啼哭只会弄得大家神经紧张。那不会让他复活,而且他很可能本来就不会和你结婚,反正小孩还是会姓他爸爸的姓。这就是乱伦的好处,再有就是可以为人们提供谈资。"伊尔琳又发出一声哭喊,这回只有哭声,没有话语。"嘿,拜托,"利托费尔德说,"你不能想想办法吗,艾格伦廷?比如说,开除她,送她回家。"

如果利托费尔德想要赢得友谊,他是走错了路。男人都皱着眉头表示不满,而女人们则凶狠地瞪着他。他看看四周,耸耸肩膀,两手一摊。"一群淌血的心,"他说,"我投降了。把你的心肝都哭出来吧,亲爱的。尽情发泄。"

"伊尔琳想要说的只是，"我说，"我们不应该忘记奥里斯。是这样吧，伊尔琳？"她用力地点头。"而且她的意见很好。因为你的理论无法涵盖几项要素，利托费尔德。"

"比如什么？峡谷下的孩子？他不是很灵敏。桥断了，他一起掉下去。这很过分，但这和沃波特杀了拉斯伯恩有什么关系？"

"桥为什么会断？"

"据你的说法，有人破坏了桥。割断了部分绳索。"

"为什么有人要这么做？"

"我不知道，"他说，"为了杀奥里斯？这听起来像是很愚蠢的方法。听着，罗登巴尔，我知道你很容易四处看到卑鄙的行为，但难道你不认为那些绳子只是因为太老旧或是其他原因，才会断的吗？也许绳索本来就已经要断了，而那个孩子只是运气不好。"

"所以沃波特杀了拉斯伯恩和厨师，然后了结了自己，"我说，"而奥里斯的死纯属意外。"

"你对这有疑问吗？因为我得告诉你，这听起来很合理。"

"嗯，"我说，"我可能对这种说法有点疑问。"

"哦？"

"在我看来则是这样，"我说，"加特福旅舍已经安顿妥当，要度过漫长的冬日周末时，屋里却有两个人藏着秘密。雪开始下，深夜里两位客人抵达，凑齐了人数。"

"利托费尔德夫妇。"奈吉尔说。

"莱蒂丝与达金，"我说，"不顾这辈子遇到的最猛烈的暴风雪奋力前进。你们两位是最后过桥的人。"

"我们真幸运。"利托费尔德说。

"几个小时后，"我继续说，"拉斯伯恩死了，头部遭到重击并窒息。"

"是沃波特干的。"

我没理会这话。"再过几个小时，莫莉发现了尸体，发出警报，喊出著名的科贝特式尖叫，我们全跑了过来。奈吉尔要通知警方时电话不通了。"

"因为有人切断了电话线。"

"我们那时还没有确定这个论点，"我说，"直到奥里斯死后，奈吉尔绕着屋子走了一圈，才断定电话线被人切断了。所以，认为是暴风雪造成电话中断，而当时电话线尚未切断，并非没有可能。但是这有点牵强，所以看来比较有可能的是，拉斯伯恩的尸体被发现时，电话线就已经被切断了。"

每个人都觉得有道理。

"接下来发生的事，"我说，"是吹雪机坏了。我们假定吹雪机遭人破坏，可能是油箱里加了糖。下一件发生的事则是桥断了，让奥里斯摔落峡谷丧了命。"

伊尔琳发出了小声的啼哭，大家都充耳不闻。

"有人切断了电话线,"我说,"有人给吹雪机加糖。有人切割了吊桥的绳索。在我们知道是谁干了这些事情以前,我们就还没能解答谜团。"

"沃波特。"利托费尔德说。

"戈登·沃波特?"

"为什么不是?他是这里的恶棍。如果他能不顾一切地用铜制骆驼敲击人的脑袋,我不认为他会克制自己,不拉断几条电话线。"

"但他是什么时候做的?"我质疑道,"还有为什么?"

"为什么切断电话线?有人真是没脑子。就是要让我们无法通知警察呀。"

"所以他们就不会来调查。"我说。

"有道理,不是吗?"

"是吗?"我皱皱眉,"也许是。让我们暂时不去想它。那么吹雪机呢?为什么要破坏它?"

"所以那个什么人就无法清理通道和车道。"

"为什么他想阻止这件事?"

"答案一样。让警察没办法来。"

"但是警察为什么要过来?"

他翻了个白眼。"你知道吗,罗登巴尔,"他说,"你死在峡谷下面时,还比较懂道理。警察会来,是因为图书馆里有个死人。"

"但是电话线断了,他们怎么会知道拉斯伯恩的事?"

"也许他觉得，"利托费尔德说，"这里有人有手机。好吧，我承认吹雪机这事是有点蠢了，尤其是考虑到他已经把桥弄断了。但也许沃波特是那种同时系皮带和背带的男人。他不会冒任何风险。"

"让我们从另外一个角度来看，"我提议，"切断电话线可以让警察不能来。破坏吊桥和吹雪机则会让我们留在这里。"

"没错，"利托费尔德表示同意，"但是这一点用也没有，因为莱蒂丝和我已经准备好要离开了。"

"嗯，再留下来一分钟，"我说，"一分钟便足以解释凶手为什么要让我们全都无法离开。"

他张嘴想要说些什么，但又闭了起来，然后耸耸肩。"我不知道，"他说，"所以呢？"

"所以这很有趣，"我说，"他谋杀了一个人，然后做了些安排，让警察无法立即获得通报来此。但同时他又切断了自己的逃生路线。我们无法离开，他也不能。"

我让沉默在空气里悬宕了一会儿。迪蒙特小姐首先打破了沉默。"他让我们全都进退不得。然后他就可以慢慢来，一个接一个杀掉我们。先是奥里斯，然后是厨师，接下来是沃波特先生和罗登巴尔先生——"

"但是罗登巴尔先生活着，"哈德斯蒂小姐指出来，"而沃波特先生自己就是凶手。"

"这倒是真的，"迪蒙特小姐说，她的声音现在比较平静了,"这真是令人困惑,不是吗?"

"是很困惑,"我告诉她,"我本来也和你有同样的想法,迪蒙特小姐。"

"是吗?"

"是的。而那全是因为我以为这是一件英国乡村住宅式的谋杀案。然而不是。"

"不是?"

"鄙陋的街头。"卡洛琳说。

我点点头。"我以为有个不顾一切的凶恶的杀手,打算按照住客名单执行他的工作,一个接一个杀死我们。但是我们事实上面对的是,有人杀了个人,然后想要脱罪。这就是为什么他要把他干的事尽量弄得像是意外,把拉斯伯恩的尸体摆放在图书馆爬梯下方。没有人会怀疑这个人其实是遭到了谋害,而即使警察能够发现犯罪的迹象,他也早已逃到几百英里以外了。而且为了确保他能比警察抢先一步,他弄断了电话线。"

利托费尔德很戏剧性地叹了口气。"那不就是我刚才说的吗,罗登巴尔?"

"不完全相同。你说凶手也破坏了吊桥和吹雪机。但是他没有。"

"哦?"上校说,"怎么可能?"

"我猜桥的事情毕竟是意外,"克雷格·萨维奇说,"我希望你们的保险还没有过期,奈吉尔。至于吹雪机,嗯，我猜是机器出故障了。你知道有些车子在冷天里就是发动不起来。也许情形就是这样。"

"吹雪机本来就是设计在冷天里操作的，"我说，"因为在天气暖和时，根本用不到。不是这样的，我敢打赌油箱里面掺了糖，我也非常肯定支撑吊桥的绳索是被切断的。但不是凶手干的。"

"那是谁——"

"不想让凶手逃走的人。某个一直注意拉斯伯恩的人，因为他嗅到了其中有利可图。如果他可以让加特福旅舍陷于孤立，没有人可以来去，他或许可以谋得一些好处。"

"我看不出来为什么沃波特没有干这些事，"达金·利托费尔德说，"他确实想让拉斯伯恩的死看起来像意外，但你已经证明了不是。所以他知道有人会试图离开通知警察，所以他切断了支撑吊桥的绳索。"

我摇摇头。"没有足迹。"

"没有足迹？"

"去到桥边再回来的足迹。直到奥里斯奋力穿越以前，雪既深又平整。利托费尔德，你和莱蒂丝前一夜很晚才到这里。而自从你们两位之后，看起来就再也没有人走过通道到桥边去了。"

"真的是这样，"奈吉尔·艾格伦廷说，"奥里斯得走过很深的新雪，可怜的家伙。他要出发时，我还注意到了雪有多深，而且看不到新近的足迹。"

"雪地上的足迹。"利托费尔德说,然后摇摇头。

"前天深夜里,"我说,"拉斯伯恩被谋杀。杀人凶手,让我们称呼他为A——"

"为何不叫他沃波特?"

"我乐意。"我说,"总之,A杀了拉斯伯恩,布置得像是意外,跑出去切断了电话线,然后上楼去睡了不安稳的一觉。B进场。"

"B?"

"我们聪明的小观察家。他溜进了图书馆,发现拉斯伯恩的尸体了吗?有可能,但我觉得应该没有。我认为他在A谋杀拉斯伯恩之前,就切断了桥索。"

"他为什么要这样做?"利昂娜·萨维奇觉得奇怪。

"因为早在A谋杀拉斯伯恩以前,B就发觉舞台已经布置好了。所有演员都已经抵达加特福旅舍。一旦莱蒂丝和达金·利托费尔德通过了吊桥,就是弄坏吊桥的时候了。"

利托费尔德本来斜倚在书架上。现在他突然回过神来。"等一下,"他说,"我们到达这里,跟B和桥到底有什么关系?"

"一旦你们到达,"我说,"他就希望能确保你们会留下来。"

"嗯,这倒是奏效了,"他说,"我一到这个连上帝都不要的鬼地方,就想拍拍屁股走人。"

"哦,亲爱的,"西西·艾格伦廷说,"我们非常尽力让我们所有的客人都觉得加特福旅舍是个舒适的地方。"

"好了,好了,没关系。"奈吉尔说,轻拍她的手。

"但是他说这里是连上帝都不要的鬼地方,"她抗议道,"不是吧,是吗?"

"当然不是,"上校向她保证,"我会在一个鬼地方待上半年吗?那个人很沮丧,西西莉亚。"

"我知道食物已经大不如前了,"西西说,"因为厨师出了事,下雪也让每个人都觉得艰辛,还有可怜的奥里斯也走了——"

伊尔琳·柯贝特又不可自抑地哭喊出来。

"对不起。"鲁弗斯·奎普说。这个胖男人坐在一张过度拥挤的扶手椅里,我本以为他在打瞌睡,但是他什么都没有听漏。"这越来越有趣了,"他说,"A 杀了拉斯伯恩。B 把桥弄到峡谷下面,可能是在拉斯伯恩先生遭谋杀之前或之后不久。如果是在之后,他可能不知道谋杀已经发生了。"

"没错。"

"如果是在之前,他知道有可能发生谋杀案吗?B 知道 A 会杀死拉斯伯恩吗?"

"可能不会。他知道利托费尔德夫妇到了,他不希望任何其他人进出。"

利托费尔德叹了口气,非常生气,但鲁弗斯·奎普不为所动。"所以他溜出去,"他说,"割断了桥的绳索。而且我猜他也替吹雪机加了糖,以便双重保障。"

"不,"我说,"他没有做这件事,他为什么要做?那又无法阻止任何人来去。任何其他人都可以像奥里斯那样越过积雪,而且事实上,B自己也走到了桥边。他可能行进得比较慢,尤其是雪还在继续下,但对我们任何人而言,都不是无法穿越的。当然,除了迪蒙特小姐以外。你的轮椅需要清理好的通道。"

这让迪蒙特小姐心烦意乱,让我们得马上安抚她,破坏吹雪机并非是故意为了给她制造不便或危险。迪蒙特小姐冷静下来后,柯利布里太太想知道谁会往吹雪机里加糖。

"因为这似乎毫无必要,"她说。"这会有什么作用呢?只不过是让我们不方便。"

"让奥里斯不方便,"我说,"给引擎加糖的人,让我称呼她为C——"

"她,伯尼?"

"嗯,他或她,"我说,"我想让男性代词休息一下。C一点也不知道A要杀死拉斯伯恩,或是B打算破坏桥。C只知道雪下得很大,而且如果年轻的奥里斯·柯贝特发现他珍爱的吹雪机居然丧失了战斗力,那会是很大的一个玩笑。他的工作是清除通道的积雪,而吹雪机能够让工作比较轻松,如果要用传统的方式用雪铲来除雪,那就要花很多力气。"

"都是我的错!"C大叫,"我发誓我从来就不想让他遇到什么坏事!从来没有!我爱他,现在他死了,都是我的错!"

26

当然,那是伊尔琳·柯贝特,我会替你们省下她讲自己故事时的激动和惊吓,以及那!几乎!强调!每个!字眼!的惊叹号!她并非故意要伤害奥里斯,也没打算对无害的吹雪机造成永久性破坏。在她的理解里,在油箱里放一杯糖,只会让它无法运转,然后只要有人吸干油箱,加入新的汽油,届时吹雪机就会毫发无伤,像新的一样。

奥里斯也会毫发无伤。她有点气恼,不是因为他让她怀了孕,而是因为他一直注意她的堂妹莫莉。这不是天底下最糟糕的事,因为男孩毕竟就是男孩,而且这至少是家族里的事,而不是他和客人或是陌生人有什么不当行为。但是他还是得受些教训,而铲雪一个小时左右,看起来不会太过分。

"你没有造成任何伤害,"我告诉伊尔琳,"除了对吹雪机以外,而且不管怎样,几个星期后它就没有用处了。从现在到下个冬天之间,做个详细检查之后可能还能用。"

"需要一个新引擎了。"上校喃喃地说。

"至于奥里斯,"我接着说,"如果非要说的话,你多给了他几分钟生命。如果吹雪机立刻就发动了,他几分钟就可以清理好通道,而这意味着他会更快掉到峡谷底下。我知道你想念他,伊尔琳——"

"我爱他!"

"——而他已经死了,没有任何事能让他复生,但是为覆水难收的事哭泣没有用,至少你不必担心你是那个把水桶踢翻的人。"不管怎样,这个比喻止住了她的眼泪;她站在那里眨眼睛,试图弄懂我到底在说些什么。

"嗯,C的部分就这样,"克雷格·萨维奇说,"这让可怜的女孩很沮丧,但是她与奥里斯的事一点关系也没有,与其他的事也都无关。所以我们回到A和B。B在A谋杀可怜的拉斯伯恩之前或之后不久切断了桥索。"

"如果B愿意承认的话,"上校宣布,"事情会简单得多。"迎接这句话的是扣人心弦的沉默,他自己借由进一步说明来打破沉默。"毕竟,"他说,"虽然B的行动很不幸地导致了意外,却和谋杀不同。B只是希望我们全留在这里。"

"比死还要惨的命运。"利托费尔德小声说。

西西瞪了他一眼,而鲁弗斯·奎普大声说切断绳索根本不能算是无伤大雅的恶作剧。"他并非只是破坏桥,"他提醒我们,"他设下了一触即发的陷阱,切割了部分的绳索,有人一踏上去桥就会断掉。如果他只是想要让我们与外界隔绝,为什么不干脆把绳索完全割断?"

"他想要谋杀某个人,"哈德斯蒂小姐说,"但是他不是刻意要杀奥里斯。不过,如果他心里想的是另一个人,那他如何能够断定那个人会是下一个试图过桥的人?"

"他无法确定。"我说。

"我的天哪,"柯利布里太太说,"你的意思是,他甚至不在乎我们谁会被杀?"

"不,"我说,"我的意思是他并未打算杀害任何人。"

"但是奎普先生刚才说——"

"我知道奎普先生刚才说什么,他的论点也很清楚。以下是我的想法,虽然我承认我无法证明。我认为B把缆绳完全割断了。他没有设下任何陷阱,不论是一触即发型还是别的型号。他割断了绳索让桥掉落峡谷。"

他们看着我。利昂娜·萨维奇说:"那么当奥里斯放弃了吹雪机,走到桥边时——"

"桥已经不在了。"

"那他还继续走?"

"我曾有一点想不明白,"我说,"没有人听到桥的断落声。克雷格,奥里斯发生意外时,你和米莉森特在正在外面。你们都听到了他的喊叫声。但是你们有听到桥落下的声音吗?"

"可能有,"他说,"我不记得了。"

"我能记得的,"米莉森特说,"只有奥里斯在尖叫。"

你可能以为这会让伊尔琳·柯贝特再度发出某种哭叫,但是没有。

"这不像没有吠叫的狗那样明显,"我告诉他们,"而且也没有办法做实验,但是我猜,桥掉下去时会发出很大的声响。但如果桥掉落的时候是在半夜,我们大部分人都睡着了,又全都待在窗户紧闭的屋子里,而且雪下得又多又密,桥的掉落也许就会像柏克莱主教的树一样安静无声。"

米莉森特看起来对这个比喻觉得很困惑。"那是在森林里倒下的树,"她母亲告诉她,"它不会发出声音是因为没有人类在那里倾听。"

"但那还是会发出声音,"米莉森特说,"不管怎样,奥里斯发出了声音,我两只耳朵都听到了。伯尼,如果桥已经断了,奥里斯为什么不转身回到房子这里?"

"啊,"我说,"这一点非常伤脑筋。"

"但是我相信你有答案。"利托费尔德冷冷地说。

"我对奥里斯很不熟悉,"我说,"但是我对他的感觉是,他的 SAT 分数应该没有高到能够进入哈佛大学。"

"他工作非常认真,"奈吉尔说,"而且是个坚强的小伙子。"

"困境中的好人。"上校插嘴说。

"但是,嗯,智力上不是很敏捷。"

"我想我们知道你的意思了，"利托费尔德说，"奥里斯老兄和他摔在上面的岩石一样笨。你对此有什么解释，罗登巴尔？你是说他直到已经站在半空中，才注意到桥不见了？"

"他很可能有雪盲症，"我为奥里斯辩解，"同时他也觉得很沮丧，因为没办法让吹雪机运转，还因为奋力穿越积雪而疲惫了。而且奥里斯走过通道过桥多少次了？怎么也有几百次了。这对他简直就像条件反射一样，根本就不用想。"

"他一定比我想象得还要笨，"利托费尔德说，"就算是现在，他已经躺在雪堆里一整夜，我敢打赌他的体温还是比他的智商高十度。"

"那是个每个人都可能会犯的错误，"我说，带着比我察觉到的还要令人信服的语气，"但重点是 B 并没有打算杀害奥里斯或其他人。他完全切断了绳索。"

"这就是为什么他更应该自己现身承认了，"上校回到他先前的论点，"他不是凶手，而他的证词可以帮助我们。"

"这是真的，"我说，"但是我们不会听到证言。"

"为什么不？他只要说出来就行了。毕竟，他就在这个房间里。"

这说中了要害。他们彼此相视，试图猜测是谁割断了绳索，不明智地将奥里斯送到了乌贼骨溪底。我让他们来回地投射质疑的凝视。

然后我说:"不是。"

"不是?"

"不,他不在这个房间。"

"但是——"

"B在草地长椅上。"我说。

上校瞪大了眼。"你是说他已经死了。"

"恐怕是这样。"

"草地长椅上有三具尸体,罗登巴尔。除非你是说——"

"不,"我说,"我们没有失去任何其他人。三具尸体,其中一人是B。"

"厨师吗?她割断了支撑吊桥的绳索,而且因为造成奥里斯的死而悔恨自杀?"

"我想偶尔会有人因为悔恨而自杀,"我说,"但是听起来我们这里好像有自杀传染病。我确定厨师有厨房用刀可以切断那些绳索,但是她尝试让每个人留在这里的唯一方法,就是煮出美味的食物。她不是B。"

"那一定是拉斯伯恩先生了,"柯利布里太太说,"你说绳索可能在谋杀发生前就被人割断了,所以我猜可能是拉斯伯恩先生割断了绳子。他一定是先到了屋外,然后回来时沃波特先生已经在图书馆里等他了。"

"真完美,"利托费尔德说,"所有的罪犯都死了,这里除了我们这些胆小鬼,就没有别人了。我们现在可以回家了吗?"

我说:"不是拉斯伯恩。"

"那就只剩下沃波特了,"鲁弗斯·奎普说,两手交叠放在肚子上,"但如果他已经是 A 了,他怎么可能是 B?他不可能同时是两个字母,对吗?"

"字母表里有二十六个字母,"米莉森特说,"足够每个人分两个。"

"但沃波特只有一个,"我说,"他是 B,因为他是切断吊桥的支撑绳索、使加特福旅舍孤立的人。他好几天以来都在注意动静,等着看事情如何演变,一旦所有人都到场,他希望能确保没有人离开。但是他没有杀任何人,他没有谋杀乔纳森·拉斯伯恩,也没有杀死自己。"

"那么是谁干的呢,伯尼?"

"这个人现在就在这个房间里,"我说,"而且也许他会想接受布朗特-布勒上校的邀请,自己承认。没有人站出来吗?嗯,若是这样,我就要指认了。他就是达金·利托费尔德。"

27

"够了,"利托费尔德说,"莱蒂丝,拿上你的外套,我们离开这里。"

"我认为不能。"

"你认为不能,嗯,罗登巴尔?嗯,我为什么要管你怎么想?我不知道是谁挑了你来做这个袋鼠法庭里的袋鼠头目,但是我不需要再听下去了。厨师死了,我们的房间漏风,我过得一点儿也不愉快。而且我并不喜欢被贴上谋杀犯的标签。我唯一犯过的罪,只是忽略了几张过期的违章罚单。哦,我还闯过几次红灯,还有几年前我撕掉了不应该拿掉的床垫小标签,虽然我不知道为什么不能拿。但除此之外——"

"那无记名债券呢?"

这让他住了嘴。"我不知道你在说些什么。"他很勉强地说,声音听起来和他说自己从来没有呼吸一样难以置信。

"你的行李箱里,有个信封里装满了债券,"我说,"我没有时间仔细计算,但是总额有好几百万美元。那真是一小笔展开婚姻生活的美妙预备金。"

莱蒂丝看起来非常惊惧。"无记名债券,"她说,"什么无记名债券?从哪里来的?"

她的问题可能是要问她丈夫,但是他没有回应,我便回答了。"从你的老板那里来的,"我说,"我恐怕那正是达金接近你、想尽办法要让你被爱情冲昏头的原因。你提供了他接近你工作的证券公司后面房间的机会,而且他没花多少时间就找到了可以偷的东西。"

"但这太疯狂了,"她说,"我知道你说的是什么债券。它们放在斯坦哈根先生办公室的保险箱里。如果它们在我来度蜜月以后就被人发现失踪了,我会是警察第一个要找的人。"她转向她丈夫。"你怎么能这样做?"她质问他,"你怎么会以为能够逃得了?"

"你们计划在阿鲁巴度蜜月,"我说,"你是这样告诉我的吗?"

"是的,但是——"

"我想你们可能会在阿鲁巴发生意外,"我告诉她,"游泳或乘船时发生不幸。而你那丧偶的丈夫换个名字,带着一本不同的护照单独回到美国,也许中途停留在开曼群岛,把财产存到海外户头。没错,警察当局会寻找你,但是你已经死了,而你的丈夫则不存在了。"

"这简直太疯狂了,"利托费尔德说,"你知道我对你的感觉,莱蒂丝。"

"我知道吗?"

"你当然知道。这些债券是为了让我们的共同生活有个好的开始,而且——"

"好的开始!八百万美元可比好的开始要多得多。"

"同时也是好的开始,以及退休基金,"他说,"这是我们在阿鲁巴改变身份,然后一起到他们永远不会发现我们的地方的依靠。而且只要我们离开这里,这还是很容易办到的。"

"你原本打算什么时候告诉她,利托费尔德?"

"我们到阿鲁巴以后,"他转向她,"我希望让你在飞机上显得自然些。我们一到那里,我就会告诉你全部实情。"

"但是你们没有到阿鲁巴,"我说,"你让她说服你来到了这里。"

"是啊,"他说,"别问我为什么。到处都有人互相杀来杀去,最后我却被指控为凶手。"

"我第一次提的时候,你并不想来这里,"莱蒂丝记起来,"后来又说你喜欢这个主意。"

"我知道那对你有多大的意义。"

"这对我没那么大的意义。我只是认为那应该很好玩,就这样。而且我说既然我们已经在阿鲁巴有预约,也许我们应该去,而你说——"

"天哪,"他说,"我只是想让你开心。"

"你认为藏在这里躲藏比在阿鲁巴还好,"我插进来说,"尤其是你没有费事取消预订。到了警方发现你根本没搭上飞机的时候,你已经有机会把所有的痕迹都清除了。你会在这里待上几天,等到追查比较松懈了,你就会离开。这是个不错的主意,但是你来错了地方。"

"我们全都来错了,"他有点动感情地说,"为什么有人会想要待在这个贫民窟,我完全无法理解。"

西西·艾格伦廷哭出声来,和伊尔琳发出的声音类型完全不同,但是一样非常富有感情。

"我倒是很喜欢这个地方,"我说,"直到众人开始像苍蝇一样纷纷倒地。你到这里的那一刻起,所有的事情都失去了控制。"

"为什么?"上校很好奇,"我不惊讶这个家伙是个小偷。我认为他是个不老实的人,而且我猜他靠女人过活。他有那种神态。"

"谢谢你。"利托费尔德说。

"但是他跟其他两个人——拉斯伯恩和沃波特——有什么关系?为什么他一到就好像把火柴丢到火药桶里一样?"

"他们三个人一定都参与其中,"迪蒙特小姐说,"一起共谋,狼狈为奸。"

"那太蠢了,"利托费尔德说,"我这辈子从来没有见过那两个家伙。"

上校清清喉咙。"我们能相信你的话吗,嗯,先生?"

"我相信他的话,"我说,"不管他离开加特福旅舍以后会有什么计划,利托费尔德来这里的构想就只是度个安静的蜜月。但是他走进了在英国乡村住宅里几乎是无可避免的巧合之中。"

我瞥一眼莱蒂丝。"来这里是利托费尔德太太的主意。她听到了有人最近会取消预订。她打了电话,而她得知确实有人打电话来取消预约,然后她得到了房间。"

"所以呢?"

"但是我没有取消。"我说。

"你?"

"有那么一刻我认为我必须取消,"我说,"但是事情终究还是解决了。我向某人提了某事,而这些话不胫而走,让利托费尔德太太听到了。你们都知道这种事是怎么传播的。"

我赶快往下讲,以免大家开始好奇消息到底怎样从我嘴里传到了莱蒂丝的耳朵里。"重点是,确实有其他人打电话来取消预约,刚好让利托费尔德夫妇得到房间。"

"比阿特丽丝表妹房,"西西说,"有位绅士确实打电话来了。我不知道我为什么记不起他的名字。"

"佩蒂斯汉姆。"

"对了,"她说,"我记得他有口音,当时还觉得这口音挺奇怪,因为那个姓很像英国人的姓,不是吗?至少听起来有英国味,虽然我不知道我是否真的认识任何姓佩蒂斯汉姆的人。当然有佩蒂,还有佩蒂伯恩,但没有佩蒂斯汉姆。"

"佩蒂伯恩肯定是个英国姓,不是吗?"

"哦,是的,"奈吉尔告诉我,"这也是个古老的姓。我猜应该有个佩帝伯恩跟征服者威廉同行过。"

"那就有道理了,"我说,"因为这个姓是法语的盎格鲁化,它结合了两个法文字,petit 和 bon。"

"意思是小和好,"柯利布里太太翻译出来,"你们认为这是不是在说浓缩就是精华?"

我瞥了一眼卡洛琳,她似乎很喜欢这种说法。"佩蒂斯汉姆也盎格鲁化了,"我说,"虽然我不知道威廉的黑斯廷斯军队里,是否有任何姓佩蒂斯汉姆的人。"

"应该可以找得到答案。"上校提议道。

我告诉他我们不必追溯到那么远。"我猜这是个比较近代的姓,"我说,"而它所结合的字是 petit 和 champ。"

"小冠军。"卡洛琳说。

"小块土地,"柯利布里太太纠正她,"或者,你们知道,像是田地或草地。"

"听起来像是小自耕农或小地主的姓,"上校说,"所以完全不像是征服者威廉的诺曼骑士中的一员。"

"这里倒是有个巧合,"利托费尔德说,"不仅我们打电话来预约,而且那个取消的家伙也没有和英格兰的杂种国王一起渡过海峡。你们觉得这种事情有什么好奇怪的?"

"巧合,"我说,"在于你们两个有同样的姓。"

"这是什么意思?"

"佩蒂斯汉姆,"我说,"Petit champ。小块土地。Little field①。"

"我的天哪。"他说。

"我第一次遇见戈登·沃波特的时候,他在谈论麦芽威士忌。有一大堆的蒸馏厂,他告诉我,虽然他总是认为这是个狭小的领域(a small field)。那是他所用的字眼,虽然和谈话内容不是那么契合,而且他还特别着重,强调它。然后他继续说,用了'微不足道的欺骗'(a petty sham)这句话,来看我没有什么反应,他看起来很失望。佩蒂斯汉姆打电话来取消预订时,艾格伦廷太太拿了房间分配表,划掉了他的名字。几个小时后,她在同样的地方又写上'利托费尔德'。"

"佩蒂斯汉姆是谁?"米莉森特想知道。

"西西说他听起来像是外国人,"我说,"而他肯定涉及某些外国阴谋。我不知道他是否真是某个外国势力的情报员,我也无法断定他是否从事买卖,以及交易有没有牵涉秘密或贵重物品。能告诉我们的两个人都死了。"

---

① Little field 是英语"小块土地"的意思,连在一起则是 Littlefield,即利托费尔德。

"拉斯伯恩和沃波特。"卡洛琳说。

"没错。他们都在等他出现。拉斯伯恩监视着每个人,而我猜沃波特也监视着拉斯伯恩。然后达金·利托费尔德出现了,带着一位迷人的伴侣,傲慢的态度,以及罪犯的秘密。他们两人都采取了行动。沃波特不知道他要怎么处理这事,但是他很确定在他有所行动之前,绝不能让人离开。所以他切断绳索,让吊桥跌落谷底。"

"那拉斯伯恩呢?"

"与利托费尔德接触。他总是在写东西,所以我的猜想是,他写了张便条在走廊上递给你。"

"他从卧室门缝塞了进来。"莱蒂丝说。

"我从来没看过什么便条。"她丈夫说。

"你不记得了吗?我们进到房间的时候,门底下有一张折叠好的黄色纸条。你捡起来看,我问你是什么东西时,你说没什么。"

"哦,那个。嗯,是没什么。我完全不明白那是什么。回想起来,我猜这个家伙一定是把我和其他人弄混了。我以为他只是个怪胎,或者他把传情小纸条塞错了房间。所以我把纸条揉成团扔掉,就忘了。"

"你脸色变苍白了。"莱蒂丝说。

"因为你以为他知道一些事情,"我插嘴道,"你的行李里有八百万可转让债券,当你认为自己可以自由脱身的时候,却有个人传给你一张怪异的纸条,要求午夜时秘密会面。你不能和妻子说任何事情，也无法就此不管纸条。你必须见他。"

"不是要伤害他，"利托费尔德说，"只是想查出他知道些什么，并且告诉他认错人了。我到那里时，房间一片漆黑。我猜里面没有人。我打算要开灯时，有个声音告诉我不要开灯。"

"然后呢？"

"然后我坐在他身旁的椅子上。我猜佩蒂斯汉姆应该是有东西要给他，但是那个时候，我只知道他想从我这里拿到东西，而我以为那是指债券。我才不会把债券给我甚至看不见的滑稽角色。但是我无意杀害拉斯伯恩。"

"那你为什么要用骆驼敲他脑袋？"

"我不知道那是个骆驼。"

"那么明显的驼峰都感觉不出来吗？你以为那是什么，钟楼怪人？"

"我甚至没看到它，"他说，"看在基督的分上，那里比母牛的肚子里还要黑。我只是抓住我碰到的第一样东西，然后用来敲他。"

"如果你拿的是靠枕，而不是骆驼，"我说，"可怜的拉斯伯恩现在还会活着。为什么会有这么糟的运气？"

"我只是想要让他昏倒，"利托费尔德说，"你知道，就是把他打晕。我想我可以把他绑起来，塞在没有人会发现的衣橱里，直到我们有机会离开这里。"

"然后你用靠枕让他窒息。"

"他的脸上有一些血。我用靠枕把血擦掉。"

"你真贴心。"

"我可能把靠枕压在那里太久了。或者他被打到头的时候就已经死了。或者也许——"

"怎样?"

"你想知道我怎么想吗,罗登巴尔?我打赌他甚至在我用骆驼打他以前就心脏病发了。所以我才会在瞄准他的前额时打到后脑勺。他一定是往下倾倒了,而我是在他翘辫子以后才打中他的。"

我看看表。我必须承认心脏病发这个想法非常富有想象力,但如果他居然可以试着朝这方面推论,让他说话实在是浪费时间。不过,此刻浪费时间不是个坏主意。

"那么点状出血是怎么回事?"上校追问,也在帮忙浪费一些时间,"那不是证明这个人是窒息而死的吗?"

"我怎么会知道,"利托费尔德说,"我又不是医生,这个房间里没一个人是。也许造成点状出血的原因不止一种。"

"完全可能,"我同意,"也许那是人在心脏病发之后几秒钟,被骆驼打到头后共同作用的结果。那沃波特呢?"

"沃波特?"

"你杀的第二个人。"

"我不是已经解释了那是自杀吗?一开始我认为他是

对拉斯伯恩的死感到内疚——"

"但是这不可能,因为是你杀了拉斯伯恩。"

"嗯,他死的时候我在那里。我只能承认这么多,虽然我依然认为是心脏病要了他的命。沃波特觉得内疚是因为他切断了桥索,因此天才男孩演出了威利狼①的绝技,试图在空中漫步。"

"然后他企图上吊,接着晃荡到屋外,因为震惊和低温而死。"

"你说对了。听起来挺有道理,不是吗?"

"我会告诉你发生了什么事,"我说,"戈登·沃波特知道是谁杀了拉斯伯恩。他保守秘密,等待时机,直到他向你提出要求。他想要什么?和拉斯伯恩要的东西一样?"

"就算他曾经筹划了什么,也从来没有完成。有几次我注意到他向我使眼色,好像要告诉我什么,但是他从来没说出来过。而下一件我知道的事情,就是他今天早晨躺在第三张草地长椅上,已经僵硬了。"

我又看我的表。你需要他们时,他们到底在哪里?

"我看到你了。"米莉森特·萨维奇突然说。

"什么?"

"和沃波特先生说话,"这个小可爱坚称,"而且你说了稍晚会和他见面。我听到你说的。"

---

① 威利狼(Wild E.Coyote),卡通角色,常常拼命地往悬崖外跑,离了很远之后才发现自己已经踏空。

"这太蠢了,"他说,很是厌恶,"当时附近都没有人。"他察觉到他说了什么,然后做了个鬼脸,耸耸肩,放弃了。"哦,去他的,"他说,"我无法再拖下去了,但重点是什么?我想我们可以想出一套办法来,比如说你们都可以分一些债券,但是你们人数太多了,而且一定有人不肯分。不管怎样,为什么要分?我不需要分。"

然后他掏出了一把手枪。

别问我那是哪种手枪。枪这东西让我神经紧张——人们把枪放在抽屉里,用来射杀窃贼,而我反对这种做法——所以我从来没有费心去学任何有关枪的事。我认得出这一把是自动手枪,不是左轮手枪,而我所知道的也只有这么多。我也可以说这把枪很大(虽然可能没有看起来那么大),而且正指着我。

"全都不要动。"利托费尔德说。

没有人动。

"你说得对,"他说,"我杀了他们俩,我也不知道你为什么硬要把整件事情搞得跟联邦调查一样,他们都是自找的。拉斯伯恩以为我是另一个人,而我无法躲开这狗娘养的。我原本无意杀他,起初不是,但是当我打开电灯,看到他躺在那里时,我看了一眼图书馆的阶梯,知道非常容易就可以布置得像是意外。但是只有他死了,这个布局才有用,所以我拿起了靠枕让他不再烦我。"

"沃波特呢?"

"他知道我杀了拉斯伯恩。我想他甚至不知道拉斯伯恩想要从没有现身的那个家伙那里得到什么,但他看到了一个机会,可以压榨我而得到一些好处。我试着回避他,但是这个小杂种相当狡猾。在我知道以前,他已经偷偷探知我有一只装满偷来的债券的行李箱,而他已经准备好要抢先一步。"

"结果反而是你把他做掉了。"

"我生气了,"他说,"就其根本来看,和拉斯伯恩那时一样。"

"但这次你没有抓了个骆驼。"

"这次我抓住的是他的领带,"他说,"两手各抓住一端,然后拉到他的脸色发紫为止。我想不出来要拿他怎么办,所以我把他移到外面,摆在一张草地长椅上,盖上一张床单。我以为不会有人注意到。"

"你以为不会有人注意到?"

"嗯,也许我脑子不太清醒。夜深了,而且我过了很糟的一天,加上喝了几杯那种苏格兰威士忌。而且我也没有记在登记簿上,奈吉尔,恐怕你的记账系统在我这种人身上运作得不太好。"他拿枪猛烈地比画着,"待在那里,上校。如果你不想吃子弹的话,你站得已经够近了。"

我又看了我的表一眼。让他继续说话,我想。"谈到子弹，"我说，"我很讶异你度蜜月时还带了把手枪。你太太可能认为你只是很高兴看到她。"

"很有趣，"他说，"这把枪属于沃波特。我把他的尸体拖到屋外时拿到的。他根本没有机会用到，但我就不同了。"

"你没有系领带。"

"而且我已经把枪拿到手了，弹夹是满的，还上了膛。这是十三发的弹夹，所以你们可以自己分配一下。如果有任何人移动，我就会开始射击。我会先射杀男人，万一子弹用完了，我会徒手把剩下的人杀死。我从来没打算杀任何人，但是我已经杀了两个，如果情况逼得我必须杀掉你们，我真的会做。你到底在看些什么，莱蒂丝？"

"我的天，"她说，非常惊骇，"我居然嫁给了你！"

"而我们都知道为什么，"他语带轻蔑地说，"你以为嫁了一个有钱的丈夫，因为我总是有很多钱能供你挥霍。嗯，这就是我得到钱的方式——偷。"

"你也要杀我吗，达金？"

"除非迫不得已，我不会杀任何人，"他说，"我只是要想个法子带着债券离开这里，而且有足够充裕的时间，在任何人能够叫警察来以前先脱离困境。电话线断了，所以你们无法找任何人，但是如果我走到能够渡过溪流的地方，其他人也可以依样画葫芦，而且你们不久也可以找到能通话的电话。"

他停顿一下,想了一遍,我在沉默中倾听,而且听到了些什么。起初我几乎无法分辨,但后来变得比较大声。

"我需要一个人质,"他说,"如果我带一个人走,你们就得留在后头,你们会吗?"

"我当你的人质。"上校说。

"你?天哪,那我得到的是个上唇僵硬的老胖家伙,还得拖着你翻山越岭地跑。如果你没有因为体力耗尽而亡,你就会想办法偷袭我。不,我要拿小孩当人质。"

"你这个狗娘养的。"克雷格·萨维奇说。他向前走了一步,利托费尔德把枪指向他。

"别走得这么快,"他说,"我要带她走,不论是否得先杀掉你。听我说,诸位,如果你们合作,每个人都可以活着离开。你们要做的只是……那是什么噪音?"

"噪音?"我说。

"该死,罗登巴尔——"

"你是指那个啪搭——啪搭——啪嗒的声音吗?在我听来像是直升机。"

"直升机。"

"而且听起来像是朝这里飞过来。我很好奇会是谁。"

"怎么会——"

"好像降落在前面的车道上了,"我说,"也许那是佩蒂斯汉姆先生,因为迟到而满怀抱歉。也许是艾德·麦克马洪,利托费尔德,他过来告诉你赢得了出版家便利屋①的大奖。即使你将债券还回去,也会是个有钱人了。我的天哪,今天真是你的幸运日。"

他只是盯着我看,一句话也没说,其他人也是。门打开,一群人列队穿过走廊找到通往图书馆的路时,我们依然沉默不语。

他们的带队者,唯一没有穿制服的人,是个大块头,穿着像是替另一个人量身定做的华丽灰西服。

"嗯,我们到了,"他说,眼光扫过整个房间,"这不是罗登巴尔太太的儿子伯纳德吗,看来你已经把嫌疑犯全都聚集在一起了。你们有保持沉默的权利,所有人,但是我不会建议这么做,因为一把事情弄清楚,我们就全都可以回家了。而就我而言,当然是越快越好,因为我这辈子从来没见过这么多雪。"

"我的天,"卡洛琳说,"是雷·基希曼,我真的很高兴见到他。我从来没有想过我会活着看到这一天。"

但是她看到了,而且她会活下去看到别的,而这句话对达金·利托费尔德来说就不太可能实现了。他发出难堪而绝望的小声哭喊,然后将枪口塞入他冷酷的嘴里,扣下扳机。

有人告诉我,自动手枪的一大问题,就是很容易卡住。但是这把没有。

---

①出版家便利屋(Publishers Clearing House),美国最大的出版物订购代理店。

28

四天后我坐在巴尼嘉书店柜台后的圆凳上,打开购自街角俄罗斯熟食店的美味三明治。他们用的是特别容易起皱的蜡纸,但是我不认为那上面真的有蜡,我认为那是某种奇迹式的聚合物薄纸,设计来蹂躏还没有出生的那一代。不论那是什么,都比 D 线地铁还要吵,而且揉成一团后,总是能够引起拉菲兹的注意。它振作起来,我假装朝左边,却投向右边,而它没有受骗,像个冠军似的跳起来捕捉。

"我以为这阵子没活动对它有害,"我告诉卡洛琳,"但是它的技艺一点也没有荒废生疏。不过,我可以告诉你,它很高兴回到家。"

"它不是唯一的一个,伯尼。"

"你说得没错。我认为到乡下是个不错的变化,但是在心底我还是个城市男孩。我宁可坐在布莱安特公园的长椅上,让生活在我周遭来来去去。给我尖峰时刻的地铁,几辆警铃大作的消防车……"

"我知道你的意思,伯尼。简单的愉悦。"

"嗯,你知道西德尼·史密斯是怎么描述乡村的吗?他说他认为那是一种有益健康的坟墓。"

"那些新鲜的空气,伯尼。如果你不习惯……"

"完全正确。那么多新鲜空气,我都快受不了了。我真正需要的是待在家里几天,再度找回自己。在书店里工作,和我的猫玩耍。"

"我也一样。整天洗狗,然后回家,看我的猫自己清理身体。"她露齿微笑,"然后晚上外出喝几杯,看看有什么冒险的机会。"

"冒险?"

"昨晚,"她说,"我得了严重的春季倦怠症,因为现在已经是春天了,即使在伯克郡他们还没有读到这个字。所以我出门散步了,你知道吗,最后我居然走到了卡比洞。"

"真是令人惊讶。"

"嗯,我的脚可是很聪明的,伯尼。它们自动把我带到那里,而且——"门上的小铃铛叮咚作响,她停住话,有访客光临。"等会儿再说,伯尼,"她说,"话先留着。看看是谁。"

我去探看,就是她,利托费尔德寡妇。我觉得她会不穿黑色衣服,而她确实也没穿,反而穿了一套浅灰色的束腰套装,显得非常漂亮。她穿着白色的衬衫,而领口处垂下的女性化的蝶形领结,则是鲜艳的血红色。

"伯尼,"她说,"见到你真好。还有你那可爱的小猫,"她看到了卡洛琳,脸色一暗。"也许时间不对。"

"这时间再好不过了,"我说,"你看起来很好,莱蒂丝。"

"谢谢你,伯尼。"

"你记得卡洛琳。"

"你的太太,"她说,"不过她其实不是你太太。这真令人困惑。你打电话来时,我以为你或许想来我的公寓,或者会请我到你那边。"

"我想在这里碰面比较好。"

"你在电话里就是这么说的,但是我没想到会有三个人。"

"四个,"我说,"如果把猫算进去的话。而且我无法保证不会有更多人。你可能会觉得很难相信,但是偶尔真的会有顾客走进来。"

"你开心就好。"

"但是那可能不会发生,"我说,"而在那之前,我们可以自由交谈。在你丈夫吞枪自杀后,我没有多少机会和你谈话。"

她颤抖起来。"这种说法真令人不舒服,"她说,"而且我希望你不要称他是我的丈夫。"

"你是和他结婚的人,"我说,"我想你已经获得了宣告婚姻无效的理由,不过他替你省下了争吵与虐待,就像他替州政府省下了审判费用一样。你又单身了,而且就警察关切的范围而论,你一点犯罪嫌疑也没有。斯坦哈根先生呢?他让你回去工作了吗?"

"他坚持让我休假一星期,"她说,"但是当然他希望我回去。"

"我猜他拿回债券就很心满意足了。"

"甚至在他知道债券不见以前,就已经拿回来了,伯尼。他也了解我和他一样,都是达金的受害人。我太过轻率,让达金有机会复制我的钥匙,但是斯坦哈根先生知道我再也不会让这种事情发生了。"

"我想这一定像是一场噩梦。"我说。

"确实如此。"

"但是现在你眼睛睁开了,全都结束了。"

"没错,伯尼。警察到达那里的时候真是太好了。我仍然无法理解他们是怎么办到的。"

"他们搭直升机。"我说。

"这我知道。"

"所以道路状况无关紧要,"我说,"没有除雪的车道,或是断落的吊桥,都无法阻挡他们。他们只要飞过来就行了。"

"这些部分我都知道。但是他们怎么知道要过来的?

还有他们怎么知道需要搭直升机?还有带头的人——"

"雷·基希曼。"

"他是个纽约警官,而且他似乎认识你。"

"这我注意到了,"我说,"很奇怪,不是吗?"

"但是他怎么……"

"伯尼打了电话,"卡洛琳说,"把假人放到谷底,假装自己死了以后,他往下游走,找到一个可以涉水渡溪的地方。"

"不需要涉水,"我说,"乌贼骨溪已经冻结了。我唯一要跋涉穿越的就是积雪,而且我想如果是雪的话,你们就不会称之为跋涉了。这可以称为蹒跚前进或奋力向前,在我看来,两者我都经历了不少。"

"然后,他沿着溪的另一边往回走,"她继续说,"直到他走到停车场。"

"停车场?"

"就在桥的另一边,每个人都把车停在那里。他猜有人应该会有手机,他便打开车门找到了一个。"

"大家都不锁车的吗?我确定达金锁了我们的车。"

"我猜是我运气好。"我说。我没有告诉她,在贼眼中,上锁的车不是最具挑战性的阻碍。"我找到了一部电话,准备打给九一一,但我想不出来要告诉他们什么。所以我打给了雷·基希曼,不要问我告诉了他什么。也不要问他,因为我把他从半夜的睡梦中吵醒,他也无法弄懂我在说些什么。但是他弄对了重要的部分。"

"而且来得正是时候。"卡洛琳说。

我揉了个纸团,丢给拉菲兹。"雷在那里没有任何管辖权,"我接着说,"但是他联络上了州警,而他们尝试联络加特福旅舍,确定电话线断了。所以他们准备了一架直升机,并且带着雷一起过来。其余的部分你都知道了,因为你也在场。"

"没错。"

"所以我猜你会很奇怪我为什么要找你来这儿,"我说,"今天,我的意思是这个下午。"

"我以为你只是想见我,伯尼。"

"嗯,见到你总是令人愉快,莱蒂丝。但是我有些事情想谈。"

"哦?是什么事情?"

"是吊桥的事情,"我说,"跨越乌贼骨溪的吊桥,后来断掉了。"

"桥怎么了,伯尼?"

"你记得桥最后如何掉落峡谷的,是吗?"

她点点头。"戈登·沃波特切断了绳索。"

"没错。而桥摔落谷底,像柏克莱的树一样寂静。然后第二天早晨奥里斯直接走出了悬崖,甚至没有注意到桥不见了。"

"我记得,"她说,"你在图书馆里全解释过了,在达金掏出枪以前。"

"我一直想着奥里斯的画面,"我说。"像那样直接踏空出去。那是个相当好笑的画面,你认为呢?"

"好笑?那个人死了。"

"我知道,但是这介于悲剧与闹剧的边界上,不是吗?还有他怎么会做出这种事情?我的意思是,他又不是在被一只熊追着跑,不是吗?他只是在走路,穿越雪堆,然后突然间没有雪了,脚底下也没有任何地面。他一定非常惊讶。"

"是的吧。伯尼,我们一定要谈——"

"你以为他会因过于惊讶而叫不出来,但是他勉强喊叫出声。你能想象踏空走出那样的悬崖吗,莱蒂丝?在大白天里?"

"你曾经解释他可能得了雪盲症,伯尼。"

"没错。"

"而且他的智力也受到了质疑。"

"这也没错。你或许可以说他几乎没有脑子。不过,他至少还是拥有柯贝特家近亲繁殖的智商,不是吗?你不会认为他打算凭空走过去吧?你想知道我是怎么想的吗,莱蒂丝?"

"什么?"

"我想他踩上了桥,然后开始横穿,而割断了一半的绳索最后断裂,那就是他掉下去的原因。"

"但是没有人听到桥断了。"

"啊,"我说,"半夜里也没有人听到。也许发出的噪音不是很大,也许奥里斯的叫声把噪音掩盖了,也可能是混在一起了,才没有人注意到。要记得,雪覆盖了一切,雪可以吸收声音。不,我认为桥是和奥里斯同时掉落溪谷的。"

"那是你原来的看法,"卡洛琳说,"记得吗,伯尼?你第一次告诉大家绳索被人割断的时候。"

"说得没错,"我说,"大致检查了一下绳索末端后,我觉得是那样的。在其中一端很容易看到有些纤维是被整齐地切断,其他部分看起来则是受到拉扯而断裂的。"

"我不明白,"莱蒂丝说,"这有什么区别?也许沃波特不希望冒任何风险让它发出很大的噪音,所以他在完全切断绳索前停住了。也许你在图书馆里说的是对的,奥里斯由于太匆忙了,没有注意到脚踩在哪里。不论如何,他死了,而且不管怎样,沃波特都要负责。"

"你可能是对的,"我承认,"沃波特现在已经听候上天的差遣了,所以他是故意设下致命的陷阱,还是只想防止任何人过桥,已经无从可考了。而且我也不认为试图拯救奥里斯智力上的名声会有什么实际用处。"

我拿起一张纸,但是拉菲兹看起来很舒适。我无心打扰它,也不想冒着丢出纸团,它却视而不见的风险。每次发生这种事,我都觉得自己像个傻瓜。

"所以我就放任不管了,"我继续说,"警察结案了,他们也很高兴,所以何必麻烦他们?"我望着血红色蝶形领结上方那张天真无邪的脸。"但是我不希望你以为你可以逃得掉。"我说。

"我不明白。"她说。

"你知道,"我说,"我一直都愿意打赌你从嘴里说出的会是这些话,真是无稽。你当然明白。"

"但是……"

但是之后有六个点,而不是破折号,因为我没有插嘴打断。我只是让话悬在空中,寻思它最后是否会落入溪谷。

然后我说:"你切断了绳索,莱蒂丝。你和达金是最后过桥的人。你要么就是落在后头,要么就是假装掉了什么,然后回过头去,这让你有时间从皮包里拿出一把刀,开始锯割支撑吊桥的绳索。"

"我为什么要做这种事?"

"我正希望你能告诉我呢。"

"这太荒谬了,"她说,"我会为一个我甚至没有见过的人设下陷阱。你和我曾经……很亲近,伯尼。你怎么会认为我做得出这种事?"

"你没有设下陷阱。"

"但是你刚才说——"

"如果你完全切断了,"我说,"那么你就是以'纽约分钟'的速度切断了绳索。但是在虚假的英国乡间,一分钟要长得多。而且你没有适当的工具。"

卡洛琳问我的话是什么意思。莱蒂丝只是盯着我看。

我指指她的皮包。"如果我从你那里把皮包拿过来,然后把东西倒在柜台上,"我说,"我敢打赌里面有一把可爱的小刀,刀刃比你的小指头还短。那是有用的小配件,用来拆信或削指甲或切除线头都很顺手。你甚至可以拿这个东西来切断坚韧的绳索,但不太容易。你可能必须用锯的,而这很花时间。"

她沉默了一阵,手臂防卫性地压着她的手提袋。然后她说:"有很多女人皮包里都有刀。"

"我知道。现在有些人带着喷雾器,有些人还随身带着枪。不过那些是小枪,不像达金从沃波特的尸体上拿到的大枪。小型的淑女枪,就像你的刀是把小型的淑女刀。"

"就算我有一把那样的刀,"她说,"也无法证明什么。"

"如果刀上有绳索的纤维就可以。如果正好和加特福桥上的绳索符合就更能确定了。"

她带有敌意地盯着我很久,然后垂下眼帘。过了一会儿,她说:"我从来无意要让任何人死掉。我希望你相信我,伯尼。"

"我相信你。"

"'我愿意'①。那是我站在达金身旁,面对市府牧师时所说的话。那是整件事情的开端。"

"发生了什么事,莱蒂丝?"

"我不知道,"她说,"不知怎么的,我知道我犯了个错。我在婚礼前几天就知道了,伯尼。我猜那是直觉,是我得到的微小暗示。我知道我不应该和他结婚。"

"但你还是结婚了。"

"我在几年前几乎结了婚,"她说,"和一个非常完美的年轻男人,但是我突然丧失信心,在最后一分钟逃跑了。所以我以为我又在做同样的事情,而我告诉自己这回要坚持到最后。我害怕去阿鲁巴,伯尼。我有预感会在那里发生什么事。"

"而那就是你说服他到加特福旅舍的原因。"

"没错。开车的时候,我想,嗯,我可以在第二天早晨就走人。我可以拿了钥匙,趁他不注意时离开。而当我们走过那座桥时……"

"怎样?"

"我想,嗯,如果我们周末被雪围困,又如果我无法离开,我就可以熬过这心神不宁的状态,安定下来为人妻子。但我不确定是否会下那么多雪让我留下来。然后我

---

① 原文中"我相信"和"我愿意"用的都是 I do。

想,好吧,如果桥出了事情——"

"你就会被迫留下来。"

"没错。后来我想,只要切断绳索就行了,但是绳子又粗又坚韧,天气又冷。我只好放弃,因为达金已经沿着通道回头走过来看我发生了什么事,如果他看到我正在锯绳索——"

"他可能会觉得奇怪。"

"天知道他会怎么想。我本来打算晚一点再出去完成工作。事实上,我确实下过楼,那是在我,嗯,那个之后——"

"上床之后。"

"是的。我要去完成我已经开始做的事,但是我也非常慌乱不安,因为你毕竟也在加特福旅舍出现了,你和嗯——"

"卡洛琳。"卡洛琳说。

"是的。然后我四处探看,直到找到你,伯尼。然后我,嗯——"

"完成了你要做的事。"

"可以这么说。然后我想再到屋外去,但是我觉得屋内非常温暖舒适,也很想睡,而且外面还在下雪。然后我发觉自己正在寻思,为什么一开始会想破坏吊桥。我不必封死自己的脱逃路线,以便熬过周末。婚姻生活不会那么糟糕。"

"婚姻生活。"我说。

"嗯,我不认为我会当个传统的妻子,伯尼,烤饼干和补袜子之类的。"

"不,"我说,"我想不会。"

"我没想到会闹出人命。坦白说,我原以为需要一把链锯才锯得断那些绳索,我不知道已经破坏到只要有人踩上去,桥就会断掉的程度了。"

"然后奥里斯摔下去跌死了。"

"是的。而且我知道那是我的错。"

"但是你什么也没说。"

"不,当然没有,"她说,"你呢,伯尼?"

"我怎样?"

"你打算说什么吗?"

"我刚刚说了。"

"我的意思是说给其他人听。你没有对警察说任何事。我猜你那时还没有想出来。"

"我当然想到了。我知道如果是沃波特应该会完全切断绳索,任何其他以此为目的专程前去的人也都会切断。有相当多的工具可以完成工作。厨房里满是又长又利的刀,如果你不想走那么远,墙上还挂有刀刃奇特又锋利的武器,像是我后来用来毁了我的皮外套的马来短剑。所以我猜这起破坏是一时冲动,而那时我便想到了。小莱蒂丝,用一把很小的小刀锯割。嗯,结果那比一把剑还要利,不是吗?"

"你打算怎么做,伯尼?"

"我?卖书直到六点左右,然后回家。"

"你知道我的意思。你要拿我怎么办?你打算告诉任何人吗?"

我摇摇头。

"你不打算这么做?"

"我告诉你。这就够了。"

"为什么?"

"为什么告诉你?"

"没错,为什么?你打电话来时,伯尼,我还以为我会到你家,然后你会播放你的梅尔·托美录音带,然后我们会在你的假蒙德里安画作前享乐一番。但是这不会发生了。"

"我猜也是。"

"永远不会发生了,伯尼。你永远毁掉它了。为什么?我想知道。"

"嗯。"我说。

"没关系,"她说,"别告诉我。我并不是真的想知道。你不会再见到我了,伯尼。再见。"

29

"她可能不想知道,"卡洛琳说,"但是我想。这究竟是怎么一回事,伯尼?为什么你要打电话给她,让她到这里来?为什么要安排这个时间,让你得在我面前上演这个场面?我不是在抱怨,我当然不想错过,但是……"

"但是我为什么要这么做。"

"没错。"

我想了一下,咬了一口我的三明治。莱蒂丝进来后,我就没动它了,而那样的插曲会让你胃口大增。我咀嚼吞咽,喝了一些奶油苏打,然后说:"雷蒙德·钱德勒。"

"什么?"

"这是个雷蒙德·钱德勒式的案子,"我说,"一旦我了解到这点,我就开始行动,而不是像英国绅士那样在客厅里拼图,试着把片段拼凑起来。这就是在你睡觉的那个夜晚,我做了那些事的原因。"

"什么时候菲利普·马洛也假装自己死了,还用一把波浪状的刀刺一个假人,伯尼?我一定漏掉了那本书。"

"嗯,你知道我的意思。我在图书馆里把一切都说出来时,心里确实想的是马洛和钱德勒。我面对达金·利托费尔德的方式呢?完全是菲利普·马洛。"

"你说什么就是什么吧,伯尼。"

我喝掉了剩下的奶油苏打。"也许你无法看出来,"我说,"但是刚刚莱蒂丝的事情,就是马洛式的。"

"是吗?"

"嗯。我不能让她觉得她可以逃得掉。"

"你不想为她当冤大头,"她说,"但那不是菲利普·马洛吧?那比较像是萨姆·斯佩德。"

"他也不会为布丽姬·奥肖西内①当冤大头,"我说,"但这不是当冤大头的问题。这里牵涉的问题是获得真相,无论对人际关系有什么影响。"

"而真相是她切断了绳索。"

我点点头。"那时候讲出来不会有什么效果,因为那只会让事情更混淆。我认为她犯了某个过错,无论那是恶意伤害,还是意外杀人,因为如果不是她损坏了绳索,奥里斯也不会丧命。但你要怎样才能证明呢?"

"所以你就一直等待,现在才讲出来。"

"没错。"

---

① 达希尔·哈米特作品《马耳他之鹰》中的人物。

"为什么,伯尼?因为你需要一个见到她的理由吗?"

我摇摇头。"正好相反,我不想再见到她。她企图割断一座桥——嗯,我想烧掉我的桥。你听到她说什么了,她本以为最后会到我的地方听梅尔·托美。我想确保这事不会发生。"

"因为你没有兴趣。"

"因为我有兴趣,"我说,"而且我会一直有兴趣,和莱蒂丝这样的人是没有任何未来的,甚至也没有太多现在。所以我想要设法让我永远不会再见到她。现在我无法打电话给她,她也永远不会打给我,而事情就应该是这个样子。"

她噘着嘴,做了个吹哨的口型。"我想你做的是对的,"她说,"而且我必须告诉你,伯尼,我很感动。"

"谢谢,"我说,"但是不要给我太多赞美。我只是问自己菲利普·马洛会怎么做,然后便放手去做了。"

"雷蒙德·钱德勒。"

这是一个小时以后,我在这期间还真的卖出了些东西,一套很好的丹尼尔·笛福全集。顾客是一位拥有几家洗衣店的瘦长男人。两周前,他几乎就要买下这套书了,但我不得不指出这套书缺了一卷。良心不见得都会让我们变成懦夫,但是可以毁掉很多桩买卖。

他回到店里,把这套书拿到柜台。"我想了想,"他说,"然后我突然意识到如果是完整的一套,价钱会贵很多。"

"毫无疑问。"

"而且如果我找到了缺失的那卷,或许可以花几块钱就买到,那时我就赚了。"

"确实如此。"

"所以我有东西需要寻找,而且这会很有意思。如果我永远无法收集齐这套书,嗯,那又何妨?现在这个样子摆在书架上就很好看了。说到阅读这套书,嘿,我在开什么玩笑?我念大学时必须读《摩尔·弗兰德斯》,但是我只读了克利夫的注解本,还有《鲁滨孙漂流记》的改编漫画,我与笛福的关系就这么多了。"他拍拍这堆书,"我打算看完。"他说,"但是我会等到读完这七卷以后,才开始哀叹缺了第八卷。"

所以我把书装进袋子里,收了他的钱,深深觉得自己的美德得到了回报。不一会儿门又开了,一个熟悉的声音说:"雷蒙德·钱德勒。"我抬起头看,原来是卡洛琳。

"那本书,"她说,"是我们当初去加特福旅舍的理由。"

"《长眠不醒》。"

"没错。那时我们看到书在书架上,乔纳森·拉斯伯恩被谋杀以后书还在那里,但是过了一会儿,书却不见了。书怎么了?"

"我拿走了。"

"你拿走了?"

"为了保管,"我说,"也为了让我有东西可读。"

"有东西可读?"

"在拉斯伯恩的房间。我知道我得留在那里,但不知道能在书架上找到什么,所以我把《长眠不醒》收在了他梳妆台顶层的抽屉里。我带了这本书也是件好事。那里只有维多利亚时期的爱情小说,作者都是些名字有连字符的女人。"

"你真的读了这本书?"

"这有什么好惊讶的?钱德勒的书还是很好看的。"

"我猜那不是哈米特的版本,是吗?"

"你为什么这么肯定?"

"嗯,如果是的话,你不会真的拿来读,会吗?一本值那么多钱的书?"

我打开抽屉取出一本书,翻开封面。"现在,"我说,"大部分作家利用书名页①来做简单的签名,或是用小书名页②来签完整的题词。但是钱德勒很少做这种事,所以不太在乎正确的形式。他在环衬页上是这样写的:'献给达希尔·哈米特,你把杀人案放在了适得其所的鄙陋街头。

---

①书名页(title page),指包含书名、作者和出版社名称的扉页。
②小书名页(half-title page),指仅印有书名的首页。

我相信你会将这本小书搁在书架上你的大作旁边。谨致赞赏与友谊,雷蒙德·钱德勒。'"

"哇!活生生的文学史。我能看看吗,伯尼?是这样写的,没错。但这是什么?"

"你分辨得出来吗?"

"写得真是潦草,不是吗?这也是钱德勒写的吗?看起来不像他的笔迹。"

"不是。"

"'真是个自负的家伙。让他把他的书拿走,塞进那个拘谨主角的屁眼里。说到这个,他们倒可能真会乐在其中。'这不是签名,伯尼。"

"不,这不是。"

"别告诉我,伯尼。这是……"

"那是哈米特的手迹,"我说,"比平常写得要潦草,但那是他喝醉时写的,而且他一定是醉得差不多了,才会写出这种东西。他一定很不喜欢这本书,根本就没带回家,然后肯定有人把书塞到书架上了。"

"雷蒙德·钱德勒的第一本书,"她说,"状况良好,书衣没有破损。由作者题献给达希尔·哈米特,还有哈米特的回复题词。而且还是这种题词!"

"没错,是相当特殊。"

"我想这一定是美国文学史上的终极手迹本了。"

"嗯,如果你找到一本由爱伦·坡题词献给年轻的亚伯拉罕·林肯的《帖木儿》,那可能会让这一本相形见绌了。除此之外,我猜这书差不多有这种地位。"

"它能值多少,伯尼?"

"我不知道,"我说,"一笔财富,但是究竟是多少呢?我甚至猜不出来。必须举办一场拍卖会才能回答这个问题。这要看有什么人出席,以及他们有多想要这本书。"

"哇。"

"但这无关紧要,"我说,"我不能出售。"

她盯着我。

"加特福旅舍还有很多事情没有揭晓,"我说,"我们从来不知道真正的佩蒂斯汉姆先生出了什么事,或是拉斯伯恩与沃波特想要从他那里得到什么。我也替莱蒂丝保守了秘密,很可能还有其他人也保有其他秘密。但是确实已经揭露的是我的两个职业。米莉森特·萨维奇已经告诉了所有人我是个贼——"

"因为你犯了个错误,告诉了她。"

"嗯,是啊。但现在雷也告诉他们了,这下他们会相信了。此外,这也解释了我为什么能够进入各个房间,挖出各种事实。但我这书商的身份也揭穿了。"

"所以呢?"

"所以在尘埃落定之后,你我能够回家之前,奈吉尔·艾格伦廷把我拉到一旁。自从他们买下那个地方,他就知道应该要处理一下那些书。他一直犹豫是否要找个书商，因为他不知道有谁可以信任。但他告诉我，我是个诚实的人——"

"他不是才刚知道你是个贼吗？"

"我猜他一定是认为我是个诚实的贼。不管怎样，他想知道如果请我替他整理整间图书馆要如何收费，挑出值得卖的书和应该丢弃的垃圾，然后把剩下的书依照顺序排列。我告诉他，我已经在他的书架上看到了不少值得收藏的书，我会代理销售，作为最后收费的一部分。我挑选的时候，会清除过期的旅游指南和世界年鉴，《读者文摘》节缩版，俄亥俄州奇里科西小联盟的主题食谱，以及那些你在大量拍卖时销不出去的废物。我完成之后，他会得到很好的金钱回报，以及一间井然有序的图书馆，而且宽敞多了。"

"当然你会在乡间待上几天，而且报酬丰厚。"

"不只需要几天，"我说，"我至少得停止营业一个星期，或许两个星期。不过我要等到八月再办这件事，到时城里天气会太热，我就能够说服自己去乡下一趟。没错，我花这些时间会得到丰厚的报酬。他那里有非常多的书，其中有些会带来可观的收入。"

她皱着眉，想了一会儿。"但是《长眠不醒》呢？他永远不会知道这书曾经在他那里，而如今已经不在了。你不能就这样把书委托给佳士得或苏富比拍卖，不说书从哪里来的吗？"

我摇摇头。"这样一本书,"我说,"最重要的就是来源。能够证明手迹存在的是雷斯特·哈丁·洛斯回忆录里的段落,指出这两个人曾经会面,而且当场有一本书签名题献。如果我想卖到最好的价钱,就必须得说出书的来源。即使我什么也不透露,任何能够跟着猫往回追溯的人,最后都可以追到加特福旅舍,而一旦书和加持福旅舍扯上关系,我就曝光了。"

拉菲兹伸出了前脚,然后拉长身体,弓起了背,显示出它对于被人跟踪回到加持福旅舍的前景有何想法。

"所以你在八月回到那里时,可以随身把书带在行李箱里,"卡洛琳说,"然后在那里发现书。你必须跟奈吉尔和西西分钱,但是你那一份还是相当可观,不是吗?"

"我想是的。"

"而且你也可以得到名声,成为发现哈米特版《长眠不醒》的人。"

"是呀。"

"怎么了,伯尼?"

"我会让全世界知道一位伟大的美国作家,写了满是奉承赞美的题词,献给另一位伟大的美国作家,而被献书者则对此书却不屑一顾,甚至没有带回家。他反而在题词后面添上了一小段淫猥的话,把书抛在脑后。哦,我会替自己挣得名声,没错。我会成为毁了自己最喜欢的两位作家名声的人。"

"搞脏名声的是他们两个,伯尼。"

"嗯,我不必当那个向世界宣布此事情的人。"我叹了口气。"我或许可以私下卖了它赚些钱,并期望这笔买卖不会追溯到加特福旅舍。我大可偷偷把书带回去,就像我偷带出来一样,然后来一场发现表演,接着跻身进去分一份好处。但是你知道我打算怎么做吗?"

"如果你要告诉我你打算烧书,"她说,"我发誓我会叫得比伊尔琳·柯贝特还要大声。"

"烧掉? 你疯了吗?"

"没有,但是——"

"我要把书留下来,"我说,"看在上帝的分上,卡洛琳,这是钱德勒带去要给乔治·哈蒙·寇克斯的书。他最后却给了哈米特,题了绚丽的文辞,而哈米特……嗯,我们知道他做了什么。"

"没错。"

"我并不真的认为爱伦·坡曾经为年轻的伊利诺伊州律师①题了一本《帖木儿及其他诗选》,即使真有,我也永远没有机会捧在手中,更别说是拥有了。但是我可以拥有这本书,卡洛琳。不会有人知道这书是我的,但是我知道。"

"就像挂在你公寓里的蒙德里安?"

---

①指林肯。

我点点头。"和蒙德里安完全一样。"我说。

"莱蒂丝认为那是假画,因为你怎么可能拥有真正的蒙德里安?你用传统方式得到的。你偷了画。"

"我真的很高兴拥有那幅画,"我说,"而画是偷来的这个事实,一点也不会有损我的愉快。所以无法出售又有什么关系?我不能卖出《长眠不醒》又有什么关系?我坐在我的椅子上,看着我的书,然后抬头欣赏我的画,得到一样多、甚至更多的满足。然后我会喝一小口格兰·德拉姆纳德罗希威士忌,读一小段钱德勒,然后再多看一眼蒙德里安。"

"格兰·德拉姆纳德罗希是从哪里来的?"

"苏格兰,那是原产地。然后借道加特福旅舍,因为我离开大门的时候,袋子里藏了两瓶。"

"那真是一件糟糕的事,伯尼。两瓶?"

"嗯哼。一瓶是给你的。"

"哦,"她说,然后想了一下,"也许不是那么糟糕。"

电话铃响的时候,我正在读雷蒙德·钱德勒,啜饮格兰·德拉姆纳德罗希。

"是我,"她说,"伯尼,厨师怎么样?"

"厨师?"

"加特福旅舍的厨师。谁杀了她?还有为什么?"

"这可难住我了。"我说。

"但是——"

"根据雷的说法,"我说,"他们无法判定死因,除了说那是心脏停止之外。换句话说,心脏不跳了,但大部分死人的心脏都不会跳,所以这也说明不了什么。他们找不到任何毒物的残迹,虽然很难说他们的毒性检测做得有多彻底。可能她得了心脏病,或是脑动脉瘤,或是中风。另外,当时到处都有人被杀死,所以很难相信像她那样的死亡会是纯属意外。"

"她可能从收音机里听到了什么,"她说,"像是《新闻快报》,而且让她领悟到发生了什么事,然后有人发现她知道了,便杀了她。"

"这有可能。"

"也许她见到了什么事情,或是听到了什么事情。"

"是有可能。"我表示同意。

"或者有其他人专程要杀她,"她说,"而原因和拉斯伯恩或沃波特或达金·利托费尔德一点关系也没有。不管是谁,他只是刚好抓住了机会。"

"也许事情的真相就是这样。"

"但到底是哪一种呢,伯尼?"

我耸耸肩,虽然她在电话的另一端看不见。"我们永远不会知道。"我说。

"但是——"

"这很完美,"我说,"非常有雷蒙德·钱德勒的味道。你知道他们把《长眠不醒》拍成电影时的故事吗?他们正在讨论剧本,然后有人想知道谁杀了司机。但是没有人想得出来,于是有人提议打电话给钱德勒,因为书毕竟是他写的。所以他们打了电话问他。"

"然后呢?"

"他说他也不知道。这不是很棒吗?不能因为他写了书,就表示他知道谁杀了司机。我们也永远不会知道是谁杀了厨师,就和雷蒙德·钱德勒一样。"

好长一段时间的沉默。"我不知道,"她终于说话了,"英国推理小说或许非常不写实,比如有人会被热带鱼杀死之类的,但是所有的谜团最后都会得到解答,这实在是让人非常满足。如果有个厨师死了,到了书的结尾,你总是会知道是谁杀了她。"

"而且通常是管家干的,"我说,"然而真实世界却没有那么确定,而且有些事情你永远无法解答。我知道这让人沮丧,但你可以接受的,对吗?"

"真该死,"她说,"我想我不得不接受。"

The Burglar in the Library
Copyright © 1977 Lawrence Block
First Published in the United States by Dutton, New York, New York. This edition is published in agreement with the author, c/o BAROR INTERNATIONAL, INC., Armonk, New York, U.S.A. through Chinese Connection Agency, A Division of the Yao Enterprises, LLC.
Simplified Chinese edition copyright © 2018 New Star Press
All rights reserved.

图书在版编目（CIP）数据

雅贼全集：精装典藏版：全11册 /（美）劳伦斯·布洛克著；王凌霄等译. —— 北京：新星出版社，2018.10
ISBN 978-7-5133-3168-5

Ⅰ. ①雅… Ⅱ. ①劳… ②王… Ⅲ. ①推理小说-小说集-美国-现代 Ⅳ. ① I712.45

中国版本图书馆 CIP 数据核字（2018）第 155987 号

午夜文库
谢刚 主持

雅贼全集精装典藏版⑧

图书馆里的贼

（美）劳伦斯·布洛克 著；王志弘 译

责任编辑：王　欢
特约编辑：郑　雁
责任校对：刘　义
责任印制：李珊珊
装帧设计：周伟伟

出版发行：新星出版社
出 版 人：马汝军
社　　址：北京市西城区车公庄大街丙3号楼　　100044
网　　址：www.newstarpress.com
电　　话：010-88310888
传　　真：010-65270449
法律顾问：北京市岳成律师事务所

读者服务：010-88310800　　service@newstarpress.com
邮购地址：北京市西城区车公庄大街丙3号楼　　100044

印　　刷：北京盛通印刷股份有限公司
开　　本：889mm×1092mm　　1/32
印　　张：12.5
字　　数：160千字
版　　次：2018年10月第一版　　2018年10月第一次印刷
书　　号：ISBN 978-7-5133-3168-5
定　　价：638.00元（全十一册）

版权专有，侵权必究；如有质量问题，请与印刷厂联系调换。